黒パン
rye bread
チーズ
cheese
カーボロネロの
パスタ
cavolo nero pasta
ケールと
ソーセージの煮込み
kale and sausage stew
キドニーパイ
kidney pie
リンゴジュース
apple juice

CONTENTS

A retired magic knight is opening an inn.

退役魔法騎士は辺境で宿屋を営業中

A retired magic knight is opening an inn.

上

ユーコ
YUKO

画 m/g

CHARACTER

リーディア・ヴェネスカ（26）

マルアム王国のセントラル騎士団に所属していた元魔法騎士。戦場で見せた絶大なる魔力によって“白い悪魔”と呼ばれ敵国からも恐れられていた。フィリップ王太子を庇って負った怪我が元で退役を決意し、田舎暮らしを求める。

アルヴィン・アストラテート（27）

王国の西方にある辺境、ゴーラン領の領主。ゴーラン騎士団を率いる騎士団長でもある。大柄で黒髪と屈強な見た目の美丈夫。早くに両親を失い、若くして領主となりかなりの苦労を重ねてきたが、その辣腕ぶりは王都でも噂されている。

デニス・アストラテート（26）

アルヴィンの幼馴染で従者をしているゴーラン騎士団の騎士。アストラテート家の遠戚にあたり、既婚者で子供が一人いる。ゴーラン領のために邁進し続けたアルヴィンが未だ独身なことを憂いており、早く結婚して欲しいと思っている。

ノア(8)

リーディアが住み始めた辺境の元農家に、ちょくちょく畑などの手伝いにやって来てくれる近所の少年。家族思いの優しい子。

ミレイ(6)

ノアの妹。おしゃれが好きでおしゃまな子。

フィリップ王太子(14)

マルアム王国の王太子。王妃であった母親は隣国の王女だが、フィリップを産んでまもなく亡くなった。現王妃のキャサリン妃に、再三命を狙われ続けている。

エミール・サーマス(28)

リーディアが所属していたセントラル騎士団の魔法騎士で、よくコンビを組んでいた元同僚。

ブラウニー1号・2号

リーディアの家に住み着いている屋敷妖精たち。

※年齢は物語登場時の年齢です。

プロローグ ✦ 別れと旅立ち

最後に一度だけ。

大門をくぐり抜けた私は、万感《ばんかん》の思いで王城を振り返った。

己で決めた退役《たいえき》だったが、見習いの頃から数えれば十四年もの長きに亘《わた》り勤めた職場である。

心のどこかで未練があったらしい。

「リーディア」

振り返った先には、ここにいてはならぬ方のお姿があった。

「フィリップ様……」

礼は執《と》らぬ。

今もここでは大勢の人々が行き交っている。彼らにこの方が誰か、気付かれてはならない。

彼も一応変装をなさっておられた。どこからどう見ても育ちのいい貴族のお坊ちゃまだが、王子の装束ではない。

フィリップ様は私の側《そば》に駆け寄ってくる。

「やはり行くのか」

憂《うれ》いを含んだ悲しげな声で彼は呟《つぶや》いた。

私は馬に乗ったまま、なれど深く頭《こうべ》を下げる。

「はい。お見送り頂き、幸甚《こうじん》の至りでございます」

とてつもなく高貴な身分であるこの方が、別れを惜《お》しんで下さるのは騎士の誉《ほま》れであるが、正直に言えば早く城に戻って欲しい。

王城の大門は警護にとっては鬼門《きもん》である。人通りが多い上にそこら中に死角がある。

数々の暗殺事件の舞台となった場所だ。

「私は、そなたにここに残って欲しかった」

殿下《でんか》は幾度となく私をお引き留め下さったが、私はこれ以外の答えを持たぬ。

「光栄に存じます。ですが、これが私の望みでございます。お暇《いとま》を頂戴《ちょうだい》致します」

「殿下、もうお戻りを」

背後の騎士がそっとフィリップ様にお声掛けし、

「ああ」

とフィリップ様は応じる。

「ご健勝《けんしょう》をお祈り申し上げます、フィリップ様」

それが私と王太子殿下の別れであった。

第一章　宿屋と客とキドニーパイ

王都を出た私は馬を西へと走らせた。

私の愛馬オリビアがそちらに顔を向けた。それだけの理由である。

今胸にあるのは拭《ぬぐ》い去ることの出来ぬ寂寥《せきりょう》と、惨《みじ》めさ、だが同時に奇妙な高揚《こうよう》も感じている。

それらを抱えて馬を駆り、気の向くままに西へと向かう。

そうして私は七日目に我がマルアム王国の西の果てともいえる場所に辿《たど》り着《つ》いた。

町の名はフース。そこに私は居を構えることにした。

これより先に行くと国境を越えてしまう。

元騎士である私が国外に出る時は許可がいる。

手続きが出来るのは、今は遥《はる》か遠い王都ローサスの騎士団本部だけだ。出て行ったばかりの王都に再び戻るのはごめんだった。

この辺りはゴーラン辺境伯《へんきょうはく》の領地だ。

辺境といっても山を越えた向こうの、いわば本物の国境地域からは少し離れているので、物騒《ぶっそう》なことはない。

一帯は田畑が広がり森深い田舎町《いなかまち》といった佇《たたず》まいだ。

フースの町はほどよい活気に包まれて、居心地《いごこち》好《よ》く暮らせるように思えた。

私は役場に行き、条件に合う家の斡旋《あっせん》を頼んだ。

土地や建物の売買、それに関する証文作成は彼らの仕事の一つである。

私が求めたのは、静かな場所にある畑が付いた一軒家だ。

役場の青年は私の条件に合う家を何軒か紹介してくれ、最終的に私が選んだのは、町から五キロほど離れた今は無人となった農家だった。

夫が亡くなり寡婦《かふ》となった老婦人が家を手放すことに決め、無人になったのはつい一月《ひとつき》前だという。

家はどこも修繕《しゅうぜん》の必要がなく、畑は直前まで老婦人が耕していたそうなので、土はいい状態で残っているという。私にとっては理想の物件だ。

私は土地の代金と、ついでに領主に納める今年分の税金も支払った。

税金は金でも払えるが、豚だの蜂蜜《はちみつ》などといった物納も可能だそうだ。

家屋に畑に近隣の山付きと、想定の百倍ぐらい広い敷地だが、不便な場所にあるため代金は思ったより安く済んだ。

これまでの蓄えがあるので私の懐《ふところ》具合は悪くないが、人生何があるか分からない。予算内で収まったのはありがたかった。

何せ私は当分働かないつもりなのだ。

証文を交わした私に役場の青年が心配そうな視線を送って寄越す。

「この辺りは町から離れると少々危険です。本当にお一人で暮らされるのですか？」

女性の一人暮らしとなる私を案じての言葉だった。

元騎士の身分は伝えていない。それは振り捨ててきた過去である。

調べればすぐに明らかになることだが、私は自分から前職を話すつもりはなかった。

女性騎士は鍛《きた》えても男性騎士ほど筋肉がつかない。怪我《けが》が治るまでは療養に努めていたので、私の体は衰《おとろ》え、騎士らしいところといえば一般女性に比べて少し背が高い程度だ。

「少しだけ魔法が使えるんだ」

青年は感心したように私を見る。

「魔法使い様でしたか」

「そんな大したものではない。だが身を守るくらいのことは出来る」

怪我をしてそれまでやっていた商売を引退し、ここには晴耕雨読《せいこううどく》の生活を求めてやって来たと青年にはそれだけ伝えた。

青年は私の前職を魔法使いと誤解したかも知れないが、当たらずとも遠からずといったところだ。嘘《うそ》は吐《つ》いていない。

「しかし、あそこは何もありませんよ」

「何もないところがいいんだ。引退して、静かに暮らしたいと思ってね」

私は少々恥じらいながら、それを口にした。

「……自分で作った野菜で料理を作ろうと思っている」

「そうでしたか。ならばあそこは打って付けでしょう」

青年にとってはよくある田舎暮らしの理由だろう。しかし『リーディア・ヴェネスカ』を知る人間にとっては度肝《どぎも》を抜かれるような発言だ。

何より、本人が一番戸惑っている。

私の照れに気付いた様子もなく彼は言った。

「困ったことがあれば、いつでもお越し下さい」

「ご親切にどうもありがとう」

私は礼を言い、彼と別れた。

次に私は町の市場に向かい、当面必要なものを買い込んだ。

市場は思ったより賑《にぎ》わっていた。役場の青年によると、フースの町の近くにダンジョンがあるそうだ。

冒険者とその家族が暮らし、ダンジョンから採取される様々な物品を求めて、商人が立ち寄る。この辺りの交易の拠点《きょてん》らしい。そのため珍しいものが手に入りやすいという。

まず行ったのは、料理器具と食材の店だった。

肉も野菜も新鮮そのものだ。ただ、この辺りは海からかなり離れているので魚の品揃《しなぞろ》えはあまりよくない。

次に市場を歩いていると衣料品を扱う店を見つけた。

今の私は女性用の乗馬服に防寒用のマントという恰好《かっこう》だ。後は少々の着替えしかなく、これから暮らす家で着る服が欲しかった。

店員の勧めに従い、試着をしてみる。

店員が見繕《みつくろ》ってくれたのは、この辺りの女性が着るというブラウス、長めのスカート、エプロンの三点セットで、「とてもお似合いですよ」というのはよくあるお世辞だろうが、そう言われてまんざらでもない。

髪をスカーフでまとめると、鏡に映る姿はいかにも田舎町の女性である。

これが魔法騎士リーディア・ヴェネスカであるとは誰も思いもしないだろうと悦《えつ》に入る。

服のデザインは庶民的で素朴《そぼく》だが、手の込んだ刺繍《ししゅう》がさりげなく入った、ちょっと洒落《しゃれ》たものだ。洗い替えを含め、数点購入した。

それから鶏《にわとり》を数羽と、ミルヒィ種の牛を一頭手に入れた。

ミルヒィ種は牛の魔物、魔牛《まぎゅう》と牛の交配種だ。

ミルヒィ種は丈夫で、子を産まなくても乳が出る。加えてその乳は質がよいことで知られている。

いいことずくめに思えるが、気性が荒いため、飼うには従魔《じゅうま》契約を交わさねばならない。

要するに魔力がない相手には懐《なつ》かないので、魔力の少ない庶民には扱いにくい。さらに繁殖《はんしょく》力《りょく》があまり高くない点も、家畜にするには不向きだ。

どちらも私にとっては大したデメリットではなかったので、私はミルヒィ種の牛を買い求め、その美しい茶色と白のぶち模様の牛をテイムした。

最後に訪れた店で、私は荷馬車を手に入れた。

農家で一般的に使われている一頭立ての荷物運搬用の荷馬車である。値段は金貨八枚。

なかなか高価な買い物だが、王都で買えば多分この倍はする。

ここゴーラン領は林業が盛んで、高度な木工製品を作る職工が大勢いる。だからこんなに安く買えるのだ。

荷馬車いっぱいの荷物と鶏と牛と共に私とオリビアは新居に向かった。

家は街道を五キロほど山に向かって進んだ場所にあった。

「……思ったより立派な家だな」

側《そば》に誰もいなかったので、私はオリビアに感想を漏《も》らした。

オリビアは「ぶるる」と同意するように鳴いてくれた。

かつての主《あるじ》は手広くやっていたらしい。

二階建ての大きな母屋に納屋、さらに馬小屋と牛小屋、鶏小屋、奥にはサイロまである。

畑も広々としている。

こんな家にはきっと先住者がいるはずだ。

屋敷妖精《ブラウニー》が。

＊＊＊

転居先に持って行けないからと、老婦人は家具のほとんどを置いていった。

家財道具が残された室内は、どこか物悲しい静けさに包まれていた。外は暖かな春の日差しに満ちていたが、屋敷の中は薄暗く、空気はヒンヤリとしている。

私は屋敷に入ると、小さな鉢《はち》にミルクを注ぎ、床に置いた。そしてそれに呼びかけた。

「ブラウニー。いるなら出ておいで」

しばしの沈黙の後、キッチンからおそるおそる顔を出したのは、屋敷妖精ブラウニーだ。

ブラウニーのサイズは、親指大から成人男性の一歩くらいと様々だ。

この家にいたブラウニーは一メートル近かったので、かなり大きい方だ。長くこの家に憑《つ》いているブラウニーだろう。

茶色の髪に緑の瞳をした妖精はうさんくさそうに私を見つめる。

「何の用だ。魔法使い」

「私はリーディア・ヴェネスカ。新しくこの家の主となった。この地に住み続けたいか？」

ブラウニーはコクリと頷《うなず》いた。

「では私に従え。対価は毎日一杯のミルクでどうだ？　ミルヒィ種の牛だ」

ブラウニーは喉《のど》を鳴らした。

ブラウニーはミルヒィ種の乳が大好物なのだ。

「従う。リーディア・ヴェネスカは我が主だ」

「そうか、では早速働いてくれ。馬小屋に私の馬と牛がいる。彼らの世話を」

「分かった」

ブラウニーは頷くと姿を消した。

緑色のブラウニーは畑が好きで植物の世話が得意。一方、茶色のブラウニーは生き物が好きで、動物の世話が得意だという。この家のブラウニーは茶色の髪に緑色の瞳なので畑仕事も動物の世話も両方をこなせる。

オリビアと牛はブラウニーに任せ、私がまず向かったのはキッチンだった。

大きな家に相応《ふさわ》しく、広々とした立派なキッチンだ。

古めかしいが、どこもかしこも丹念に磨《みが》かれていた。

特にかまどがいい。

中段にオーブンがついており、上段は鍋《なべ》がセットできるよう、大きな穴が開いている。さらにパン用の釜《かま》まである。

壁には大鍋から小鍋、フライパンまで、いくつも料理道具が掛かっていた。

「本当におあつらえ向きだ」

私は私の小さな城で、一人、笑みを零《こぼ》した。


私はマルアム国最高位騎士団マルアム・セントラルの魔法騎士だった。

魔法騎士は魔法使いであり騎士である。両方の素質を持つ者は少なく、重用される人材だったので、私は己の職に誇りと自信を持っていた。

だが、王太子フィリップ殿下《でんか》を刺客から庇《かば》った私は、大怪我を負った。

場所が悪く、利《き》き腕《うで》と魔術回路を損傷し、二度と魔法騎士としては働けないと医師から宣告され、一時はいっそこのまま消えてなくなりたいと思うほど、落ち込んだ。

しばらく失意の日々を過ごした後、ある日、ふと気付いた。

殿下を守れたのだ。それで十分ではないか。

確かに私は魔法の力のほとんどを失った。もう魔法騎士としては働けない。

だが、私の中から完全に魔力が消えた訳ではない。

強大な炎の壁を築くことは出来ないが、鍋で煮込むくらいの小さな火は灯《とも》せる。

嵐を起こすことは出来ないが、洗濯物を素早く乾かすことは出来る。

配属替えや違う仕事を斡旋してくれる者もいたが、すっぱり引退し、王都を離れまったく別の暮らしがしたいと思った。

私が見習いとして軍に入ったのは十二歳の頃。それから十四年が経過し、私は二十六歳になっていた。

騎士の引退は役職に就かねば三十代。一方魔法使いは生涯《しょうがい》現役といわれている。魔法騎士はその中間で五十過ぎといったところか。

少々早い引退だが、この長い余生を生かして、とびきり手間暇《てまひま》のかかる料理をして暮らそうと私は決意した。

こうして辺境の田舎町で、私の第二の人生は始まった。

＊＊＊

——半年後。

空にうす雲が浮かんでいた。

空一面を覆《おお》う薄いベールのようなこの雲が姿を現すと、高確率で天候が荒れる。

「ひと雨来そうだ」

キッチンの窓から雲を見た私は、慌《あわ》てて物干し場に向かう。

既にブラウニーが来ていて、「クッキー一枚で洗濯物を取り込んでやる」と取引を持ちかけられたので私は乗った。

「分かった。頼むぞ」

次に私は馬と牛を小屋に入れようとしたが、その前に別のブラウニーが声を掛けてくる。

「馬と牛を小屋に入れたら、クッキー一枚」

「分かった。両方とも水を替えてやってくれ。食べ足りないようなら飼い葉《かいば》も」

もう季節は晩秋である。

夏と違い、放牧地の牧草は枯れかけているので、飼い葉を足してやらねばならない。

「鶏小屋の掃除もしてやる」

「ならクリームを一さじつけてやろう。後でキッチンに取りにおいで」

ブラウニーは満足そうに目を細める。

私がこの家に引っ越してきて、半年が経《た》とうとしている。

ブラウニーはいつの間にか増えていて、今は四人ほどいる。

一階の窓を閉めた後、二階の窓を閉めてまわる。最後の窓を閉めた時、大粒の雨がバラバラと音を立てて降り出した。

ふと、二階の窓から街道を眺《なが》めると、山側から馬に乗った男が二人、こちらに駆けてくるのが見えた。

ここから町まではおよそ五キロ。馬なら十五分から二十分で到達する距離だ。

町まで駆けさせる気かも知れないが、冷たい雨の中、山越えで疲れた馬に無理はさせないかもしれない。

私はそう考えを巡らせる。

男達は後者を選んだようだ。

屋敷の門扉《もんぴ》を潜るのを見た私は慌てて階段を駆け下りた。

チリリンとドアベルが鳴り、食堂に長身の男が一人入ってくる。

この家は収穫期などには大勢の人手が必要だった大農家のなごりで、食堂はかなり広い。

テーブルは大小合わせて七つ、椅子も三十脚以上ある。

もっとも、その広い食堂に今は客の姿はない。

男は、店内を鋭い目つきで見回していた。

「いらっしゃい」

私が声を掛けると、男は少々驚いたように目を瞬《しばたた》かせた。

がっちりとした体格とすっとした鼻梁《びりょう》が印象的な男だった。なかなかの美丈夫《びじょうふ》だが、黒と見まごう濃青色《のうせいしょく》の瞳が鋭すぎるのが難点だ。堂々として貫禄《かんろく》があるので、かなり威圧感を放っている。

男は警戒を滲《にじ》ませた声色で尋ねてきた。

「こんなところに宿屋があったか？」

「元は農家です。宿屋を始めたのはごく最近です」

「だろうな、私は知らない」

「はあ」

断言する男を私は思わず見上げた。

地味な旅装だが、腰に差した剣は業物《わざもの》。どこぞの騎士らしい。

ただ、雨に濡《ぬ》れて身なりは乱れていた。額に張り付いた黒髪をうっとうしそうに掻《か》き上げて彼は言った。

「左様です。最近移住して参りました。騎士様、お泊まりで？」

「生まれも育ちも辺境なのだ。ここにはよく来る。そなたはこの土地の者ではないな」

このゴーラン領では、よく見かける髪色である。

男は少し黙り込んだ。

山の天気は気まぐれだ。

すぐに止《や》むこともあれば、長く降ることもある。秋も深まり、日が落ちるのも早くなっている。

「取りあえず休ませて貰《もら》えるか？」

「はい、よろしければお召し物を、お休みの間に乾かします」

「助かる。ああ、もう一人連れがいる。あと、馬も」

「馬小屋を使って頂いて構いませんよ」

「そうさせて貰っている」

男は雨に濡れた外套《がいとう》を脱ぎ、黒のサーコート姿になったが、私に外套を渡そうとはしなかった。

何か仕込まれるのが嫌なのだろう。

自分でするというので、私は乾燥室に案内した。

火と風の魔石を組み合わせて作った手製の小部屋は、魔力を流すと部屋全体が温まり、風が循環する仕組みだ。

「これはいいな」

感心したような口調で呟《つぶや》かれ、私は得意になった。魔法使いというのは自分が作ったものを褒《ほ》められると喜ぶ性《さが》なのだ。

「ありがとうございます」

「随分《ずいぶん》金が掛かっただろう」

「いや、魔石といっても屑石《くずいし》です。案外安いのです」

魔石というのは魔素が結晶化したものだ。魔石は鉱山から採掘されたり、魔物の体内から発見される。魔石の鉱山は地上にもあるが、大抵はダンジョンに存在する。魔物もダンジョンに生息しているので、冒険者達は危険を承知で魔石採取にダンジョンに向かう。

そうして得られる魔石は本来高価なものだ。しかし魔石の中に込められた魔力を使い切ると手で崩せるほど脆《もろ》くなり、色もくすんでくる。

こうなるともう魔法の媒体としての役目は果たせないが、まだほんの少しの魔力が宿っている。

そんな屑魔石を買い集め、私は部屋中に貼り付けたのだ。

「へえ」

面白そうに相槌《あいづち》を打たれたので、私は調子に乗って話した。

「魔力を流して効果は三十分程度です。三十分ごとに魔力を流さないといけませんから、そこがネックです」

屑魔石の効果は部屋をほんの少し暖め、ほんの少し風の流れを作り出すといったものだ。

しかも効果は三十分。

世の中暇な魔法使いなど滅多《めった》にいないので、私以外はあまり使い道のない発明品である。

男はつと、私を見下ろし言った。

「ではあなたは魔法使い殿か」

「もう大した力はありませんが、以前はそうした職についていました」

そういう男は、現役の魔法騎士だ。

間違いない。同業者の『匂《にお》い』がした。

彼は私が既に失った何もかもを持っている。

「…………」

男は私の素性について詳しく聞きたそうだったが、私はそれを無視した。

男の服装はこの土地の騎士団の制服によく似ていた。

『同じもの』と私が断言しないのは、騎士団員が付けている肩や胸の紋章《エムブレム》や徽章《きしょう》が外されているからだ。特に徽章は部隊によってデザインが微妙に異なり、所属が分かるようになっている。

理由は分からないが、向こうもあまり身分を明らかにしたくないのだろう。これ以上は詮索《せんさく》してこないはずだ。

「お連れ様もすぐに来られましょう。何か飲み物は？」

「では水を一杯いただこう」

内心で「ケッ」と悪態《あくたい》をつく。

騎士の鑑《かがみ》のような用心深さだ。

脱落組の私にとって、デキる同業者はまぶしすぎる。

ひがみがバレる前に私はさっさと彼を食堂の椅子に座らせて、水をやった。さらに薪《まき》を足して暖炉の火を強くしようとしたら、

「魔石があるなら、そちらを使うぞ」

と男は言った。

薪代と魔石代なら魔石代の方が安くつく。いや、正確に言うと、魔石の代金はピンキリで純度が高いものほど高価だ。

燃料用の魔石は純度が低く魔石の中では安い部類に入る。

ただし、魔石の力を発動する時、属性にあった魔力を込める必要があり、魔術回路を損傷した今の私ではこの家の全ての燃料を魔石で賄《まかな》うことが出来ない。

内心、忸怩《じくじ》たる思いで私は頼んだ。

「ではお願いします」

暖炉の火は彼に任せ、私は私の仕事に移ることにした。

男を一人にすることになるが、食堂の奥は続き間のキッチンになっており、キッチンの窓から食堂の様子が窺《うかが》える。

キッチンに入り、私はスコーンを作り始めた。

そろそろおやつの時間だが、ナッツ入りのクッキーはブラウニー達に献上することになったので、別の菓子を作らねばならない。

私は手早く作れるスコーンを作ることにした。

小麦粉に砂糖に重曹《じゅうそう》、それと塩少々を混ぜ合わせ、さらにバターに加えて、その後ミルクを加える。

「おい」

丸い型抜きを使い生地を抜いていると、食器棚の向こうから小さな声で先程洗濯物を取り込んだブラウニーが私に呼びかけてきた。

「スコーンを焼くなんて聞いてない」

「今、決めたからな」

「クッキーよりスコーンがいい。スコーンにしてくれ」

ブラウニーは家人以外の者に姿を見せたがらない。客がいる時に声を掛けてくるのは珍しいが、スコーンは彼の好物なので我慢《がまん》出来なかったようだ。

「構わんが、クリームが欲しいなら別働きだぞ」

と私も小声でブラウニーに答える。

「ではランプと蠟燭《ろうそく》立てを磨いてやる」

「よし、それで手を打とう」

取引が成立するとブラウニーはさっと姿を消した。

「……今のは妖精か？」

後ろから男の声がした。

まったく忌々《いまいま》しいことにこの男は気配を消すのが上手《うま》い。

見られていることに気づかなかった。

「はい。屋敷妖精ですよ。大きな家なら大抵彼らが住んでいるようですよ？」

『ようですよ？』

「知識としては知っていましたが、現物を見たのは初めてなので」

言い切るほど私は彼らに詳しくないのだ。

「私も初めて屋敷妖精を見た。本当にいるのだな。よい家に居着くという幸運の精霊だな」

男は感心した様子だった。

「ところでお客さん、何かご用事ですか？」

「ああ、連れにも水を一杯いただきたい。が、君は何をしている？」

「スコーンを作っています。水は食堂のピッチャーからお好きにお飲み下さい」

私は水のありかを教えたが、男は動こうとしない。

「スコーンとは？」

「パンの一種です。発酵《はっこう》がいらないので促成《そくせい》パンともいいます」

「発酵がいらないのか」

料理などしそうにない男だが、意外と食いついてきた。

「はい、材料に重曹を使っております」

「重曹？」

「重曹を入れると発酵させなくても生地が膨《ふく》らむのです」

男は興味深そうに私の手元を見つめる。

まだ焼いてないスコーンは高さ数センチというところ。これが倍くらいに膨らむのだ。

「……便利だな」

「便利ですよ」

話をしている間にスコーンの成形が終わり、私はオーブンに鉄板を入れた。

後は焼き上がるのを待つだけだ。

ふと横を見ると、男もじっとオーブンを見つめている。

何故《なぜ》？

私の視線に気付いたのか、男はこちらを向くと尋ねてきた。

「スコーンというのはどのくらいで焼ける？」

「二十分ほどです」

「私も食べてみたい。二人分、頼む」

食べるのか？

「はあ、それはよろしいですが、料金は頂戴しますよ」

「ああ、もちろんだ」

「飲み物はどうなさいます？　珈琲《コーヒー》と紅茶がご用意出来ますが」

男は目を丸くした。

「珈琲があるのか？」

珈琲はかなり離れた異国からの輸入品なので高価なのだ。

貴族や富裕層しか飲めない贅沢《ぜいたく》な嗜好品《しこうひん》だが、私は一日一杯珈琲を飲むのを楽しみにしている。

「ありますよ。ですが、ご存じの通り材料費が高価なので、一杯につき銀貨二枚頂戴します」

「珈琲で頼む。二人分」

銀貨二枚あれば庶民なら切り詰めれば一週間暮らしていけるのではないか。

二人分ぽんと出すこの男、金回りは悪くないらしい。

身のこなしといい、話し方といい、名のある騎士だろう。

確かここの辺境伯軍は騎士団長を務める伯爵《はくしゃく》本人が優秀な魔法騎士で、配下にも優れた魔法騎士を従えているという。

そう考えた私は慌てて首を振る。

……いやいや、素性の詮索はやめよう。気付かなければただの通りすがりの客だが、気付いてしまったら面倒なことになる。

世の中知らない方がいいことは山とあるのだ。

私は戸棚から珈琲豆とミルを取り出し、食堂に向かう。

「かまどはいいのか？」

「ええ、薪と魔石を組み合わせているので、温度を一定に保てるんです」

それにブラウニーがスコーンが焼けるのを今か今かと待ち構えている。

異変があれば教えてくれるはずだ。

食堂に行くと、もう一人の客の姿があった。

外套を脱いで暖炉で荷物を乾かしている。

「火に当たらせて貰っているよ」

茶色の髪の彼はこちらを観察しながら声を掛けてきた。

黒髪男同様、黒のサーコートを着ているが、やはり所属を示すものは何も付けていない。黒髪男より少し背が低く、人当たりのよさそうな青年だった。

騎士というのは、貴族には及ばないが平民とは違う特権階級だ。庶民を下に見る者も多いのだが、二人からそうしたおごりは感じられない。

「厩《うまや》にあったタオルを借りたが、よかったかな」

馬の体を拭く用にボロだが清潔なタオルを何枚か置いてある。

「あれは自由に使っていただいて結構ですよ」

「飼い葉と水も使わせて貰った」

「そちらもご自由に」

答えながら、私は彼にコップ一杯の水をやった。

ただの水だが、我が家の井戸水は美味《うま》いのだ。

食堂のテーブルにミルを置いたが、豆を挽《ひ》く前にする作業がある。

珈琲豆を瓶《びん》から取り出し、ザラザラと平皿の上にあけた。

「何をしているんだ？」

と黒髪の男の方が覗《のぞ》き込《こ》んでくる。

「いい豆と悪い豆を選《え》り分《わ》けているんです」

なんでこの作業をここでするかというと、食堂は魔石のランプをたくさん置いているので、キッチンより明るいからだ。

「ふうん。いい豆とは？」

「いい豆は濃茶色にしっかりと焙煎《ばいせん》されている豆です。悪い豆は割れていたり色のよくない豆です」

私は豆を選り分けながら、彼に教えた。慣れるとそう苦ではない。むしろ割と気分転換になる単純作業だ。

「やってみたい」

と黒髪男が言うので、まず手を洗わせ、彼に任せた。

男は大きな手で、豆を摘《つま》み、一粒一粒それは真剣な目つきで豆を見つめ、選り分けていく。

「悪い豆はどうする？　捨てるのか？」

「そんな勿体《もったい》ないことはしません。ためておいて一杯分になったら、温めたミルクを入れて飲みます。ミルクを入れると悪い豆でも美味《おい》しく飲めます」

私が普段する四倍くらいの時間を掛けて、黒髪の男は私と二人の男達、三杯分の豆を選別した。

豆をミルにセットして、さて挽こうと思ったら、横からさっとミルを取られた。黒髪の男である。

「私がやる。やってみたい」

黒髪の男は張り切って、宣言した。

「はい、ありがとうございます」

「アルヴィン様、私が……」

茶髪男の方が焦った様子で言うが、黒髪の男は譲《ゆず》らなかった。

「いや、私がやる」

ゴリゴリと珈琲豆を挽く黒髪を茶髪がハラハラしながら見ている。

どうやら黒髪男の方が上官のようだ。

黒髪男が珈琲豆を挽く間に、私はキッチンに戻り、焼き上がったスコーンをオーブンから取り出した。

淡いきつね色に焼き上がったスコーンはなかなかの出来映えだ。

個人的にはスコーンに一番合うのは苺《いちご》ジャムだと思うが、残念ながら今は苺の時期ではない。

代わりに栗《くり》のペーストとクランベリーのジャムとたっぷりのクリームを、焼き上がったスコーンに添える。

サーバーと珈琲布を持っていくと、茶髪男の方が「淹《い》れるのは私が」と珈琲を淹れてくれた。

私はスコーンが載ったケーキ皿を置いて、キッチンに戻ろうとしたが、黒髪の男に引き留められた。

「一緒に食べないか？」

「……よろしいので？」

その言葉に私もテーブルに着き、二人の客と共に珈琲を飲んだ。

スコーンを一口食べた黒髪の男が言った。

「旨《うま》いな」

てらいのない褒め言葉に私は気をよくした。

「ありがとうございます」

もう一人の男の方も言った。

「旨いです。このクリームも濃くてとてもいい」

「ありがとうございます。ミルヒィ種の牛の乳なんですよ」

「テイムしても気性が荒いと聞くが」

「我が家の牛はそうでもないですね」

「珈琲も旨い」

「ありがとうございます。ここの水が合うようです」

しばらく彼らと会話していたが、キッチンからガタンと音がした。

ブラウニー達が痺《しび》れを切らしたようだ。

私は慌ててキッチンに行き、彼らの取り分を用意した。

褒められて気分がいいのでナッツクッキーも出してやろう。

キッチンからクッキーを載せた皿を片手に戻ると、黒髪の男が声を掛けてきた。

「こんなに簡単にパンが出来るとは驚いたな。先程の重曹とやらはなんで出来ている？　何故普及しない？」

「よくは知りませんが、トロナ石を精製したものだと聞いています。普及しないのは値段が高いからじゃないですか？」

重曹はパンやケーキの『膨らます』過程をまるまる省略出来る画期的なアイテムだが、逆を言えば、膨らますことは酵母《こうぼ》の発酵で代用可能なのだ。

酵母は果物などに水を加えて出来るが、材料費はというと、林檎《りんご》なんかは可食に適さない種や皮の部分を使うので、無料に近い。

ローコストな代用品があるのに、わざわざ高額な商品を使う庶民は少ないだろう。

ただ、酵母を作ったり発酵させるのは時間と温度管理が必要だ。一般家屋で温度を一定に保ち美味しいパンを焼くのはなかなかに難しい。

黒髪男はかなり驚いた様子で矢継ぎ早に聞いてくる。

「トロナ石なら知っている。あの石が原料ならそれほど高くはないんじゃないか？　そもそもあれは食えるのか？　石だろう」

私も最初は男とまったく同じことを思ったが、塩の塊、岩塩も鉱物の一種なのだ。食べられる種類の鉱物というのは存在する。

しかし。

「トロナ石は岩塩とは違ってそのままでは食べられないそうです。重曹はトロナ石とえーと何かを組み合わせ、精製したものだとか」

黒髪男は身を乗り出してきた。

「なるほど。詳しく聞かせてくれ」

そう言われても、学者でない私に教えてやれることは何もない。

「詳しくは分かりません。トロナ石は我が国はほとんど産出せず、また精製の方法もないので、すべて外国からの輸入品だそうです」

「しかし便利だ。我が国でも普及させたい」

「ですね」

私もまったく同感である。

初心者でも失敗せずにパンが作れると聞いて王都でしこたま買い求めてきたが、便利なのでかなり使ってしまった。そろそろなくなりそうで恐ろしい。

まあ、ここで生活を始めた頃よりは私も失敗なくパンを発酵させられるようになった。なくなっても何とかなるはずだ。

そろそろ日が暮れるが、雨は一向に止む気配がない。

窓に打ち付ける雨を見て、黒髪の男が言った。

「一晩泊まらせて貰おう」

「はい。食事付きでお一人銀貨二枚ですが、よろしいですか？　酒代は別に戴きます」

これは町中の中クラスよりちょっと上の宿屋の相場である。探せばもっと安く泊まれる宿があるはずだから、我が家は決して安宿ではない。

男達は気にした風でもなく、「それでいい」と前金で金貨一枚を寄越した。

そして興味深そうに問われた。

「今夜のメニューは？」

「腎臓《キドニー》のパイです」

そう答えると黒髪の男は「あれか」と顔をしかめた。

動物の内臓を使った臓物料理は、もっぱら庶民の食べ物で、上流階級は食べない。

「お嫌いですか？」

「匂いがなぁ」

「ではベーコンと黒キャベツのパスタ《カーボロネロ》をお作りしましょう」

黒キャベツは葉キャベツの一種でこれから冬にかけてが旬《しゅん》なのだ。寒い時期には貴重な野菜である。

煮込むと風味が引き立つ野菜だが、柔らかな新芽は炒《いた》めても美味である。

「すまないがそちらで頼む」

「はい」

「私は腎臓のパイがいいな。手間を掛けて悪いが、好物なんだ」

というのは、黒髪の男じゃない方。茶色の髪の騎士だ。

「もちろんですよ。うちの自慢のパイです。どうぞご賞味あれ。お後はケールとソーセージの煮込みですが、お二人ともよろしいですか？」

ケールもまた冬の野菜だ。栄養たっぷりな上、ソーセージが大きいので食べ応えがある。

そちらは問題ないとのことで、私は料理を始めた。

先に二人に前菜を出す。

チーズ、ハム、豚の肝臓のペースト、ナッツのペースト、ザワークラウト、オリーブのオイル漬けの盛り合わせにパンを添えた定番の前菜だ。

二人とも酒は口にしないというので、食前酒代わりに林檎ジュースを出した。

薄切りしたライ麦パンを前に黒髪男は一瞬、眉を顰《ひそ》めた。

ライ麦のパンは黒パンとも呼ばれ、独特の酸っぱい匂いがする。上流階級はこの匂いが苦手なのだ。

だが、黒髪男よ。黙って食え。食ってみよ。

我が家のライ麦パンはひと味違う。

「やあ、これは旨そうだ」

と茶髪男はモリモリ前菜を食べ始め、それに釣られるようにして黒髪男もライ麦パンに手を伸ばす。

一口食べて、黒髪男は瞠目《どうもく》した。

「これは旨いな」

男はわざわざ声を張り上げ、キッチンの私に話しかけてきた。

「一度蒸してから軽くトーストしてます。その方が酸味が目立ちませんので」

実を言うと一応貴族階級の端っこに位置した私も黒パンが苦手なのだ。

小麦に比べて安いライ麦を何とか美味しく食べようと試行錯誤《しこうさくご》して辿り着いた食べ方である。

「黒パンは苦手なんだが、これは旨い」

黒髪男はチーズとハムを載せたパンを頰張《ほおば》った。

私はにやけそうになるのを堪《こら》えながら、澄まし顔で答えた。

「お口に合ってよかったです」

腎臓のパイはその名の通り、豚や牛の腎臓、玉葱《たまねぎ》などの野菜、さいの目にした牛肉を加えて煮込み、パイ生地に包んでオーブンで焼き上げる。

パスタの方はニンニクと厚切りにしたベーコンと畑で採れた黒キャベツを炒め、パスタに載せて出来上がりだ。

「はい、お熱いうちにどうぞ」

茶髪男にマッシュポテトを添えたパイを、黒髪男にパスタを出す。

「ああ、旨い。全然臭みがないな」

茶髪男はパイが気に入ったようで、パイ皿から一切れ切り出し、すぐに食べ終えると、もう一切れ皿によそう。

黒髪男はその様子をじっと見て言った。

「私も食べてみたい」

「これは旨いですよ、アルヴィン様。絶品です」

茶髪男は熱く賞賛して、小皿にパイを一切れ載せて、黒髪男に渡した。

アルヴィンと呼ばれた黒髪男は慎重に匂いを嗅《か》いだ後、目を瞑《つむ》ってパイを口にした。

「……旨いな」

「でしょう。この店が近くにあれば絶対に通います！」

茶髪男が何故か得意気に言った。

そこまで喜んで貰えるとこちらも嬉《うれ》しい限りである。

「主人、旨いな。私は動物の内臓は苦手なんだがこれは旨い」

黒髪男は興奮した様子で褒めちぎった。

「ありがとうございます。手間を掛けて下ごしらえをした甲斐《かい》がありました」

腎臓は臭みを取るために丹念に洗った後、一晩塩水に漬《つ》ける。

下処理の後、自家製のフォンドボーと野菜、香草と共に煮込んだものだ。美味しくないはずがない。

次にケールとソーセージの煮込みを出して、さらに二人ともおかわりをしたが、まだ食べ足りない様子だ。

「もう少し召し上がりますか？」

そう尋ねると、二人は頷いた。

「ああ、頼む」

私はサラミのピザと羊のグリルを作ることに決めた。

材料は小麦粉にヨーグルト、塩と砂糖、それとオリーブオイルを少々。薄くのばしたピザの生地にピザソースを塗り、具はサラミとチーズ、ドライトマトを戻したものだ。

これをオーブンに入れて焼く。

羊のグリルはもう一品欲しい時のストック品だ。

ローズマリー、クローブ、オレガノ、ニンニクなどの香草に漬けておいた骨付きの羊肉を暖炉でじっくり炙《あぶ》り焼きにする。

暖炉では薪がパキパキと小さな音を立てて爆《は》ぜる。

ピザと羊肉が焼ける間に、私も火の加減を見つつ、キッチンのテーブルで腎臓パイとケールとソーセージの煮込みを食べた。

どちらもよい出来だった。

サラミピザと羊のグリル、デザートに焼き林檎とカモミールティーを出すとさすがの彼らも満足した様子だ。

「こんなところでこんな旨いものを食べられるとは思わなかった。だが、ここより町中で商売した方が流行《はや》るんじゃないか？」

腹をさすりながら黒髪男が言い、茶髪男も同意するように頷く。

今日は雨ということもあるが、客は彼らだけだ。

本来なら商売あがったりというところだろう。

「実は最初は宿屋をやる気はなかったんです」

私は肩をすくめて理由を話した。

我が家の前には国境に通じる街道が通っている。

国の境は大抵山や谷、川、海などで区切られている。ここも例にも漏れず、我が家から少し進むと、山岳地帯に入る。

そこまで高い山ではなく、道は隣国に続く主要な街道なのできちんと整備されているが、山道は山道、馬も御者も山を越えた後は、一息つきたい。

山近くなのでふいに天候が変わり、雨に降られることもある。

そんな場所に我が家はあり、「少し休ませて貰えるか」とか「雨宿りしたい」とやってくる者は引きも切らない。

私だって鬼ではないので、快く馬に水をやり、人も中に招き入れて休憩《きゅうけい》を取ってもらう。

私はこの家に来てからこっち趣味の料理三昧だ。

特に時間が掛かる煮込み料理を好んで作っている。

すると大抵の者が、「旨そうな匂いがしますな」と言うのだ。

一応社交辞令として、

「家庭料理ですが、召し上がりますか？」

と尋ねる。

なんと大方の人間が、「いいんですか？」と食事を所望する。

最初は無料で食事を振る舞ったり、泊めたりしていたが、これはまともに商売をしている町の宿屋によくないと考え直した。

今は食事も宿も相場の金額を徴収している。

無論、軒先《のきさき》を借りるだけという者からは料金は取らない。

馬小屋の端に藁《わら》を積んだだけだが、ベッド代わりに眠れるスペースもあるので、野宿よりはマシなはずだ。

「……そうか」

そう話すと、黒髪男も茶髪男も感心した様子だ。

「道楽でやっているようなものですから、お客がたくさん来ても捌《さば》ききれません。これでいいんですよ」

「そうだな。ここにこういう店があるのはありがたい」

と黒髪男が言った。

二人に風呂を勧め、その間に「よろしければ洗濯を」と申し出る。

「乾燥室がありますから朝までには乾きます」

「ああ、それはありがたい」

警戒はほぐれたのか、彼らはあっさりと汚れ物を渡してきた。

洗濯に取りかかろうと洗濯室に行くと、先程とは違うブラウニーが待ち構えていた。

青い肌、青い髪、青い瞳の小さなブラウニーで、仕草も声も子供のようだ。

「洗濯したら、スコーンをくれる？」

「ああ、もちろんだ。クリームをつけるから、しっかり洗っておくれ」

洗濯をブラウニーに任せ、私は明日の分のパンの下ごしらえに取りかかる。

黒髪男はライ麦パンが苦手らしい。知らないなら気にしないが、聞いてしまったので、明日はライ麦パンと白パンの両方を用意しよう。

まずは白パンから。

小麦粉に砂糖と塩、林檎で作った酵母を少し、それとバターと水をこね合わせて生地を作る。

ライ麦パンの方は、酵母ではなく、予《あらかじ》めライ麦に水などを入れて発酵させた中種《なかだね》を使う。

中種にライ麦、蜂蜜に塩、そして酸っぱさを和《やわ》らげるため、クランベリーとレーズンをたっぷり入れて混ぜ合わせる。

どちらも少し発酵させてから冷暗所に置き、ひと晩眠らせる。

私も風呂に入って休むことにしよう。

＊＊＊

朝起きてまず私がするのは、パン作りだ。

昨夜作っておいた生地を常温に戻してから、予熱したオーブンで焼く。

生地の重量の軽い小麦のパンが先に焼き上がり、重量が重いライ麦パンが後から焼き上がる。

カタンと音がしてそちらを見ると、ミルク缶が置かれていた。

乳搾《ちちしぼ》りはブラウニーが朝に済ませてくれる。

「いい匂いだな」

三十分が経過し、そろそろライ麦パンが焼き上がるという頃、黒髪の男がキッチンにやって来た。

「おはようございます、今日は晴れましたね」

空は快晴だ。

「おはよう。朝飯はなんだ？」

「チーズ入りのオムレツにローストチキン、キャロットラペ、それとカボチャのポタージュスープです」

「旨そうだな」

「ありがとうございます。今ご用意致しますので掛けてお待ちを」

晴れたとなれば、すぐに出かけたいだろう。

茶髪の方は馬の様子を見に行っているようだ。

私は手早く朝食を準備した。

大きめの皿にオムレツとローストチキンとキャロットラペを全部盛り付け、スープ皿にカボチャのポタージュスープをよそう。

パン用のバスケットに小麦のパンとライ麦パンの両方をセットすると出来上がりだ。

飲み物は暖かいペパーミントティーを出した。

季節はじきに冬になるが、ペパーミントは一年中摘《つ》めるハーブだ。重宝している。

「あの……」

「申し訳ありません。作業の続きがありまして」

黒髪男は何か言いたげな様子だったが、朝の私は忙しいのだ。

駆けるようにしてキッチンに戻り、薄く切ったライ麦パンにバターを塗り、ハムとチーズを挟んだサンドイッチを作る。

「何を作っているんだ？」

ハッと顔を上げると黒髪の男がキッチンの入り口から不思議そうに覗き込んでいる。

夢中になっていたので全然気が付かなかった。

「サンドイッチを作っていました」

「サンドイッチ？」

「はい」

「旨そうだな、一個貰ってもいいか？」

まだ食うのか。

「これは黒パンですよ」

「君の黒パンは旨い」

黒髪男はサンドイッチを一つ摘んで、頬張った。

「旨いな」

「ありがとうございます」

「しかしたくさん作ってるな」

「山越えする者達が昼食に買っていくんです」

山を越えた向こう側はもう隣国である。隣国と我が国は友好関係にあり、交易も盛んだ。荷物を運んだり、行商に行く者はこの晩秋でも絶えることはない。

彼らは移動しながら食べられるサンドイッチのような軽食を好む。

それに近隣の町フースから薪やきのこや山菜を拾いに来る子供達がいる。町からここまで五キロもあるが、彼らははるばる歩いてやってくる。

彼らは摘んだきのこや山菜を私に売ってくれる。その子供達に振る舞う分でもある。

義理堅い彼らはサンドイッチの代わりに農作業を手伝ってくれる。

率直に言って私より子供達の方が畑仕事は上手い。半年間、大いに助けられたものだ。

もっとも冬が近づくにつれてここにやってくる子供達も減った。

キッチンの勝手口のドアが勢いよく開かれる。

「リーディアさん」

入って来たのは、いまだやってくる数少ない子供の一人だ。

「あ……」

見知らぬ黒髪男の姿に、子供は驚いた様子で後ずさる。

「大丈夫だ。この人は客だよ。おはよう、ノア」

「……おはよう、リーディアさん、きのこと、それから鶏小屋の卵を拾ってきたよ」

ノアはおずおずと、卵と森で採ってきたきのこを勝手口の側にあるテーブルに置く。

「ありがとう。餌《えさ》やりもしてくれたか？」

「したよ」

「どうもありがとう。お礼に茹《ゆ》で卵《たまご》を上げよう。寒いから中で火に当たって待ってなさい」

「でも……」

ノアは大柄な成人男性である黒髪男が気になるようだ。チラチラと男を窺い、

「……畑を見てくるよ」

と外に飛び出して行ってしまう。

「嫌われたかな」

黒髪男は気落ちした様子で呟く。

「あの子は、母親と妹との三人暮らしなので、大人の男性が苦手なようです」

「そうか。……あの年頃の子供は学校で授業を受けているはずだが……」

この辺りは領主の肝入りで、各町に子供が無料で学べる学校があるのだ。

「学校には時々しか行けてないようですよ」

「何故？　学校は無償で学べるはずだ」

「あの子は仕事をしてお金を稼《かせ》がねばならないですからね」

答えると、黒髪男は肩を落とす。

「そうか……」

生まれも育ちもこの土地だと言っていたから、土地に愛着があるのだろう。子供が当たり前に

学校に通えない環境を憂えているようだ。

私は少し気の毒になって彼を慰《なぐさ》めた。

「ここは暮らしやすいいい土地ですよ。領主様は領民が山に入るのをお許しですし」

聞いた話では、領民が山に入るのを禁じている土地もあるらしい。

色々な事情があるので、一概に悪いこととは言わないが、少なくともここの領主はいい人だ。

ちなみに鹿以上の大型の獣は許可を得た猟師しか狩れない。野兎《のうさぎ》や一部の鳥などは許可がない一般人も捕っていいそうだ。

牛や豚や鶏ももちろん食べるが、それらは飼料を与えるなど肥育に金と手間が掛かる。その点、兎や野鳥の肉は、山が与えてくれる幸《さち》だ。庶民が口に出来る貴重な肉類だった。

私がそう言うと、

「……そ、そうか……」

黒髪男は騎士らしい堂々としたよく通る声をしているが、その返事は蚊《か》の鳴くような小声だった。いぶかしく思い、振り返ると彼は恥じらっていた。

なんでだ？

気にならない訳ではないが、朝は忙しい。私は自分の作業にいそしんだ。

鍋に火を掛けて茹で卵を作る。

ついでにノアが置いて行った麻袋を覗き込むと、マッシュルームを拾ってきたようだ。

いい香りがする。

これはスープに入れると美味しいのだ。

「さて、主人、世話になった」

と黒髪男が言った。

「ご出立ですか」

「ああ。後金はこれでいいか？」

と彼は金貨一枚を置く。

既に前金で金貨一枚を貰っているので、それでいいかと思っていたのにまさかの追加だ。

「こんなに貰えませんよ」

「旨いものを食わせてくれた礼だ」

黒髪の男はそう言って微笑《ほほえ》んだ。

「では」

彼はスタスタと玄関に向かって行く。

私は慌てて棚から備蓄のクッキーが入った瓶を取り出し、中のクッキーを亜麻布《あまぬの》に包んで、男を追いかけた。

「せめてこれをお持ち下さい。日持ちするクッキーです」

黒髪男を呼び止め、亜麻布を押し付けた。

塩味とチーズ味の二種類のクッキーだ。甘くないので男性でも食べやすく、酒のつまみとしても楽しめる自慢の一品である。

とはいえ金貨一枚の代わりになるものではもちろんないのだが……。

「いいのか？」

黒髪男は嬉しそうだ。

「はい」

「また来るつもりだ」

「はい、お待ちしております」

「それにしても……」

と言った後、黒髪の男は笑った。

「ここのキッチンはいい匂いがするな。これは何の匂いだ？」

「デミグラスソースの匂いでしょう」

「デミグラス……」

黒髪男は難しい顔で眉を顰める。

ピンと来ないようだが、そんな真剣に考え込むようなものではない。

「ビーフシチューを作ろうと思ってます」

「ああ、あれか」

ビーフシチューは知っているのか嬉しそうだ。

「あれは好きだ。残念だな、食べたかった」

「まだソースは完成してないんですよ。後二日は掛かります」

「随分と時間が掛かるものだな」

「よく煮込むので五日は掛かります。フォンドボーを作るところから始めるともっとです」

デミグラスソース作りは料理界でも大作なのだ。

「なおさら食べたくなった」

黒髪男は屈託《くったく》なく笑い、「また来る」と茶髪男と共に去って行った。

第二章　バンシーの死の予言とプラリネ

窓を見上げると、灰色の空にチラチラと雪が舞っていた。

ここは王国の西側に位置し、役場の青年の話だと、気候は王都とあまり変わらない。

降雪量も「王都並み」と聞いていたのだが、山に近い我が家近辺は雪のよく降る年は一メートル以上積もるらしい。

本格的に冬のシーズンが到来すれば雪かきに追われそうだ。

「ご馳走《ちそう》さま」

「ありがとうございます。お気を付けて」

早朝に訪れる客はオーツ麦をミルクで煮込んだ温かいミルク粥《ポリッジ》を掻《か》っ込《こ》むように食べて足早に出ていく。

冬の日はとても短い。

夕刻が近づく程、天候は崩れやすくなるので、彼らは陽のあるうちに山を越えようと先を急ぐのだ。

山向こうの国境まで、馬車で八、九時間ほどだそうだ。

ドアベルがチリリンと鳴って、また客が来る。

「リーディアさん」

「おや、ノア、いらっしゃい」

やって来たのは、私にきのこや山菜などを売りに来る少年ノアだ。

母親らしい女性とノアより小さな女の子が一緒だった。

ノアが二人を紹介してくれる。

「母さんと妹のミレイだよ。母さん、この人がリーディアさんだよ」

いつもは年より大人びた雰囲気の子だが、今日は子供らしい屈託《くったく》のない笑みを浮かべている。

女性の方が私に頭を下げてきた。

「ノアの母親です。いつも息子がお世話になってます」

「いえいえ、こちらこそノア君にはお世話になっています」

綺麗《きれい》なご婦人だが、随分と痩《や》せている。ノアからもあまり体が丈夫でないと聞いている。

なのに一家揃《そろ》って外套《がいとう》は薄手の一枚だけ。これではすぐに凍《こご》えてしまうのではと心配になる恰《かっ》好《こう》だ。

挨拶《あいさつ》がすむと、ノアが弾むような声で私に言った。

「リーディアさん、僕達砦《とりで》に行くんだ」

「砦に？」

「そう、母さんが砦で働くことになったんだ。僕らも一緒なんだよ」

国境周辺を一望出来る山頂近くの兵達の駐屯地《ちゆうとんち》を、この辺りの人々は砦と呼んでいる。

本来の任務は国境の監視なのだが、隣国との関係が良好な近年はもっぱら交易の商人らを狙う山賊《さんぞく》退治が主な任務らしい。

「それはよかったな」

ノアにはそう言ったが、内心、私は眉を顰《ひそ》めた。

砦はここより寒く、小さな子供にも病弱らしいノアの母親の体にもきつい環境ではなかろうか。

しかし辺鄙《へんぴ》なところにあるので、万年人手不足らしく、好条件で雇《やと》ってくれるという。

二人の子持ちの女性を住み込みで働かせてくれるのは、この辺りでは砦くらいだ。

一家が冬を乗り切るにはこの選択肢しかなかったのだろう。

「うん、僕もいっぱい働くんだ」

「まあ、ノアってば」

見ればノアの母親も新しい生活に不安を感じている様子だ。しかしノアと妹の無邪気《むじゃき》な笑顔に彼女は慈《いつく》しむように笑いかける。

「そうか、体に気を付けて頑張れ」

一家はポリッジを注文した。

彼らが食べている間、私は卵を三つ茹《ゆ》でて、ライ麦パンにハムとよく絞ったザワークラウトを挟んだ簡素なサンドイッチと共に渡す。

一家は山道を三人で歩いて行くという。

「途中で食べなさい、気を付けて」

「リーディアさん、ありがとう」

彼らを見送るため、私も一緒に外に出た。

雪は止《や》んでいたが、冷たい風が強く吹いている。それでも三人は予定を変えず砦に向かうと言って出ていった。

「…………」

このまま行かせていいのだろうか？

三人を見送る私は言いようのない不安に襲われた。

しかしあの三人に私が何をしてやれる？

私は嫌な予感を振り切って家に戻る。

「リーディア……」

そこには青い肌のブラウニーが立っていた。

我が家には総勢四人の屋敷妖精ブラウニーが住み着いていたが、青い肌、青い髪、青い瞳、私の膝丈サイズのこのブラウニーは一番の新参者で、長年ここに住んでいるブラウニーによると「見たことない奴」らしい。

元いた家を離れ、ここに来たようだ。

朝食客が引けて食堂に客の姿はない。とはいえ、いつ次の客が来るとも分からない。用心深い彼らは日中、食堂には顔を出さない。

ことにこの青い肌のブラウニーは人を怖がっている様子で、普段の彼女――確証はないがおそらく――は絶対にしない行動だ。

「どうしたね？　ブラウニー」

声を掛けると、小さな女の子のような外見をしたそのブラウニーは、体を震わせ、不安げに私を見上げた。

「私のこと、追い出したりしない？」

「そんなことはしない」

「本当に？」

「本当だ。ここが嫌になるまでずっといてくれ」

ブラウニーは胸を撫《な》で下ろす。

「じゃあ、言うわ。あの子達、三人とも死んでしまうの」

「あの子達というのは、ノア達のことか？」

「ええ、そう」

「じゃあ、君はブラウニーではなく、バンシーなのか？」

バンシーは悲しげに答えた。

「……人間は私をそう呼ぶわ」

バンシーは人の死を予言するという妖精だ。その不吉な言動から死を呼ぶ邪悪な妖精と誤解されることもあるが、彼らは死を操る者達ではなく、善意で身近な人の死を教えてくれるのだそうだ。

「君には、人の死が分かるんだね」

「ええ」

バンシーはおどおどと頷《うなず》く。

死を教えたせいで、不吉な妖精と疎《うと》まれた過去があるようだ。

「あの子達がどうやって死んでしまうのか、分かるか？」

バンシーはよどみない口調で言った。

「皆で病気が流行《はや》って、まず母親が倒れてしまうの。その後で子供達も。三人とも春までに死んでしまうわ」

「そうか、教えてくれてありがとう」

「信じてくれるの？」

礼を言うと、バンシーは青い瞳を瞬《しばた》かせる。

「ああ、君が私を信じたように、私も君を信じているからね」

善なる妖精は親切には親切で応えるという。

このバンシーは私の不利益になることはしない。

今行動すれば、三人の命を救えるかもしれない。

「彼らを迎えに行く。戸締まりをするから、手伝ってくれるか？　報酬《ほうしゅう》はクッキー一枚」

バンシーは楽しげに微笑《ほほえ》んだ。

「ええ、もちろんよ」

私はオリビアに荷車を付けると、ノア達家族を追ってオリビアを走らせた。

十分も走らせると、ノア一家の姿を見つけた。

嵐のような風を前にノアの妹が座り込んでしまったようだ。

いつもなら忌々《いまいま》しく思う北風だが、この時ばかりはよくぞ足止めしてくれたと、私は北風の神に感謝した。

「ノア！」

「リーディアさん？」

声を掛けると、ノアは驚いた様子だった。

バンシーが彼らの死を予言したことは、今話しても怖がらせるだけだろう。

私は違う言葉でノアの母親を説得することにした。

「ノアのお母さん。一度我が家に戻りましょう。この風では子供が凍えてしまいます」

「ですが……」

ノアの母親は躊躇《ためら》っている様子だ。

だが、このまま行かせる訳にはいかない。

私は言葉を連ねた。

「お母さん、このまま砦に向かえば、三人とも死んでしまうかも知れません。どうか考え直して下さい。悪いようにはしません」

「………」

ノアの母親はそれでも逡巡《しゅんじゅん》した。だが、ノアは妹を抱きかかえると、

「リーディアさん」

御者席の私に渡そうとする。

受け取ったノアの妹の体はとても小さく、とても冷たかった。

私はノアの妹を着込んでいた外套の内側に入れた。少し窮屈《きゅうくつ》だろうが、温まるはずだ。

「母さん、行こう」

とノアは母親に訴えた。

「で、でも、ノア……」

躊躇うノアの母親にノアはキッパリ言った。

「ミレイはもう歩けないよ。一度リーディアさんの家に戻ろう」

家に着いた私は、三人にホットミルクを飲ませた。

子供二人は温かい飲み物を口にしてすぐに笑顔になったが、ノアの母親は沈み込んだままだ。

改めて聞いたノアの母親の名はキャシー・ヌーニス。

ヌーニスは近くの土地の名前だ。この国の庶民は姓を持たないが、名前だけでは不便なので、屋号や生まれ故郷の地名を姓代わりに名乗る。

私はキャシーに尋ねた。

「キャシーさん、砦の仕事をするのに契約書などは交わしましたか?」

キャシーは首を横に振って否定した。

「いいえ、契約書はまだです。砦に着いて契約書を書いたら、前金を頂くことになっていました」

何でも前金を貰ってとんずらというケースが相次いだために、こうした方法になったらしい。

私はそれを聞いてホッとした。

契約書を交わしているなら、砦で働かないと契約不履行《ふりこう》になってしまうが、その前であれば仕事を辞退出来るかも知れない。

「子供が小さくて、本人も病弱。砦で一冬越すのは難しそうだと断りましょう」

「……ですが、もう町の家は引き払ってしまって、砦に行くしかないんです」

キャシーは困り果てた様子でそう言った。

私はそんなキャシーに提案した。

「キャシーさん、あなた方一家さえよければ、ここでひと冬過ごしませんか？」

「まあ……」

「もちろん、あなた方がよろしければですが」

「ですが、あの、お代が払えません」

「無料で構いません。だが、仕事を手伝って貰えるとありがたい」

キャシーはどんな無理難題をふっかけられるのかと戦々恐々としている様子だ。不安げに尋ねてきた。

「どんな仕事でしょうか？」

「ノアにはいつもの仕事を。妹さんにも出来る手伝いがあればお願いしたい」

「リーディアさん、僕、頑張るよ」

とノアは力強く言った。

「頼りにしているぞ、ノア。キャシーさん、刺繍《ししゅう》は出来ますか？」

「刺繍？」

「この辺りでは大抵の女性が刺繍を刺せるそうですね」

「え、ええ、はい」

この辺りは亜麻布《あまぬの》の生産で有名で、そのリネンに刺す刺繍も名産らしい。花モチーフの鮮やかな刺繍で、可愛らしくて気に入っている。

刺繍というと高価そうだが、リネンやコットンに刺しているので、私でも普段使い出来る値段だ。

テーブルクロスやテーブルライナー、花瓶敷き《ドイリー》、ソファーカバー、クッションなんかを使っているのだが、特に隊商を組んで外国からやってくる商人達に受けがいい。

買い取りたいと言われることが増えたので、多めに買い込んでいるのだが、これが結構売れる。

町にある雑貨屋の方が種類が多いですよとは言うのだが、実際にセッティングして使っているのを見ると欲しくなるらしい。

「テーブルライナーや一人用のテーブルクロス、ポプリを入れる巾着なんかが売れ筋です。ものすごく売れます」

「そうなんですか……」

「我が家の刺繍は全部買われてしまったので、この際、自分で刺繍を入れようと布をたっぷり買い込んだんですが……私はあまり刺繍が上手《うま》くないようで」

長い冬の手慰《てなぐさ》みと思い、チャレンジしてみたのだが、リネンが血まみれになっただけでまだ一枚も作れていない。

「まあ」

「というわけで、キャシーさん、刺繍を刺して貰《もら》えませんか？」

「刺繍は得意ですわ。そんな仕事ならいくらでも出来ます」

「それは心強い。常々、宿の寝具に小さな刺繍を入れたいと思っていたんです。出来ればそれもお願いしたいんです」

キャシーは目を輝かせた。

「まあ、素敵。是非やらせて下さい」

「よかった。ですが、あまり無理はなさらないで下さい。お子さんのためにも健康第一ですよ」

キャシーは深々と頭を下げた。

「リーディアさん、本当にありがとうございます。砦では下働きのメイドとして働く予定でした。きつい仕事に体が持つのか、心配でしたが、家族三人食べていける仕事はそれしかなくて……。ここに置いて貰えるなら何でも致します。あの、力仕事は得意ではないですが……」

「力仕事は私が得意ですよ。キャシーさんには私の苦手な針仕事をお願いします」

「はい、頑張ります」

と彼女は笑った。

ノアとミレイはずっと不安そうに私とキャシーのやりとりを見守っていたが、キャシーの言葉を聞いて笑顔になる。

「お母さん、私達、ここで暮らすの？」

ミレイが楽しそうにキャシーに尋ねた。

「ええ、そうよ。冬の間はここでお世話になるの」

「やったぁ、私、こんな大きなお家、初めて。お城みたいね」

ミレイはそう言ってはしゃいだ。

私は彼らを部屋に案内した。

我が家には一家が暮らすのにちょうどいい部屋がある。

二階の端の広い部屋で、元は病人かご隠居《いんきょ》の部屋だったのだろう。窓が大きく静かな場所なので、家族三人快適に暮らせるはずだ。

窓の側《そば》に木蓮《マグノリア》の木が生えていて、花が咲く季節にはいい香りが楽しめる。

外はまだ強い風が吹いている。

砦の仕事を断りに行くのは、明日にしようと決めた。

明日、上手く砦に向かう旅人を捕まえられればいいが、そうでなければ私がオリビアを駆って行く。

話が決まったので、昼食を作ることにした。

スープはカリフラワーのクリームスープ。

先程彼らに持たせたハムとザワークラウトを挟んだサンドイッチと茹で卵がまだ残っている。これをベースにサンドイッチを作り直す。

卵、白ワインのビネガー、オリーブオイルと砂糖と塩少々を混ぜ合わせ、マヨネーズを作る。

マヨネーズを潰《つぶ》した茹で卵と和《あ》えて、サンドイッチの中に挟む。

さらにチーズとオイルで戻したドライトマトも挟むと、具だくさんで食べ応えのあるサンドイッチが出来上がった。

子供達は我が家のキッチンに興味津々《しんしん》で、料理するところを見たがった。

「火の側は危ないから離れていなさい」と言うと、遠くから息を殺して見ている。賢いいい子供達だ。

「リーディアさんの料理はすごく美味《おい》しいんだ」

とノアがミレイに言うのを聞いて、ひそかに私は鼻を高くした。

さて食べようという時に、

「主人はいるか」

と客が来た。

客は件《くだん》の黒髪男と茶髪男だった。

前回の訪問から二週間ほど経《た》っている。

「主人、来たぞ。話がある」

黒髪男は私の顔を見ると、近づいてきた。食卓に目をやり、言った。

「失礼、食事中か？」

「はい、申し訳ありませんが、少々お待ちを。今、お茶を淹《い》れます」

「いや、急がなくていい。旨《うま》そうだ。私達にも食べさせてくれ」

「すぐご用意出来るのは同じものですが、よろしいですか？」

「構わない」と言うので、私は追加で二人分の昼食を用意することになった。

まずはおかわり分に取っておいたカリフラワーのクリームスープを出す。

それを食べている間にサンドイッチを作った。

とはいえ、彼らはそれだけでは足りまい。

鶏肉と野菜の蒸し煮《エチュベ》を作るとしよう。

一口大にした鶏肉をフライパンでソテーし、皮目に焼き色を付ける。同時進行で別の鍋で食べやすく切った玉葱《たまねぎ》や人参《にんじん》、じゃがいもなどの野菜ときのこ、ニンニクを入れ、塩を振り、蓋《ふた》をして弱火で加熱する。野菜から自然に出る水分で蒸し煮にするので、水を加える必要はない。野菜が柔らかくなった頃、ちょうど焼き上がった鶏肉を鍋に入れ、白ワインを加えて鶏肉と野菜に火が通るまで蒸し煮にする。

風邪《かぜ》予防にセイヨウニワトコ《エルダーフラワー》のお茶も一緒に出した。

「旨そうだ」

昼食を平らげた後、黒髪の男が私に言った。

「主人、話があるんだが……」

内密の話なのか、チラリとキャシー達に視線を走らせる。

キャシーはすぐに察し、

「では、私達は向こうにおります」

と二人を連れて奥に引っ込んだ。

三人がいなくなると、黒髪男は私に頭を下げた。

「あなたのお陰で助かった。礼を言う」

「何のことでしょう？」

黒髪の男を助けた記憶はない。泊まらせたのには、きちんと対価も貰ったし、「助けた」うちに入らないだろう。

人違いではないのか？　と私は疑った。

しかし茶髪男の方も同意するように頷いている。

黒髪男は重ねて言った。

「あなたにそのつもりはなかっただろうが、我々はあなたに大いに助けられた。私にスコーンを振る舞ったことは覚えているか？」

「あー、はい」

そう言われて、私はますます混乱した。

あの時のスコーンは上出来だった。

だが、スコーンが美味くて礼を？　わざわざ言いに来たのか？

「あの時、重曹《じゅうそう》の話をしたのを覚えているか？」

「ああ、はい。致しましたね」

黒髪男は声を少し低くする。

「実は以前から王都の貴族がゴーラン領の土地を買い占めようとしていた。だが欲しがるのは農地にも出来ないような痩せた土地だ。どうもおかしい」

「水源地などを独占されては大ごとですから、我々も注視していました。ただ彼らの目的がいまいち分からなくて……」と茶髪男が横から言い添えた。

「彼らの目的は重曹だった」

「そうでしたか」

「我が国でトロナ石が採れるのは、このゴーランの地だけだ。いや、他にもあるのかも知れないが、最大の産地はおそらくここだろう。重曹の生成は我が国でも研究が進んでいるらしい。買い占めの場所には、トロナ石が埋まっている。君のおかげでようやく突き止められた。危うく王都のブタ共に何もかも持って行かれるところだった」

黒髪男は忌々しげに言った。

「あー」

大きな声では言えないが、中央と辺境地はあまり仲がよくない。

中央に集まる情報をわざと遮断《しゃだん》して辺境地に伝えないようにし、利益誘導を試みる貴族は多い。

辺境領は幾度も煮え湯を飲まされている。

重曹はトロナ石に熱を加えて出来るものらしい。

「加熱の方法等、まだいくつか技術的な問題は残っているが、いずれこの地で重曹が作れるようになるはずだ」

と黒髪男は私に説明した。

「それはよかった」

国産品となれば、多少は安価に流通するはず。私の手にも入りやすいというものだ。実に喜ばしい。

「君が教えてくれねば、手遅れになるところだった。礼を言う」

「いえいえ、お役に立てたなら幸いです」

そう言いながら、私は内心で舌を巻いた。

たった二週間であんな胡乱《うろん》な話からよくここまでの情報を揃えられたものだ。辺境伯《へんきょうはく》はいい騎士を抱えている。

黒髪男は中央の貴族を「ブタ」と呼んだが、中央貴族のゴーラン辺境伯の呼び名は貪狼《たんろう》。

貪欲《どんよく》な狼《おおかみ》という意味だ。

「それで、君に頼みたいことがあって来た」

と貪婪《どんらん》な狼の騎士は言った。

「はあ、何でしょう？」

「まだ重曹があったら少し分けて欲しい。王都に使いをやっているが、実物があるなら早く見たいそうだ。それと、スコーンのレシピが知りたい」

「ああ、構いませんよ」

私は立ち上がり、キッチンの戸棚から重曹の入った瓶《びん》を取り出した。

それから部屋に行き、レシピ帳を持って戻る。

「スコーン……スコーン、ああ、これです」

私はスコーンのページを開き、紙にレシピを書き写した。

黒髪男はヒョイと私のレシピ帳を覗《のぞ》き込《こ》んだ。

「これは手書きか？」

「私が書きました。療養中……あー、以前暇《ひま》だった時に食べたいものの作り方を片っ端から書き写したんです」

怪我《けが》で療養していた騎士団の病院は食事が美味しくなかった。

それまでの私はどちらかというと食に関心のない方だったが、食べられないと思うと、無性に美味しいものが食べたくなった。

「怪我が治ったら、思う存分食べるぞ」と病院の図書室で料理の本を読みふけったのだ。

すでに再起が難しいことは宣告されていて、将来を打ち砕《くだ》かれ、気を紛《まぎ》らわせるのはそんな馬鹿げたことだけだったのだ。

最初は食べることにしか興味はなかったが、そのうち、料理を作ってみたくなった。

王都の図書館にある料理本から書き写したものもあるし、料理人に直接教えを乞うて書き残したものもある。

私の宝物と言っていいだろう。

「素晴らしいものだな」

と黒髪男は賞賛した。

「所詮《しょせん》は素人《しろうと》の趣味ですよ。本職の料理人ならもっとすごいレシピをたくさん持っているはずです」

「いや、大したものだ。大事なレシピを教えてくれてありがとう。礼をしたいのだが、何か欲しい物はないか？」

黒髪男はそう申し出てきたが、私は大層なことは何もしていない。

「いえいえ、お礼を頂くようなことは……」

と言い掛け、「あっ」と気付いた。

彼らは騎士である。

「であれば、一つ、お願いがあります。砦の騎士にお知り合いはいらっしゃいませんか？」

「は？」

私の質問が意外だったのか、二人の騎士は固まった。

茶髪男の方がおそるおそる尋ねてくる。

「砦の騎士に何か用が？」

「はい、話したいことがありまして。出来れば地位の高い騎士がいいんですが、知り合いにいませんか？」

「砦の司令官は妻帯者だぞ」

と黒髪男が唸《うな》るように言った。

「はあ、そうなんですか？　いえ、妻帯者かどうかはどうでもいいんですが……」

いや、待てよ。

妻のいる男の方が、家族の事情を考慮してくれるか？

つい考え込んでいると、茶髪男が言った。

「あの、どんな事情か、話して貰えないかな。力になれるかも知れない」

黒髪男は以前、我が家のブラウニーを見ている。私は事実を包み隠さず、話すことにした。

「信じられないかもしれませんが……」

我が家のブラウニーが実はバンシーで、彼女がキャシー達三人の死の予言をしたこと。私は彼らが砦に行くのを止めたこと。砦の仕事は断りたいこと……。

全て話し終えると、二人は深刻そうに顔を見合わせた。

「アルヴィン様……」

「ああ」

黒髪男は私に向き直る。

「バンシーは砦の兵達の死を予言したか？」

「……？　それは聞いてないですね。砦で病気が流行るとだけ」

「そうか……」

と黒髪男はため息を吐《つ》いて考え込んだ。

私は目の前の椅子に座る二人を見た。相変わらず所属は不明だが、言動からして彼らがゴーラン辺境騎士団の人間であるのは間違いない。

私はノア達の心配しかしてなかったが、よくよく考えると、砦の兵は彼らの同僚である。そりゃ、気にもなるだろう。

「あの、バンシーに聞いてきましょうか？」

「頼む。もっと詳しいことが知りたい」

「はい」

教えてくれるかは分からないが、バンシーに尋ねてみよう。

私はそう思い、立ち上がろうとしたが、

「リーディア、私はここよ」

バンシーがぶるぶる震えながら、姿を現した。

「バンシー」

「……これがバンシーか」

黒髪男が呟《つぶや》いた。

「アルヴィン様、見えるんですか？」

「青い肌で青い髪をしている。膝丈くらいの小さな女の子だ。デニスには見えないか？」

「はい、何か光のようなものはぼんやり見えるのですが……」

黒髪男の方はバンシーの姿がはっきりと見えている様子だが、茶髪男はすまなそうに頭を掻く。

何にせよ、姿を見せてくれたのはありがたい。

私はバンシーに尋ねた。

「バンシー、砦の人間も冬に流行る病気で死んでしまうか、知りたいんだ。教えてくれるか？」

バンシーは遠くの何かを透かし見るような表情をした後、言った。

「少し死ぬ。けれどたくさんは死なないわ。近くの村の年寄りや子供は死んでしまうけれど……」

「では、致死性の高い流行病ではないんだな」

黒髪男に話しかけられ、バンシーはビクリと体を震わせたが、「ええ」と小さな声で返事をした。

黒髪男は続けて聞いた。

「フースの町の人間もたくさん死ぬか？　それとここの主《あるじ》は無事か？」

「……リーディアは死なない。町の人は少し死ぬわ」

「なるほど、であれば領内が感染元ではなく、隣国から来る流行病だろうな」

「対策が必要ですね」

と二人は相談を始めた。

私は驚いて彼らに尋ねた。

「あなた方はバンシーの話を信じてくれるんですか？」

バンシーは私の家に住む、いわば家族のような存在だから信じられるが、彼らの物わかりのよさは何なんだろう？

黒髪男は「ああ」と私に顔を向ける。

「国境に近い領では外国から旅人が病を運んでくるのはよくあることだ。特に冬はね」

「隣国でタチの悪い風邪が流行っているのは聞いてますし」

と騎士ならではの別ルートの情報もあるらしい。

「妖精の語る話を無条件に信じる訳ではないが、頭から否定する根拠もない。むしろ予言のお陰で備えが出来るというものだ。至急、滋養強壮《じようきようそう》に効果があるものを砦と近隣の村に運ばせろ」

「はい、分かりました」

と茶髪男は頷いた後、表情を曇らせる。

「ですが、今から食材の調達は難しいでしょう。何が用意出来るか慎重に考えないといけませんん」

「そうだな」

と呟いた黒髪男は、ふと、私に顔を向けた。

「主人、何かないか？」

「そう言われましても……」

季節は冬である。砦近くに小さな村というか集落はあるが、そこは自給自足がやっとという場所らしいので、食料供出は期待出来ない。むしろ彼らにも支援が必要だ。

砦と近くの村人分用意しなければならないが、どの町にもそれほど大量の余剰食料などありはしまい。

私は食卓にある料理を見て、思いつくまま、言った。

「ああ、このエルダーフラワーのお茶は風邪に効くらしいですよ」

そこらに生えているハーブなので、手に入れやすい。

「そうか、ハーブティーか」

食卓には出ていないが、もう一つ。

「ヨーグルトは体にいいそうです」

「今から砦に牛を運ぶのは不可能です。牛小屋もありませんし、越冬出来ないでしょう」

と茶髪髪は残念そうに首を振る。

「ザワークラウトも健康にいいそうです」

「それは年寄りからよく聞くな」

黒髪男の呟きで私はあることを思い出した。

「あのー、知り合いが言っていたのですが、ザワークラウトの汁も健康にいいそうです」

ザワークラウトはキャベツと塩、それとヒメウイキョウ《キャラウェイシード》の種で作る漬物《つけもの》だが、結構な量の汁が出る。

あれは飲めるのだそうだ。

私も一度試してみたが、決して美味しいものではない。ただ、健康にいい……気はした。

「汁か」

「ザワークラウトも体にいいですし、汁ならただです」

茶髪男は特に無料なところが気に入ったようだ。

「ザワークラウトはいいな。キャベツくらいなら何とか今からでも調達出来るだろう」

「はい」

と茶髪男が頷く。

「しかし酸っぱいものだけだと、嫌がられるかもしれん」

何せ、ザワークラウトの汁である。健康にいいと聞いても飲むのを躊躇う代物だ。

「もう一つ、何か喜ばれるものが用意出来るといいんだが……」

黒髪男が呟いた。

「喜ばれるもの？」

「そうだな、ザワークラウトは酸っぱいから、反対に甘いものがいい。比較的安価で、しかも手間なく作れるものは何かないか？」

「では、プラリネなどいかがですか？」

「プラリネとは？」

と黒髪男が聞いてくる。

「ハシバミの種《ヘーゼルナッツ》、アーモンド、クルミの種《ウォールナッツ》などのナッツをキャラメリゼした……えーと、加熱した砂糖を絡《から》めたものです。作ってみましょうか？」

説明するより食べた方が分かりやすいだろう。

材料は、ヘーゼルナッツ、アーモンド、クルミ、そして砂糖と水である。

この辺りはクルミがよく採れる。殻《から》付きのクルミは冬の間中持つので、どこの家でも備蓄しているはずだ。

まず、ヘーゼルナッツとアーモンド、クルミの殻を剝《む》く。

ナッツクラッカーを用意し、殻を剝こうとすると、

「私がやろう」

と黒髪男が申し出て来た。

「ありがとうございます。助かります」

ナッツクラッカーを使っても疲れる作業なのだが、黒髪男と茶髪男は苦もなく次から次に殻を剝いていく。

殻を剝いたナッツは中火で数分、煎《い》る。香ばしい匂いがしてきたら、上手く煎れた合図だ。

このまま食べても美味しいが、今回はプラリネを作る。

フライパンに水と砂糖を同量入れて、火に掛ける。あまり煮詰めると焦げてしまうので、注意が必要だ。

砂糖が溶けたらナッツを入れて手早く絡める。

「これで出来上がりです」

ものの数分で出来る簡単なものだが、キャラメルと煎りたてのナッツが香ばしい菓子だ。大量に作れる点も、黒髪男の要求を満たしている。

まだ熱いのに二人はポリポリと試食を始めた。

「これは冷めても旨いんじゃないか？」

「砂糖とナッツさえあれば作れる簡便さがいいですね。砂糖は高価ですが、材料がこれだけなら確保出来そうです」

「よし、これでいこう」

我が国は砂糖を輸入に頼っているので高価だが、国境の向こうの隣国から仕入れている関係で、このゴーラン領では王都より少々安く手に入る。

とはいえ高級品であるのは間違いない砂糖の大量購入を即座に決定出来る彼らは、一体何者なのだろう？

再びうっすらと疑問に思う私である。

いやいや面倒なことには巻き込まれたくない。知らぬ存ぜぬで通すことにしよう。

中央の騎士とゴーランのような地方の騎士は、通常であれば関わりを持たない。

我々セントラルの騎士達が地方に赴くのは、何か騒乱が起こった時だ。

ゴーラン領はゴーラン伯爵《はくしゃく》がよく治め、平和で栄えている。

そんな場所では我らの出番はないため、私はゴーラン領については、ほんの触り程度の知識しかない。

また、ゴーラン領主はあまり社交を好まない性格なのか、最低限の式典以外で王都を訪れることもなかった。

故に私は彼の顔も知らない。

そして向こうも王宮魔法騎士リーディア・ヴェネスカを知らないだろう。

王宮魔法騎士の正装は仮面付きで、顔はほとんど見えない。仮面は大昔に魔法使いが怖れられていた時代があるため、ということだが、本当の理由は個人を特定出来ないようにするためだ。

ぼんやりとそんなことを考えていると、黒髪男達は立ち上がった。

「すっかり世話になったな。これはレシピと菓子と昼食の代金だ」

そう言ってなんと、金貨一枚置いて行こうとする。

私は慌てて突き返した。

「こんなに頂けませんよ」

「だが、あなたに何か礼がしたい」

「それなら、キャシーさん達が砦で働けないことを砦の騎士に上手く伝えて貰えませんか？」

「そのことならご心配なく。必ず伝えますから」

と茶髪男が確約した。

私は胸を撫で下ろす。

「ありがとうございます。お礼ならそれで十分です」

結局昼食代とプラリネ代で私は銀貨二枚を受け取った。

彼らは「子供達とバンシーに食べさせてやってくれ」と半分だけプラリネを包んで持っていく。

台所から隠れてやりとりを見ていたらしいバンシーはさっと顔を出し、「ありがとう」とだけ言ってまた顔を引っ込める。

「他に何か出来ることはないか？」

最後に、黒髪男に改めて問われた。

「いえ、本当に大したことはしておりませんから」

「そうか」

と黒髪男はやや残念そうに呟いた後、私をじっと見つめ、

「また来てもいいか？」

と言った。

「いつでもお越し下さい」

と私は答えた。

＊＊＊

本格的な冬のシーズンを迎え、街道を行く旅人はかなり減った。

我が家を訪れる客も少なくなり、冬は静かに過ぎていく。

その後やって来た茶髪男の話では、砦には無事にキャベツや砂糖、ナッツが届けられ、回復魔法が使える魔法使いも派遣された。取りあえず冬風邪の患者は例年並みに収まっているという。

町もいつもと変わりない。

防疫《ぼうえき》はまずまず成功したと言っていいだろう。

暇な時間を利用して私はノアとミレイの勉強を見てやることにした。

元々頭のいい子達なので、スポンジが水を吸収するように、あっという間に学んでいく。

キャシーは着々と我が家のリネンに刺繍を入れ、今は予備分のテーブルクロスや巾着に刺繍を刺してくれている。春になって訪れる客に引っ張りだこになることだろう。

キャシーは食堂に置いている手製の魔石ランプを「明るくて目が疲れにくい」と気に入って、作業を食堂でやる。

隣のテーブルでは、そんなキャシーの仕事を眺《なが》めながら、私が子供達に勉強を教えている。

私とキャシーはどちらも口数が多いという方ではないが、ノアとミレイを介してそれなりに仲良くやれている。

三人がいなければ冬はもっと寂しい季節になったに違いない。

黒髪男は二週間に一度程度やってくるようになった。

詳細は聞いていないし、向こうも言わないが、黒髪男はかなり遠方から宿屋に来ている。

ゴーラン領の中央に、ゴーランで一番大きな都市、領都ルツがある。領都ルツはゴーラン辺境伯のお膝元の城下町で、騎士団本部もそこにあるそうだ。領都から我が家まで馬を駆って丸一日かかる。多分、砦絡みの用事のついでだろうが、ご苦労なことだ。

茶髪男は砦とその周辺の防疫対策に注力しているとかで、黒髪男は一人だった。

男は来る度に珈琲豆《コーヒーまめ》や果物など、珍しいものを土産《みやげ》にくれる。

例の重曹は百倍くらいの量になって返ってきた。

黒髪男の幾度目かの来訪時だった。

店内に他に客の姿はなく、私は「頂いたもので申し訳ありませんが」と黒髪男に珈琲を出した。

豆を選《え》り分《わ》けるのと珈琲豆を挽《ひ》くのは男がやり、私は自分と黒髪男の二人分の珈琲を淹れた。

キャシーは珈琲はあまり好みではないそうだ。子供と一緒に自室でホットミルクを飲んでいる。

珈琲を一口啜《すす》った後、黒髪男は話し始めた。

「実はあなたの乾燥システムと魔石で暖を取る方法を砦で導入した」

「それは……」

私は驚いた。

我が家の乾燥室も魔石の暖房使用も遥か昔から理論的には確立している。

だが我が国では魔法を生活に利用することはほとんどないのが現状だ。

これは多くの国で魔法使いが迫害を受け、家畜のように扱われていた古い歴史に由来する。

その結果、魔力持ちは数を減らし、次に各国は魔法使い保護に躍起《やっき》になった。

稀少《きしょう》な魔法使いを暖炉を温めたり、洗濯を乾かしたりという「下賤《げせん》」の仕事には使わない。

魔法使い達も己の能力に誇りを持ち、そしてかなり高給で雇われているため、そうした仕事を嫌う傾向にある。

魔力持ちに貴族が多いことも理由の一つだろう。

私の乾燥室も暖炉も暇な魔法使いの手慰みというべきもので、魔法本来の使い方ではない。良識者からは眉を顰められるような外法《げほう》である。

魔術回路を損傷し、今は下級魔法使いに成り下がった私ならともかく、戦闘用の現役の魔法使い、魔法騎士がよく協力したなと私は感心した。

「その辺は、デニス――私に同行していた騎士の名だ――が上手くやってくれた。まあ一番は、砦という劣悪な環境だろうな。とにかく寒いし、洗濯物は乾かない」

黒髪男は砦勤務の経験があるのか、「はぁー」と深いため息を吐いた。

さすがの魔法使い達も実利を取ったという。

「騎士団も魔法使いの任務外での魔法を禁じていた」

駐屯地ではいつ戦闘が起こるか分からない。魔法使い達に不用意に魔力を消費させれば、肝心《かんじん》な時に使い物にならない。

余剰と分かっていても、騎士団には魔法使い達に魔力を使わせたくない事情がある。

「だがそうしたやり方は、魔法使いの能力を狭くすると私は思う」

と黒髪男は言った。

「……それは……」

「現在魔法使いに求められるのは、攻撃魔法の強さのみ。しかし魔法というのは、もっと自由であるべきだと私は、考える」

様々な感情が心の内をざわめかせる中、私は黒髪男を見つめた。

「それは、私も同意見です」

私はかつて高い魔力を誇る魔法騎士だった。

自分の魔力にうぬぼれもあったので、現行の攻撃魔法偏重のあり方にまったく疑問を持っていなかったが、今、魔力を失って思うのは、魔法とはそれだけではない。もっと大きな可能性を持つということだ。

しかし失って初めて分かる境地であって、この男のように現在力を持ちながら、「それ」に気付くことは、私はなかった。

……何と言うか、人としての格の違いを思い知らされた気分だ。

だが黒髪男は言った。

「そう考えさせてくれたのは、君のおかげだ」

「私の？」

「乾燥室も暖炉も便利さを知っていたから、導入出来た。それがなければ、私も皆を説得することは不可能だった」

「お考えの一助になったのなら幸いです」

と私は言った。

乾燥室の設置と暖房用の魔石の導入で、砦はいつになく快適な冬を過ごしているそうだ。

他の駐屯地でも生活魔法の運用を進めていくという。

ところで黒髪男は不運な奴である。

かねてより黒髪男は「ビーフシチューが食べたい」と望んでいた。

ビーフシチューは「世の中にこんなに美味い物があるのか」と私が開眼した料理である。

私の人生を決めたと言っても過言でない一皿で、「毎日でも食べたい」と思ったが、実際にどんな好物でも毎日はいただけない。

一度作ると客が多い夏で二日、冬だと下手《へた》をすれば四日ぐらい延々とビーフシチューを食べ続けることになる。

そういうわけで我が家ではビーフシチューを作るのは冬場は一ヶ月に一度と決めている。

なかなかタイミングが合わず、彼は一度もビーフシチューを口にしていない。

「明日は休みなので今日は泊まらせて貰う」

と言ったその日のメニューもビーフシチューではなかった。

そろそろビーフシチューを食べたくなり、まずはビーフシチューに使うフォンドボーを作ろうと思い立ったのが、今朝だった。

それを告げると、黒髪男は、

「丁度よい。ビーフシチューを作るところを見てみたかったんだ。私にも手伝わせて欲しい」

と言った。

作るのはビーフシチューではなく、前段階のフォンドボーだが、実はこの二つの料理の最初の工程はほとんど同じなのだ。

「フォンドボー作りは大変ですよ。肉体労働です」

「ならば尚更《なおさら》、君一人にはさせられない」

黒髪男は騎士道精神の鑑《かがみ》みたいなことを言った。

冗談かと思ったが、意外と決意は固かったので、手伝って貰うことにした。

まず、騎士服が汚れてはいけない。騎士服を脱いで、着替えて貰う。

騎士服は汚すと叱られる支給品である。どこの騎士団でもこれは変わらないはずだ。

黒髪男は着ていた黒の騎士服《サーコート》を脱いだが、その下に身に付けている白いシャツも汚れ一つない上物だ。

これに血しぶき付けたら黒髪男の家の使用人が泣くだろう。

私はシャツも脱ぐように言い、代わりに破棄予定のシーツでキャシーがこしらえてくれた下処理時専用のスモックを着せた。

その上に下処理時専用のエプロンを付けさせる。さらに頭には三角巾、手には丈夫な皮のグローブを嵌《は》める。

「重装備だな」

と黒髪男は目を丸くしたが、これがフォンドボー作りである。

用意が調《ととの》ったら、作業開始だ。

フォンドボー作りは、我が家の地下室に置いてある、牛骨と牛すじを取りに行くところから始まる。

私の場合だと両腕に抱えて二往復分である。

だが、「私がやろう」と黒髪男が一度で持って行ってくれた。

まず、牛骨を洗い、その後、骨を髄液《ずいえき》が出るようにのこぎりでカットする。

大きな動物の骨を断つのは重労働で、私はなけなしの魔力で肉体強化してからするのだが、黒髪男は「このくらいは」と軽々とのこぎりを挽《ひ》いた。

牛すじはよく洗い、骨とともにオーブンで焼く。牛すじは焼きすぎると硬くなるので軽く、骨の方はしっかりと焦げ目が付くまで焼くと風味が増す。

次に香味野菜を準備する。貯蔵しておいた玉葱や人参、今の時期はセロリの代わりにフェンネルを使う。全て一口サイズに切って、焦げないよう気をつけて炒める。

鍋《なべ》に牛骨、牛すじ、香味野菜、ニンニク、戻したドライトマト、ローリエなどのハーブを入れて、水を加え、沸騰するまで強火で煮る。

「煮立ったら今度は弱火にして灰汁《あく》を取りながら十二時間以上、煮ます」

「なるほど肉体労働だな」

黒髪男はため息を吐いたが、一番大変なのは牛骨をカットする作業なので助かった。

「大変助かりました、ありがとうございます。後はごゆっくりお過ごし下さい」

「ああ、そうだな。牛の血で汚れてしまったから着替えるとしよう」

黒髪男はかなり要領よく牛の骨を切ったが、それでもあちこち血まみれだ。ちなみに私がやると周辺に骨片が飛び散る大惨事《だいさんじ》になる。

黒髪男はキッチンを出て行き、入れ替わりにノアがやってきて、

「リーディアさんも着替えてきたら？　火は僕が見てるから」

と申し出てくれた。

ありがたく、着替えさせて貰う。

着替えを済ませてキッチンに戻り、夕食の支度にとりかかる。

今晩は牛肉の赤ワイン煮込み《ブラザート》にしよう。

塩胡椒《こしょう》を擦り込んだ牛のスネ肉と玉葱や人参などの香味野菜を赤ワインに漬け込んで二日目。まさに食べ頃である。

漬け汁から取り出した肉を熱したフライパンで焼き、野菜も焼き、その後漬け汁の赤ワインと共に弱火でコトコトと煮る。

二〜三時間もすれば出来上がる。

こちらも灰汁が出るので、フォンドボーと両方の鍋を見張りながらの作業だ。

根気のいる作業だが、私は嫌いではない。

コトコトと鍋は静かに音を立てて、キッチンには何だかワクワクするような匂いが漂っている。

さて、牛肉の赤ワイン煮込みの付け合わせを作ろう。

牛肉の赤ワイン煮込みといえば挽いたコーン粉で作るポレンタだ。

今日はそば粉とコーン粉のポレンタにしよう。

このポレンタ、材料の粉を沸騰《ふっとう》したお湯に入れて煮るだけの簡単な料理なのだが、一時間近く煮ないといけない。

沸騰したお湯に塩を少々、そこにそば粉とコーン粉をダマにならないように振り入れる。後はずっと弱火でかき混ぜ続けるだけ。

「今度は何を作っている？」

いつの間にか黒髪男がやって来ていた。興味津々で作業を見ている。

「牛肉の赤ワイン煮込みですよ」

「旨そうだな」

と黒髪男は言った。

「手伝うことはあるか？」

と尋ねられたが、特に思いつかない。

「いいえ」

と答えると、

「ここにいては駄目か？」

と問われた。

「駄目ということはありませんが、つまらないんじゃないですか？」

黒髪男は首を振って否定する。

「いや、そんなことはない」

結局黒髪男は夕食まで飽くことなく私の作業を見ていた。

その後の夕食を、黒髪男は何故《なぜ》か食堂ではなく、キッチンで食べた。

客なのだからせせこましい上に慌《あわ》ただしいこんな場所を選ばなくてもと思うが、「キッチンがいいんだ」と言ってキッチンテーブルで、ノアとミレイと一緒に食事を取っている。

まあ気持ちは分かる。食事は大勢でする方が絶対に楽しい。

最初は黒髪男を怖がる素振りを見せたノアとミレイの兄妹だが、すぐに慣れたようだ。

夕食のメニューは大人は牛肉の赤ワイン煮込み、子供はチキンのグリル。それとカブとドライトマトのスープに、ケールとビーツのサラダだ。

ビーツというのは鮮やかな赤紫色をした野菜で、そのまま食べても甘くて風味がいいが、皮を剝いてオーブンで三十分ほど焼くとさらに甘みが引き立つ。苦みのあるケールと相性がよく、ローストしたビーツにさっと湯がいたケール、これにチーズを振りかけて食べるサラダは冬の定番メニューだ。味付けは蜂蜜《はちみつ》にオリーブオイル、子供はほんのちょっぴり、大人はたっぷりのマスタードを加えて作るハニーマスタードドレッシングである。そこにパンプキンシードを散らすと出来上がりだ。

付け合わせは先ほど作ったそば粉のポレンタ。パンが食べたい人用にローズマリーを練り込んだフォカッチャも用意した。

「今日もリーディアさんの料理、美味しいね」

食事をしながらミレイが黒髪男に話しかけると、

「そうだな」

黒髪男は大真面目《おおまじめ》で頷いた。

食事の後、黒髪男は用意した客室で寝て、翌日の早朝、朝食を終えるとすぐに「また来る」と言い残し、出立した。

「ありがとうございます。お待ちしてます」

そう言って見送る私だが、率直に言ってよくこんな田舎《いなか》の宿屋に通ってくるものだと感心している。

王都ローサスには劣るが、領都のルッツも十分に栄えているので美味しい料理屋などいくらでもありそうだが、うちの食事を気に入ってくれているようだ。

まあ領都も賑《にぎ》やかだから、うちのような閑静《かんせい》な田舎を好むのかもしれない。

野中の一軒家である我が家は静かなことは折り紙付きだ。

＊＊＊

冬晴れの日、私とノアは山にきのこ採りに出かけた。

ノアは「一番怖い熊は冬眠中だから危なくないよ」と一人で行きたがるのだが、熊は冬眠していても、山には猪《いのしし》や鹿もいる。

猟師の仕掛けた罠《わな》だってあるかも知れないし、悪い人間だっているかも知れない。

私は止めて欲しいが、ノアはきのこや木の実を採ることで私の役に立ちたいと考えているようだ。

その心意気は素直にありがたいと思う。

結局、私とノアは山の奥に入る時は決して一人では行かず、二人で行くことで合意した。

実りの秋を終え、冬山は寒々しいの一言だが、冬に旬《しゅん》を迎える山菜やきのこというのも実はあるのだ。

例えばローズヒップなどの実、ヒラタケ、エノキダケなどというきのこも冬に採れる。

とはいっても手のひらに収まるぐらいの量が見つかればまずまずというところで、あまりたくさんは採れない。

だが山周辺も私の家の敷地なので、清々《すがすが》しい空気の中、見回りがてらの山歩きは悪くない。

「リーディアさん、あれ……」

それを見つけたのは、ノアの方が早かった。

私は彼の指さす方を見て、眉を顰める。

「あいつか……」

森の木立の間に黒い影があった。

かなり大型だが、一見すると普通の牛のように見える。

だが額にも三つ目の目があり、その額の両脇から太い角が伸び、全身は真っ黒な毛に覆《おお》われている。

最近見かけるようになった魔獣だ。

襲ってくることはないが、遠くからじっとこちらを観察している。

万一向かってこられたら、残念ながら今の私ではノアを守り切れない。

「帰ろう、ノア」

と私は促すが、ノアは動こうとしない。

「でもリーディアさん、あの牛さ、もしかして……」

「もしかして？　何だ？」

「リーディアさんに話したいことがあるんじゃないかな？　あの牛、ずっとリーディアさんを見ているから……」

「魔獣が私に話したいこと？」

「うん、多分、なんだけど」

ノアも確証はないのか、自信がなさそうだ。

「彼はリーディアに認めて貰いたいの」

ふいに話しかけてきたのは、我が家のバンシーだ。

あの事件以降は一番人前に姿を見せる妖精になった。

ノアとミレイは妖精の姿が見えるようだが、妖精には話しかけないように言っている。古い昔話が記す通り、向こうに悪気はなくともとんでもないことに巻き込まれてしまうケースがある。

「私に？　何故？」

私は驚いて彼女に聞く。

「ウルはケーラのことが好きだから。でもケーラはリーディアの招きがないものは牛小屋に入れないから、ウルはリーディアに認めて貰いたいの」

とバンシーは言った。

ケーラというのは私の牛の名前だ。

「あの魔獣はウルというのか？」

「彼は森の精霊よ」

そう言われると思い当たる節があった。

我が家の牛はミルヒィ種という牛と魔獣の間の種族で、気性が荒くテイムした主人にしか懐《なつ》かない。

なのでもっぱら牛の世話は私とブラウニー達の役目である。

ブラウニーはミルヒィ種のミルクが大好物なので、喜々として世話をする。

牛小屋の周りに見慣れぬ獣の足跡が付いているのを発見したのは初めて雪が積もった翌日のことだった。

化け物のように大きなひづめの跡。

だがケーラが鳴いて私を呼ぶことはなかったし、魔物も無理に牛小屋に押し入ることはしなかった。

ブラウニー達も私に異変を知らせなかったから、どこかの獣が戯《たわむ》れに近づいてきたのだろうと思っていたのだが、その後も時折牛小屋の周りには大きなひづめの跡が残っていた。

人は善《よ》きものを精霊や妖精と、悪《あ》しきものを魔物と呼ぶが、ブラウニー達によると大きな違いはないそうだ。

人間同様、良い者も悪い者もおり、さらにその時々で善にも悪にもなる。

「しかしケーラは、あんなでかくて怖そうな牛だか魔獣だか精霊だかに言い寄られて、迷惑なんじゃないか？」

バンシーは「ううん」と否定した。

「ケーラもウルが好き。でもリーディアの許しがないとケーラは招き入れない」

精霊達は自由に見えるが、彼らなりの倫理がある。その一つが、『招かれないと入れない』というものだ。

ちょっとうさんくさい雄《おす》につきまとわれているケーラだが、意外とまんざらでもないらしい。

「あー、ケーラがいいなら、私もいいぞ。ウル、おいで」

念のためにノアを背後に庇《かば》い、私はウルを手招きした。

ウルは言葉を理解しているようだ。のっそりと近づいてくる。

「牛小屋には好きに入るといい。だが私と私の家族、それに当然だが、ケーラのことも傷付けてはいけない。それは誓ってくれ」

ウルは怖いが賢そうな顔で、「ブモ」と鳴いた。

それからウルは「ブモ」とバンシーに向かってもう一度鳴いた。

「付いてこいって」

「ああ……」

ウルから悪意は感じられないが、油断させておいて襲い掛かるというのはよくあることだ。

私は少々警戒しながら、ウルの後を追う。

しばらく森の中を歩いたウルは大きな木の根っこに向かって鼻を寄せ、「ブモ」と鳴いた。

「ここだって」

「リーディアさん、見てもいい？」

「ああ、何かあったらすぐに逃げるんだぞ」

ウルが離れた後、ノアがさっと木の根にしゃがみ込み、呟いた。

「あれ？　何もないよ」

「何もない？」

「少し掘ってみるよ。土の中に生えるきのこもあるんだ」

「あっ」

やがてノアは嬉《うれ》しそうな声を上げた。

「これ、きっとトリュフだよ」

「トリュフ？」

「高値で売れるきのこなんだ。滅多《めった》に採れないんだよ。僕、初めて見た」

ウルは「ブモ」と鳴いた。

「リーディアにやるって」

「ああ、ありがとう」

交際を認める代わりに、貢《みつ》ぎ物《もの》を渡されてしまった。

その後、家に戻り、改めてトリュフ（仮）を確認するとゴツゴツとした黒いボールのような外見をしている。

鼻を近づけるとスパイスのようなニンニクのようななんとも複雑な匂いがした。

トリュフというのは、夏と冬に旬を迎える珍しいきのこらしい。

これは本物のトリュフのようだ。

しかし確証は持てない。

王都でトリュフは非常に高価で、私は今までほんの小さな欠片《かけら》を一、二度口にしたことがあるだけで、はっきり言って「これはトリュフである」と断言出来るほど詳しくはない。

発見者のノアも食べたことはないらしい。

そこで宿の客で一番高級食材に詳しそうな黒髪男に聞いてみることにした。

ここはトリュフの産地で、黒髪男は階級が高い騎士のようだ。地元の名産品なのだから、口にする機会は多かろう。

トリュフ狩りの一週間後、黒髪男が珍しく茶髪男を伴い、やって来た。春が近づき、砦の仕事はひと息ついたという。

トリュフ（仮）を見て、黒髪男はきっぱり言った。

「これはトリュフだな。いい匂いだ」

黒髪男は即答出来るほどトリュフを食べているらしい。

ちなみにおすすめのメニューはと聞くと、「なんでも旨かったぞ」と答えられた。

なんでも旨いってなんだ？

と思ったが、黒髪男曰《いわ》く、パンにも合うし、パスタにも合う、肉料理にも合うし、チーズにも合う、意外なところでじゃがいも料理にも合う。と確かにそれは「なんでも旨い」と言っていいだろう。

中でも「一番好きなのはオムレツ」というので、急遽《きゅうきょ》、ノア達も呼び、オムレツの上にスライスしたトリュフを載せて皆で食べた。

オムレツの熱で温められたトリュフは一段とふくよかな薫《かお》りを辺りに漂わせる。

ごく普通のオムレツだが、トリュフが載るだけで、こんなにも芳醇《ほうじゅん》な薫りと風味に変わるのかと驚いた。実に美味しかった。

オムレツを食べ終わると、黒髪男は「土産だ」と私に石のようなものをくれた。

黒髪男は片手で軽々と持っていたが、私では両手にも余るような大きさと重さだった。

私はそれを「どうもありがとうございます」と何気なく受け取ったが、正体に気付いてハッと息を呑《の》んだ。

「……これは魔水晶《ますいしょう》ですか？」

「そうだ、よく分かったな」

「こんなに上質なものを見たのは初めてです」

一見すると青みを帯びた水晶のようだが、ただの水晶ではない。

魔水晶というダンジョンの奥でしか産出されない魔石の一種で、かなり稀少なものだ。

私は慌てて黒髪男に突っ返した。

「こんなものを頂くわけにはいきません」

「君のために取ってきた。綺麗だと思うが……」

黒髪男は困ったように眉を寄せた。

「そりゃ綺麗ですが、おいそれといただけるようなものではありませんよ」

「今の君にこそ必要なものだ。受け取って欲しい。この前みたいなことはごめんだ」

黒髪男はいつになく強い調子で私の手を押し返す。

彼の言う「この前みたいな」とは調理中、黒髪男の目の前でちょっと火傷《やけど》をした時のことだ。

私は弱い回復魔法なら使える。

というか、魔法使いの八割がごく弱い回復魔法の適性がある。魔法使いが真っ先に覚える魔法の一つなのだ。

もっとも間口は広いが極めるのは難しいのが回復魔法だ。ちょっとした怪我や病気を治せる初級の回復魔法の使い手は多いが、中級以降が使える本職の『回復魔法師』は数少ない。

かつての私は回復魔法を多重掛けして擬似的な中級魔法とし、小さな欠損ぐらいなら回復させることが出来たが、今は昔である。

単なる回復魔法ですら今の私では魔力不足が恐ろしいので、使用を躊躇う。

黒髪男は火傷を見て、「早く治せ」と焦ったが、

「勿体《もったい》ないのでいいです」

と答えた。

こんなものは冷やしておけば治る。

「君は回復魔法を使えるんだろう？」

「まあ、使えますが、勿体ないので」

と再度断ると、男は、「じゃあ私がやる」と回復魔法を掛けてくれた。

……が、妙な気配がした。

通常の回復魔法は治ろうとする力、自己修復の速度を速めるようなものだ。だから回復魔法を掛けられると患部は温かく感じるものだが、黒髪男の手はヒンヤリとした冷気を纏《まと》っていた。

回復し終えると、黒髪男は「ふう」と疲れたようにため息を吐き、呟いた。

「回復魔法は苦手なんだ……」

魔水晶は癒《い》やしの魔石で、癒やしの魔法の増幅器として機能する。

魔力不足が深刻な私でも、これがあれば回復魔法を唱えることが出来る。

ここは町から離れていて医者を呼ぶのもひと苦労だ。今は小さな子供もいる我が家に是非とも欲しいアイテムだった。

しかしだ。

装備品の一部として配給されたのみで、個人的に買おうと思ったこともないのでよく分からないが、多分、買うとものすごく高い。

「ですが……」

「持っていってくれ」

もう一度そう言われて私は受け取ることにした。

「貴重なものをありがとうございます」

礼を言うと黒髪男ははにかむように笑った。

「いや」

その後、黒髪男は私に「何か困ったことはないか」と聞いてきた。

騎士道には弱き者には手を差し伸べるという規律がある。

野中の一軒家に住む独居女性は彼にとって庇護《ひご》の対象らしく、何かと気遣ってくれる。

「困ったこと……ああ、ありましたが、何とかなりました」

と答えると、黒髪男はややガッカリした様子だった。

「それはよかったが、何に困っていた？」

「ノアとミレイの学校のことです」

そろそろ春の足音が聞こえてきたが、ノア一家は無事だ。バンシーの死の予言は覆《くつがえ》せたと言っていいだろう。

ノアの母親キャシーの体の具合もよくなって今はバリバリ針仕事をしている。

数年前父親が亡くなったノア一家はキャシーの刺繍やレース編みの針仕事で生計を立てていたが、キャシーが体の具合を悪くして、困窮《こんきゅう》したらしい。

キャシーが元気になった今、ノア一家は再び町で家を借り生活することも可能なのだが、彼らは私とここで一緒に暮らしていきたいと言う。

私も彼らがいてくれたら、心強い。

だがノアは八歳、ミレイは六歳。二人とも学校に通う年齢だ。

ここから町までは五キロ。子供の足での登下校は難しい。

私が馬車で毎日彼らを送り迎え出来ればいいが、宿屋の仕事もあり、毎日は厳しい。

どうすればいいか悩んでいると、町の学校の教師が家庭学習と学校の授業を組み合わせたカリキュラムがあることを教えてくれた。

週に二度ほど登校し、後は家で学習する方法らしい。

希望すれば教科書を貸し出したり、写本させてくれるそうだ。

ちなみに紙が高価なため、本もかなり高価で、教科書は持ち出し厳禁の学校の重要な備品だ。貸し出しは破格の対応である。

毎日学校に通うことが難しい子供向けに領主が新たに作った制度らしい。

これならノア達も教育を受けることが出来る。実にありがたい。

「これもひとえに領主様のお陰です」

「そ、そうか」

何故か、二人の騎士――特に黒髪男――が照れ出した。

領主である辺境伯はこの土地の騎士団、ゴーラン騎士団の団長である。

上司を褒《ほ》められるのは、悪い気分ではないのだろう。

「よかったな、二人とも」

茶髪男デニスがノアとミレイに声を掛けると、二人は口々に言った。

「うん」

「はい、これからもよろしくお願いします」

当初は大人の男性に怯《おび》える様子を見せた二人だが、今は黒髪男にも茶髪男にも馴染《なじ》んでいる。

もう一つ、黒髪男が「おすすめだ」というトリュフの食べ方も試してみた。パンにチーズとスライスしたトリュフを載せて少し炙《あぶ》って食べるというシンプルなものだがこれも美味しかった。

もぐもぐとトリュフパンを食べながら、黒髪男が言った。

「ところで主人、よくトリュフを見つけられたな。豚か犬を飼ったのか？」

「……？　いいえ、飼っておりませんが」

黒髪男曰く、トリュフ狩りには豚か犬を使うのが一般的らしい。

「ああ、トリュフは牛が見つけました」

「牛が？」

「うちの牛に言い寄ってきた牛の魔獣のような精霊がおりまして、彼がくれたのです」

「……魔獣のような精霊？」

「魔獣」という言葉に黒髪男は強く反応した。

辺境領では人里離れた山林が多い。大抵の魔物はダンジョンに生息するが、ダンジョンから這《は》い出た一部の魔物はこうした場所に隠れ住まうため、辺境地は中央よりずっと魔物の脅威《きょうい》にさらされている。

だが話していくうちに黒髪男の目から警戒心は薄れていった。

ウルは涙ぐましいほどケーラに尽くしているのだ。

牛小屋の出入りを許されたウルは、会えなかった時間を埋めるように、ケーラと一緒にいる。

牧草地ではまるでエスコートするようにケーラの側に寄り添い、寒い日は大きな体で風除《かぜよ》けになり、冬でも枯れない冬芝を見つけてはケーラに食べさせている。

冬場の飼料用に作っておいた冬カブも、ウルは口にしない。全てをケーラに与えようとする。

愛である。

カブを植えたのは私とノアだが、ウルはその礼を述べるかのごとく、我々を見ると「ブモブモ」と鳴き、トリュフのありかまで導いてくれる。

「健気《けなげ》なものだな」

と黒髪男も感動しているようだ。

「はい、最初は黒くて厳《いか》ついのでつい危険視してしまいましたが、ケーラはよい伴侶を見つけたようです」

と言うと、黒髪男は感慨深げに呟いた。

「そうか、牛は黒いのか……」

黒髪男の髪は黒い。体色が同じ者同士親近感が芽生えたようだ。

「ところで、主人は未婚だな」と彼は唐突に言った。

「はい、独り身ですよ」

その言葉に私は少し、動揺《どうよう》した。

宿屋をやっていると、よく聞かれる質問である。しかし黒髪男にそれを問われたのは初めてだった。

通りすがりの旅人と、ここに住む土地の者に問われてもどうとも思わない。

だが黒髪男達は、騎士だ。

彼らは私の前歴を探り出すことが出来る。今となっては別段彼らに知られたところで不具合があるわけではない。だが――。

引退を余儀《よぎ》なくされた過去は、未《いま》だに私の心をじくじくと痛ませる。

「そうか、私も独身だ」

と黒髪男は言った。

私も素性を隠したかったが、それは黒髪男も同じだ。

我々は暗黙の了解として、素性に関する話題を避けていた。

なのにどういう心境の変化か、矢継ぎ早に聞かれた。

「年齢は？」

「二十七歳です」

「奇遇だな。私も二十七歳だ」

「……そうですか」

同じ年なのは少々意外だった。

漠然《ばくぜん》と自分より年上だと思っていたからだ。

王宮魔法騎士は貴族のお坊ちゃんが多く、歳《とし》よりも幼く見える者が多い。

黒髪男は彼らと比べると、三十歳以上のベテラン騎士にしか出せない風格があった。

黒髪男は少し歯切れの悪い口調で尋ねてきた。

「主人は、婚約者はいたのだろうか？　あるいは王都に想い人を残してきたとか？」

「いえ、そういう相手はさっぱり……」

言ってて虚《むな》しくなった。

いや、私は職務にとても忠実な魔法騎士だったのだと思おう。

「そうか、私も婚約者はいない」

と答える黒髪男は何故か得意気だった。

「はあ……」

これは結構珍しい。騎士は大抵結婚が早いのだ。

二十七歳にもなって結婚していないとどこかおかしいと思われるくらい結婚率は高い。

もっとも男性の適齢期は三十代半ばまで。貴族階級では財や地位を成してから結婚相手を選ぶ者もいる。

黒髪男はそちら側なのかも知れない。

一方で女性の二十七歳はというと、完全なる行き遅れ。

そろそろ後妻も敬遠される年齢である。

しかし我々はなんでこんな話をしているのだろうか？

側で聞いている茶髪男もキャシーも引いているではないか。

ノアとミレイは話に飽きて遊びに行ってしまったのがせめてもの救いだ。

「ところで厳つい男はどう思う？」

と黒髪男はさらに意味の分からない質問をして来た。

「どう……と言われても」

私は黒髪男を見上げた。

ここにきて驚いたのは、ゴーラン騎士団の騎士達の逞《たくま》しさだ。

彼らは王都で私が接していた宮廷付きの騎士達より遥かに大柄でガタイがいい。鍛《きた》え上げ方が違うのだろう。

眼前の黒髪男も大柄で筋肉質な男だ。

王宮騎士が所属する騎士団マルアム・セントラルは、国名であるマルアムを冠した騎士団で、国内では最も上位の騎士団に位置し、稀少な魔法騎士を数多く抱えたこの騎士団は国内最強との誉《ほま》れが高い。

そのため、セントラルの騎士達は地方騎士団を下に見ていたが、ここに来て私は自分が、「随《ずい》分《ぶん》と世間知らずだったな」と反省した。

ここには砦の兵達も立ち寄る。

ゴーラン騎士団の騎士達はセントラルの騎士達に比べ平民出身も多く、物腰は決して洗練されてはいなかったが、総じて身体能力が高く、特に即応能力に優れている。

魔法騎士が少ないからといって、侮《あなど》ることは出来ない相手だ。

彼らの鋼鉄のような肉体は、鍛錬と経験の証左である。

黒髪男の問いには、

「……鍛えてないよりは鍛えていた方がいいんじゃないでしょうか」

と答えた。

「そ、そうか」

と気が抜けたような、それでいてほっとしたような返事が返ってきた。

第三章 騎士の恋とスコーン

山道を下り終えたところで、鉛色《なまりいろ》をした空からポトリと雨粒が落ちる。

「ちっ」

アルヴィンは天を睨《にら》んで舌打ちした。

雨が降り出す前にと、早めに視察先である砦《とりで》を出発したが、間に合わなかったようだ。

フースの町まで五キロ。このまま馬を駆り、町まで行こうとしたアルヴィンだったが、ふと、街道沿いの農家に目をとめた。

主《あるじ》が亡くなり無人だったはずの農家に、宿屋を表す看板が掛かっていた。

宿屋の名は『楡《にれ》の木荘』。

農家の敷地に大きなニレの木があった。そこから名付けたのだろう。

「デニス」

アルヴィンは少し後ろを駆ける供の騎士デニスに向かって大声で怒鳴り、看板を指さす。

雨はまたたく間にバラバラと叩《たた》きつけるような大雨となった。声を張り上げないと会話もままならない。

デニスは了承するように頷《うなず》き、二人の騎士は出来たばかりの宿屋の門を潜った。

馬をデニスに預け、アルヴィンは先に母屋に向かう。

「さて、どんな人物か……」

無人も困るが、新しい主がよからぬ人物であってはなお困る。アルヴィンはこの地の安全を守る義務があるのだ。

彼の名はアルヴィン・アストラテート。

このゴーランの領主である。

アルヴィンは警戒心満々で宿屋の玄関のドアを開けたのだが、

「いらっしゃい」

驚いたことに挨拶《あいさつ》に出てきたのは、女性だった。

後ろで一つに束ねた金髪に空色の瞳。

歳《とし》は二十代半ばというところか。

「土地の者ではないようだな」とアルヴィンは女性を観察し、そう推測する。

隣国と混血が進んだこの辺りでは、暗色の髪色が多く、金色の髪は珍《めずら》しい。

女性はアルヴィンとまったく同様に、すなわち無礼にならない程度に警戒した目つきで彼を見つめ返していた。

彼女はアルヴィンが何者だか分からない様子だった。

二言三言話をした後、彼女は「よろしければ」と乾燥室なるところにアルヴィンを案内した。

屋根に打ち付ける雨音以外、宿屋は静まりかえっていて、人の気配はない。

案内の口調はよどみない。てっきりこの女性には夫がいて、夫婦で宿屋を経営しているのだと思ったが、違うようだとアルヴィンは気付く。

彼女がこの宿の主人らしい。

随分《ずいぶん》と不用心だな、というのがアルヴィンの感想だった。

理性的な瞳をした女性だ。身につけているのはこの辺の農婦がよく着る服だったが、どこか垢《あか》抜《ぬ》けた雰囲気があり、田舎町《いなかまち》では目立つ美人だ。

ここは町から離れているし、ごろつきなんかには恰好《かっこう》の獲物だ。

役場の人間は何を考えて彼女にここを斡旋《あっせん》したのだ？

思わず罵《のの》りたくなったが、売買が成立した以上、もう領主も介入出来ない。

だが、火と風の魔石を壁中に貼り付けて作ったという乾燥室を見せられてアルヴィンは考えを変えた。

「ではあなたは魔法使い殿か」

「もう大した力はありませんが、以前はそうした職についていました」

と彼女は答えた。

魔法使いなら、不意打ちされない限り、大の男とも互角に戦える。集団で来られたらマズいが、彼女は聡明《そうめい》だ。何か手立てを講じているに違いない。

アルヴィンは安心すると同時に、彼女の前職が気になった。

魔法使い？　いや、違うな。

背は平均より少し高い程度。体格は特段いいとは言えないが、『同業』の匂《にお》いがする。

彼女は常にさりげなく、剣の間合いから外れるように、間に障害物を置くように動いている。

とすれば、魔法騎士か……。

一体何があってこんなところに流れ着いたのだろう。

聞いてみたくなったが、彼女はそれには触れられたくない様子だった。

素性を明かしたくないのはアルヴィンも同じなのだ。結局、アルヴィンはそれ以上は聞かずに黙った。

食堂に戻ると女主人は、「ごゆっくり」とすぐにキッチンに引っ込んでしまった。

女嫌いで有名なアルヴィンだったが、彼女の後ろ姿を見送って物足りない気分になった。

もっと彼女と話したいと思ったが彼女は戻ってこず、仕方なくアルヴィンは食堂の椅子に腰掛け、辺りを見回した。

食堂の中はランプがいくつも灯《とも》されていて明るい。

内装は農家だった頃とさして変わりなく、決して豪華でも洗練されてもいないのだが、清潔で居心地のよい温かみに包まれている。

テーブルには土地の名産品である刺繡《ししゅう》リネンのテーブルクロスが掛けられていた。

ここで食べる料理はきっと旨《うま》いだろうとアルヴィンはひそかに思った。

ランプの明かりは蠟燭《ろうそく》ではなかった。

「これは、魔石だな」

一つ一つはクズに近いすでに劣化が始まった魔石なので明るさはいまいちだが、一つのランプにいくつも魔石を使い、さらによく磨《みが》かれたランプには小さな鏡が入っている。鏡で反射させることで明るさを補っているようだ。

よく考えられているなとアルヴィンは感心した。

貴族の邸宅などでも魔石のランプが使われているが、名家であればある程、魔石が買える財力を誇る意味合いもあるので、こうした工夫はあまりしないのだ。

本当に、何者なんだ？　彼女は？

馬の世話をしていたデニスがやって来て、彼にも水を貰《もら》おうと、アルヴィンは立ち上がった。

「自分で呼びますよ」

とデニスは焦《あせ》ったが、彼女に話しかけるチャンスだ。

アルヴィンは「いや、私が行く」と上機嫌で断った。

キッチンに引っ込んだ彼女が誰かと話し込んでいる。

誰だろうか？　と覗《のぞ》き込《こ》むと、相手は身の丈一メートルほどの小人だった。

妖精と会話しているのか？

驚きのあまり、「……今のは妖精か？」と話しかけると、小人はさっと姿を消し、女主人だけがひとりキッチンに残った。

「はい。屋敷妖精《ブラウニー》ですよ。大きな家なら大抵彼らが住んでいるようですよ？」

アルヴィンにそう答えながら、彼女はせっせと手を動かし続ける。

なんとなく目が離せなくなり、アルヴィンはじっと彼女の作業を見守った。

パンか何かを作っている最中だろうか。彼女は作業台の上に置かれたクリーム色の生地を抜き型で丸く抜いていく。出来上がった小さな丸い生地は天板の上に等間隔に載せられた。

天板をオーブンに入れると、彼女は満足そうに「これでよし」と呟《つぶや》いた。

「何を作っている」と尋ねると、「スコーンですよ」という返事だった。

聞いたことのない食べ物だったので、アルヴィンは興味をそそられた。

飲み食いするつもりはなかったが自分達の分も作るよう頼み、ついでに珈琲《コーヒー》もオーダーした。

アルヴィンは珈琲豆を選別し、ミルで挽《ひ》くという作業を初めて行った。案外と楽しい。

焼き上がったスコーンと珈琲を置き、さっさと離れようとする女主人を呼び止めて、三人でスコーンを食べた。

スコーンは旨かった。

口の中でホロホロと崩れる。パンとビスケットの間のような食感だった。アルヴィンは出される食事に文句を言うことはないが、旨いものはもちろん好きだ。

特に砦でマズい食事を食べた後なので、身に沁《し》みるような旨さだった。

砦は山頂の辺鄙《へんぴ》な場所にあり、使用人が居着かず、万年人手不足である。限られた料理人で食事を作るため、食事の質は決して良くなく、ゴーラン騎士団の中で砦は泣いて嫌がられるくらい不人気な派遣地だった。

その後の会話の中で、彼女はスコーンに重曹《じゅうそう》を使っており、重曹はトロナ石を生成して出来るのだと話した。

思わずアルヴィンとデニスは顔を見合わせた。

以前から作物も育たない荒れ野を中央貴族達が欲しがるのを訝《いぶか》しんでいたが、思わぬところで尻尾《しっぽ》が摑《つか》めた。

彼らは地下に眠るトロナ石が目当てだ。

雨は降《ふ》り止《や》まず、その日は宿に泊まることになった。

今夜のメニューを尋ねると、「腎臓《キドニー》のパイです」と彼女は答えた。

「あれか」

豚や牛の腎臓《じんぞう》で作るキドニーパイは、独特の臭《くさ》みがあり、アルヴィンの苦手なメニューだ。

思わず眉根を寄せると、「ではベーコンと黒キャベツ《カーボロネロ》のパスタをお作りしましょう」と女主人は代わりにパスタを作ってくれるという。

最初にチーズ、ハム、豚の肝臓《かんぞう》のペーストなど、色々載った前菜の盛り合わせが供された。どれも味がいい。

普段あまり好んで食べないライ麦パンも麦の香りが香ばしくて美味だった。

次に来たパスタも旨かったが、デニスが頼んだキドニーパイは絶品だった。

デニスがあんまり旨そうに食うので一切れ貰うと、臭みもなくむしろ腎臓の独特な風味が加わることで、深みのある濃厚な味わいになっている。

つい夢中で食べてしまった。

食卓を見て、「酒が欲しいですね」とデニスが残念そうに言う。

「そうだな」

アルヴィンも思わず首肯《しゅこう》した。

護衛を伴わない二人旅なので酒は断ったが、この料理を食べながら飲む酒は旨いだろう。

常に命を狙われ続けているアルヴィンは非常に用心深い。外出先であまり酒を飲まないのもその一つだが、もう一つ彼が気をつけているのは、食い過ぎると動きが鈍るので満腹になるまで食べないこと。

だがケールとソーセージの煮込みを平らげて、まだ食べ足りない。

「もう少し召し上がりますか？」

女主人にそう聞かれ、普段だったら断るアルヴィンだが、思わず「頼む」と答えてしまった。

サラミとチーズの載ったピザと羊肉のグリル、デザートに焼き林檎《りんご》。

どれも美味しく全て食べてしまった。

食事の次は、風呂に案内された。ゆっくりバスタブに浸《つ》かり、汗を流す。二人に用意されたのは隣同士の客室だった。風呂も客室も豪華ではないが、掃除が行き届いていて落ち着ける。

就寝の間際、デニスがアルヴィンの客室にやってきて、興奮を隠しきれない様子で言った。

「アルヴィン様、やりましたね」

デニスの言葉は、先ほど女主人から聞いたトロナ石に関するものだ。

思わぬ手がかりを摑み、喜ぶデニス。

一方、アルヴィンは「ああ」と頷きながらも、「一体彼女は何者なんだろう」とそればかり気になった。

＊＊＊

翌日、アルヴィンは領都ルツにあるゴーラン騎士団の本部に戻ると、トロナ石の調査とそれから宿屋榆の木荘の女主人のことを調べさせた。

素性を隠したがっている彼女には悪いが、中央貴族の間諜《かんちょう》かどうかを確かめねばならない。

フースの町の役場に残されていた売買契約から、宿屋の女主人の名前がリーディア・ヴェネスカであるのが分かり、そこからすぐに彼女の身元は判明した。

アルヴィンが睨んだ通り、リーディアの前職は王都の王宮騎士団マルアム・セントラル所属の女性騎士だった。非常に優秀で、こと魔術の腕前だけなら国内でも随一と謳《うた》われた騎士だ。

名前だけならアルヴィンも知っている。

ただし、顔は知らなかった。王宮魔法騎士や魔法使いは人前では仮面を被《かぶ》って正体を知られないようにしている。

しかし。

アルヴィンは報告書を眺《なが》めながら、考える。

「何故《なぜ》、彼女はここにいるんだ？」

二十七歳。まだ引退という年齢ではない。それにこれほどの経歴の持ち主なら騎士を辞めても王都でもどこでも仕事があるだろうに。

なのに何故あんな場所で隠れ住むように暮らしている？

それに……。

リーディアからは並みの魔法使い以下の弱い魔力しか感じられない。国内有数の魔法使いの力でもってアルヴィンの目すら欺《あざむ》く魔力を隠す『偽装』をしているのだとすればつじつまは合うが、
アルヴィンの勘は『否』と囁《ささや》く。

リーディアの経歴の最後は「一身上の都合で騎士団を退団」とだけ記されていた。

何かあると感じたアルヴィンは詳しく調べるように指示した。

その後送られてきた報告書を読んでアルヴィンは眉を顰《ひそ》めた。

リーディアは王太子を庇《かば》い、再起不能な怪我《けが》を負ったらしい。

リーディアは王宮付きの魔法騎士であって、王族を守る近衛騎士ではないはずだ。にもかかわらず、王太子の暗殺を阻止したのはリーディアだった。

どこからか圧力が掛かったため、この不祥事《ふしょうじ》は隠蔽《いんぺい》され、公式の記録には彼女の怪我すら記されていない。アルヴィンは王都の連中がますます嫌いになった。

＊＊＊

アルヴィンは自分の執務室で執務に励みながら、ポリポリとクッキーを食べていた。

リーディアから貰ったクッキーは甘塩《あまじょ》っぱいのとチーズ味の二種類で、眠気覚ましに摘《つま》むのに丁度いい。

すっかり気に入ったアルヴィンは貰ったクッキーをちまちまと大事に食べていたが、十日も経《た》つとなくなってしまった。

料理長に「同じものを作ってくれ」と頼んだが、出来上がったクッキーは、リーディアのものと比べ、どこか味気ない。

「……また行ってみるか」

アルヴィンは『重曹の礼を言いに行く』なる用件を無理矢理こしらえて、再び、楡の木荘に向かった。

「礼をしたいのだが、何か欲しい物はないか？」

アルヴィンの申し出に対して、リーディアは、

「であれば、一つ、お願いがあります。砦の騎士にお知り合いはいらっしゃいませんか？」

と答えて寄越した。

アルヴィンは自分が言い出したことなのに不快になった。他の男を紹介するのは——彼女がその男と恋仲になるのは——想像するだけで我慢がならない。

アルヴィンはモヤモヤとした感情を持て余し、「砦の司令官は妻帯者だぞ」と自分でも訳が分からないことを言い返した。

案の定、リーディアは「はあ、そうなんですか？」と怪訝《けげん》そうな顔をする。

その時、唐突にアルヴィンはリーディアに対する恋心を自覚した。

リーディアともっと話したい。彼女のことが知りたい。

出会ってから二週間、気づくとずっと彼女のことを考えていた。

それは正体不明の女性であるリーディアに対する警戒からかと思っていたが、どうやら違うらしい。重曹の件にせよ、クッキーの件にせよ、デニスに使いを頼めばすむことで、多忙なアルヴィンがわざわざリーディアに会う理由にはならない。

単にアルヴィンがリーディアに会いたかったのだ。

アルヴィンは優秀な領主と名高いが、色事に無頓着《むとんちゃく》だった。若くして跡を継ぎ領主となった

ので、ろくに恋をした経験もない。

自分は、彼女が好きなのだ。

アルヴィンは自分自身の心境に戸惑う。

だがそれはどこか快い動揺《どうよう》だった。

その日、本当ならもう少しゆっくり出来る予定だったが、バンシーの流行病《はやりやまい》の予言を受けて対策を取るため、アルヴィン達はすぐにゴーラン騎士団の本部に戻る。

デニスはそこでの用意が調《ととの》い次第、砦に向かう予定だ。アルヴィンは万が一にも流行病に罹《かか》るわけにはいかないので、デニスとはしばらく別行動になる。

馬を走らせながら、デニスはそわそわした様子でアルヴィンに話しかけてきた。

「アルヴィン様、リーディア嬢は男爵家《だんしゃくけ》のご令嬢だそうですね」

デニスは本人より早くアルヴィンの恋に気付いていた。

女性嫌いで有名なアルヴィンが、リーディアには自分から積極的に話しかけている。

長い付き合いの中でもそんなことは初めてで、デニスは二人の会話を「上手《うま》くいくといいな」と思いながら見守っていた。

リーディアの意を汲《く》んで、アルヴィンはわずかな側近にしかリーディアの素性を知らせていない。デニスは報告書を読んだ数少ない人間の一人だった。

リーディアは地方の男爵家の娘だ。アルヴィンと釣り合いが取れているとは言い難いが、結婚出来ないほどの身分差はない。

何より、リーディアは優秀な元魔法騎士だ。その知見をもって二人でこのゴーラン領を盛り立ていって欲しいとデニスは願っている。

「あの方ならアルヴィン様の奥方様も務まるでしょう」

短い付き合いだが、デニスがそう太鼓判《たいこばん》を押す。

アルヴィンは二十七歳。様々な事情から彼の結婚は後回しになっていたが、部下としては、そろそろ結婚して欲しいと切実に思っている。

だがアルヴィンは憂鬱《ゆううつ》そうにため息を吐《つ》いた。

「リーディア嬢は……、彼女は、私との結婚は望まないだろう」

「えっ、どうしてですか？」

アルヴィンは地位も財産も実力もあるし、男ぶりもいい。ゴーランの地でこの男の求婚を断る女性などいないだろう。

デニスが驚いた様子でアルヴィンを見るが、アルヴィンは眉間の皺《しわ》を深くして答えた。

「突き詰めれば、私の取り柄は金と地位だけだ。どちらも彼女は打ち捨ててここにきた」

魔法騎士の身分は騎士より上で、一代限りだが男爵と同等であるとされている。魔法騎士でいる限りリーディア本人がれっきとした貴族だ。

怪我で退団を余儀《よぎ》なくされたとはいえ、いや事態が表沙汰《おもてざた》に出来ないからこそ、上手く立ち回れば、金でも爵位でも望むものが手に入れられたはずだ。

報告書によるとリーディアは六歳で王都の魔法使い養成所に入学したため、今は兄が継いだ実家とは疎遠なようだが、それでも縁を辿《たど》れば、令嬢としてそこそこの結婚だって出来ただろうし、領地で何不自由なく暮らすことも可能だろう。

だがリーディアはいずれの選択肢も選ばなかった。

「金にも地位にも興味がなければ、私は単に多忙な肉体労働者だからな」

「あー」

身も蓋《ふた》もないが事実である。デニスはなんとも答えづらそうに、曖昧《あいまい》に笑った。

アルヴィンの見立てでは、リーディアはアルヴィンを嫌いではない。しかし男性として興味を持っているわけではない。

アルヴィンは当初、恋情の欠片《かけら》もないリーディアの視線を心地《ここち》好《よ》く感じたが、今となっては彼女の気を引きたくて仕方がなかった。

アルヴィンは己の矛盾に苦笑する。

家柄と財産目当てに寄ってこられるのが嫌だったはずなのに、それ以外の自分自身の魅力がとんと思いつかない。魔法騎士としての能力には自信があるが、リーディアは騎士であるアルヴィンを警戒している。

頭はそう悪くはないし、見目だってまあまあだと思うが、貴公子を見慣れたリーディアにとって田舎育ちのアルヴィンは粗野な野人にしか見えないだろう。

「彼女はもう表舞台に戻る気はないだろう。あの生活は、引退後の騎士としては理想的だ」

「……そうですか？」

「そうだ。私も隠居したら、木こりでもして暮らしてみたいと思っている」

とアルヴィンは真面目《まじめ》な顔で断言した。

「はあ……、木こりですか」

それを聞いてデニスは困ったように首を振り、話題を変えた。

「ではリーディア嬢のことは諦《あきら》めるのですか?」

「いいや」

デニスの問いに、アルヴィンは首を横に振る。

「諦めはしないが、今、彼女に身分を明かし求婚したら間違いなく断られる。想いを伝えるのは、よき友人として信頼を得てからだ。それに……」

と呟くと、アルヴィンの瞳は見えぬ強敵に挑むように虚空を睨んだ。

「今は、疫病《えきびょう》の流行を抑えないとな」

＊＊＊

防疫《ぼうえき》と共にアルヴィンは魔法の生活利用について取り組んだ。

砦に楡の木荘で見た乾燥室を作り、一部の暖房を薪《まき》から火の魔石に、明かりを蠟燭や油から光の魔石に切り替えたのだ。

この国は攻撃魔法が至上とされていて、それ以外の用途で魔法を使うことはあまり好まれない。特に使用人達がするような仕事に魔法を使うのを、魔法使いは『下級』と嫌がる風潮がある。

それに貴重な魔法使い達が消耗《しょうもう》しないように、戦闘時以外の魔力は温存させるのが、ゴーラン騎士団のみならず、他騎士団でも暗黙の決まり事だった。

長年の慣習を変えるのだから、アルヴィンは「相当の反対があるだろう」と考えていた。

しかし蓋を開けてみると、生活魔法の行使を砦の魔法騎士や魔法使い達はアルヴィンが思うより、すんなり受け止めた。

デニスが上手く調整したということもあるが、寒い砦でケチケチ薪を使うより、魔石で思う存分ぬくもりたいと快適さが優先された。

戦闘に使う高純度の魔石は宝石に匹敵する程高価だが、暖を取る程度なら純度の低い魔石で事足りる。

砦のような輸送費が高くつく場所では、薪と比べても安価なくらいだ。

例年より暖かい砦の生活は騎士達からも好評で、アルヴィンはこれを他の施設でも運用していく予定だ。

アルヴィンは楡の木荘に二週間に一度程度通ったが、多忙な合間を縫《ぬ》ってのことだったので、決まった日にリーディアに会えるわけではなかった。

現に前回の訪問から丁度二週間後のその日、アルヴィンは楡の木荘ではなく、ダンジョンにいた。

ダンジョンは異界と繋《つな》がっていると言い伝えられていて、そこから人を襲う悪《あ》しき魔物が這《は》い出てくる。

ダンジョンは発見次第その核となるダンジョンコアを破壊し、消滅させるのが本来の対処方法だが、ゴーラン領はいくつかのダンジョンをあえて維持している。

魔物の皮や肉や骨、魔石、ダンジョン内に生息する鉱石や植物はダンジョン内でしか採取出来ない貴重な素材として珍重されている。それらを目当てに冒険者達はダンジョンに潜り、魔物達を狩る。さらに商人や職人達も集い、町が出来る。

ダンジョンはゴーラン領の産業の一つでもある。

しかし一つ間違えば諸刃《もろは》の剣となるダンジョンは、慎重かつ適切に管理していかねばならない。

ダンジョンを持つのは、有事の際に即応出来る強力な騎士団を持つ領にだけ認められた特例である。

定期的にダンジョンに潜り、魔物の間引きをし、ダンジョン内に何か異常がないか確かめるのもゴーラン騎士団の任務の一つだった。

アルヴィンがその日潜ったダンジョンは踏破《とうは》に五日という中型ダンジョンだ。

アルヴィン達は八名ほどの部隊を組んで、ダンジョンの最下層にあるダンジョンコアを目指した。

アルヴィンが前線に出るのは一部の側近が非常に嫌がるのだが、アルヴィンは強力な闇属性の魔法騎士だ。

ダンジョン内は魔素濃度が高く、魔素を魔力として溜《た》め込《こ》む性質を持つ者――要するに魔法使い――は魔力酔いという状態異常を起こしやすくなる。

ある程度は慣れや魔力酔い薬で解消出来るが、弱体化《デバフ》は避けられない。

ダンジョン内ではむしろ、装備を調えた魔力持ちでない騎士の方が有用な場合もあり、中央部の騎士達は攻撃魔法の能力が高いことが至上とされているが、辺境部では魔力なしの騎士達も重用されている。

ダンジョン内は火、水、風、土、光、闇の全ての属性の魔素濃度が高い場所だが、中でも闇属性の魔素が突出して濃い。

魔力酔いは過剰に濃いダンジョンの魔素濃度で、魔法使いの体に取り込まれた魔素の排出が間に合わず、体内に滞留するため起こると言われている。魔法使いにとって相性のよい属性の魔素は魔力に変換しやすいが、逆に相性のよくない魔素は異物に近いもので、過剰に取り込むと状態異常を起こす。

闇属性の魔法使いにとっては相性がよい魔素で満ちており、魔力酔いを起こしにくく、さらに魔素を吸収して強化される。

アルヴィンは地上でも優れた魔法騎士だが、ダンジョン内では最深部の魔物とも一人で互角に戦える程強い。

アルヴィン以上にダンジョン向きの魔法騎士はゴーラン騎士団にはいない。

アルヴィンが行った方が早いし確実なので、渋々これを認められている。

今回の作戦の目的は、魔物の間引きとダンジョンコアに異常がないか確認すること。

だがそれ以外にアルヴィンにはもう一つ、魔水晶《ますいしょう》採掘という目的があった。

魔水晶は光魔法の補助となり、特に回復魔法を増幅させる効果がある。

ダンジョンの最下層近くまで潜らないと採掘出来ないため、稀少《きしょう》な鉱石だった。

もちろんリーディアに土産《みやげ》として持って行くつもりだ。

ダンジョン任務は危険な代わりに、ダンジョン内で目当ての素材を持ち帰ることが許されている。

闇属性を持つアルヴィンは回復魔法が得意ではない。闇属性は生気吸収《エナジードレイン》という、その名の通り、他者の生気を奪う魔法を回復魔法として覚えるのだ。

やろうと思えばアルヴィンは人の生気を奪い、死に至らしめることが可能だ。もちろんそんな真似《まね》は出来ないので、闇属性の魔法使い達がまず覚えるのは、己のドレイン魔法を制御することだった。

ドレイン系の魔法はそのままでは他人に使えない。そこでリバースと呼ばれる魔法手法を使い、自分の生気を他者に与えることで回復させる。

魔法の術式としてはかなりややこしい部類に入り、制御も難しいので闇属性の魔法使い達は他人を回復させるのが苦手なのだ。

一方リーディアは光属性を持っている。

魔水晶があれば魔力の乏しいリーディアでも躊躇《ちゅうちょ》せずに回復魔法が唱えられるはずだとアルヴィンは思った。

だが、リーディアは魔水晶をアルヴィンが思いも付かない方法で使った。

第四章　春の祭りとマドレーヌ

次に黒髪男がやって来たのは、山から少しずつ春の気配が感じられるようになってきた頃だ。

一度チリリンとドアベルが鳴り、

「いらっしゃいませ」

私はキッチンから入り口に向かって声を掛けたが、そこに新たな客の姿はない。

「……？」

おかしいなと思ったが、入店の直前で思い直す客もいる。

さして気にせず、パンケーキ作りに戻った。

パンケーキの種を慎重にフライパンに落とし……。

「……主人」

勝手口が開いて、黒髪男とその部下の茶髪男が顔を覗《のぞ》かせた。

「入っていいか？」

「どうぞ、いらっしゃいませ」

「助かった。食堂は……入りづらい」

と黒髪男は気まずそうに、言った。

「あ、すみません」

我が家は最近、町では有名なデートスポットなのだ。

食堂は若いカップルでごった返している。

二十代後半男性二人組の騎士には少々、居心地の悪い空間と化していた。

街道にはプラタナスやアーモンドの木が植えられて、並木道になっている箇所がある。

春にアーモンドの花が咲くと見惚《みと》れる程の美しさで、この辺りでは名所として有名なのだ。

そのアーモンド並木の終着点に我が家があるため、最近になって若いカップルが店に立ち寄るようになった。

そこで若者が好みそうなパンケーキなどの軽食をメニューに加えたのだが、これが町で話題になったらしく、今では若者の定番のデートコースなのである。

卵にミルク、砂糖、小麦をふんだんに使うので原価が高く、お一人様半銀貨頂いている。

これは若者にはかなり高価なはずだが、ウケている。

「やれやれ」

若者の熱気にあてられたらしい、黒髪男と茶髪男は辟易《へきえき》とした様子でキッチンの椅子に腰掛ける。

「聞きたいことがあって来たんだが……忙しそうだな」

「はい、おかげさまで。ですが彼らは夕刻までには皆、町に帰るのですよ。デートですから」

時刻は昼過ぎ。今は賑《にぎ》わう店内だが、一時間もすればガラガラだ。

「そうか、待たせて貰《もら》っていいか？」

「キッチンで申し訳ないですね。何か召し上がりますか？」

「そのパンケーキというのを食べてみたいな」

と茶髪男が言った。

「パンケーキには『ふんわり』と『しっとり』、両方食べられる『ミックス』の三種類があります。初めての方には『ミックス』をおすすめしておりますが、そちらでよろしいですか？」

「あ、うん。ではミックスで頼むよ」

「私もそれがいい。だが、客の後で構わん」

と黒髪男が言った。

「はい、ありがとうございます」

パンケーキを焼く傍《かたわ》ら、チコリと生ハムのマリネサラダ、チーズとドライトマトのオイル漬けなど、黒髪達のつまみになるものをキッチンのテーブルに置くと、

「ソーセージも貰っていいか？」

黒髪男がいそいそと立ち上がり、隣の貯蔵庫に燻製肉《くんせいにく》を取りにいく。

持ってきたソーセージをミートフォークに刺して暖炉の火で炙《あぶ》り始めた。

「アルヴィン様、随分《ずいぶん》手慣れてきましたね」

茶髪男が黒髪男に言った。少し呆《あき》れ調子だったが、対する黒髪男は得意気だ。

「私がここに何度通っていると思っている？」

一時間後、ようやく最後の注文を出し終えた私は黒髪男達にふんわりとしっとりがそれぞれ二枚ずつ載ったミックスパンケーキを焼く。

ふんわりの方は重曹《じゅうそう》を使ったパンケーキだ。

小麦粉とライ麦、それと重曹を混ぜ合わせ、そこに卵、ヨーグルト、ミルク、砂糖を加えてさらに混ぜ合わせると種は完成だ。その後、種をフライパンで焼く。

しっとりは重曹を使わない、いわば昔ながらのパンケーキだ。

材料はヨーグルトを抜き、重曹を林檎酵母《りんごこうぼ》に変えただけで、手順も大して変わらないのだが、前段階で数時間発酵《はっこう》させているのがポイントだ。

ふんわりは重曹効果で膨《ふく》らむ。重曹を使う分、よく膨らんで食感が軽い。

しっとりは林檎酵母の発酵で膨らみ、ややモチッとした口当たり。

この二種類のパンケーキにバターとシロップを添えて完成だ。

黒髪男達はいい食べっぷりだった。

「旨《うま》いな。この『ふんわり』がいい」

「私は両方とも好きです。甲乙つけがたい」

「それにしてもこのシロップが合うな。森の滋味《じみ》を感じる」

「ええ、シロップを味わうための食べ物です」

味の感想を言い合いながら、パンケーキを食べ終わると、黒髪男は言った。

「ところで……、あれは何をしているんだ？」

黒髪男の視線は、暖炉に向いている。

薪《まき》がくべられた暖炉の上には鉄の丈夫な台があり、そこには大きいのから小さいのまで大小様々なサイズの鍋《なべ》がずらりと並んでいる。

山裾《やますそ》の我が家はまだ冷えるので、暖炉に火が入っているのはおかしなことではないが、その上に大小さまざまなサイズの鍋が所狭しとひしめいているのは、おかしい。

しかも鍋から漂う甘い匂《にお》いが我が家に充満している。

「あれは、樹液です」

「樹液？」

「採った樹液を煮詰めているんです」

我が家の周囲には森があるが、中でもそこに生えているプラタナス、クルミ、カバノキなどからは樹液が採れる。ものの本によるとカエデという種の木から甘く香りのよい樹液が採れるらしいが、我が国には自生していない。

樹液は雪が解けて、春になる間のわずかな時期に採れる。

この期間に木の幹に小さな穴を開けて、そこから滴《したた》る樹液をバケツで採取し、それを弱火でじっくり煮詰めるとシロップになる。

どのくらい採れるかというと、大体四十～五十リットルの樹液から、一リットルのシロップが出来る。

今はプラタナスとクルミの時期で、毎日五～六リットルの樹液が採れる。数日間煮続けるので、このところずっと我が家の鍋はフル稼働《かどう》だ。

だが、樹液をそっと弱火で焦がさないように煮詰めるだけで、シロップが出来上がるので、ノアとミレイは大喜びしている。

「あ、ちゃんと私有地の樹液だけで作っておりますよ」

と指摘される前に私は自分から言った。

実はここの領主はシロップ作りを公には禁止している。

禁じているのには理由があり、樹液採りは木々に深いダメージを与えて、最悪木を枯らしてしまうこともあるそうだ。

ここは林業が盛んなので、樹液採りのために木が枯れてしまえば本末転倒ということでシロップ作りは禁じられている。

ただし私有林で樹液採取をすることは許されている。

黒髪男は「ハー」とため息を吐《つ》いた。

「こんなに旨いなら、樹液採りは領民にも許すべきだろうか」

「いや、それはどうでしょうかね」

と言ったのは私だ。

「自分でやっておいて何ですが、素人《しろうと》仕事で木に穴を開けるのは、よくないですよ。現行通りの禁止か、木こりなどの森に精通した者だけの許可制が一番望ましいんじゃないでしょうか」

樹液採りは木に四〜五cmほどの穴を開けて、そこから人間でいうと体液に相当する樹液を吸い出すのだ。人間と同じように、開けた穴から雑菌に感染することもある。

特に私は本で読んだだけの素人だから、毎回、この作業が恐ろしくて仕方ない。

「手製の軟膏《なんこう》が効いているようなので少し安心ですが……」

と言い掛けると、黒髪男と茶髪男はハッと顔を見合わせた。

「主人、その軟膏について聞きたい、何をした？」

「はあ……」

何をしたって軟膏を作っただけである。

樹木に効くかどうか分からないが、何もしないよりはいいだろうと家にあるものを練って作った私のお手製だ。

領内で薬を売るには役場の許可が必要なので、売ってはいない。ただ客にお裾分けしたことはある……。

「あ」

私は思い出した。

数日前にここに来た客のことだ。

砦《とりで》の騎士らしい数名の男達だが、うち一人は大怪我《おおけが》を負っていた。

男達は砦からここまで馬車で彼を運んで来たが、やはり山道での移動が負担だったようで、少し休ませてくれとやって来たのだ。

もちろん、客室で休んで貰った。

包帯に血が滲《にじ》んでいたので、新しいものに替え、ついでに男達に許可を貰って軟膏を塗った。

これだけ聞くと、一民間人のお手製の薬を塗らせる騎士達はかなり迂闊《うかつ》だとしか言い様がないが、彼らのうち数人が我が家の客で顔見知りだったことと、私がその時作ったのは、主成分が強薬草というすこぶる「効きそうな」薬だった。

なんで「効きそうな」かというと、まだ人体に使ったことが一度しかなかったからだ。

しかし傷の痛みに苦しんでいた怪我人が一塗りすると苦悶《くもん》の表情を和《やわ》らげたので、男達から

「駄目元で塗ってみてくれ」と頼まれた。

鑑定が出来る魔法騎士が一行に混じっていたことも大きかっただろう。

彼が、「本職の鑑定士ではないのでよく分からないが少なくとも毒ではない」と言ったのと、山を下りたらすぐに医者に診《み》せるという話だったので、塗ってみたのだ。

……だが、砦の騎士達の同僚である黒髪男達が来たということは……。

私はさーっと青ざめた。

軟膏が傷に障《さわ》ったということか？

とんでもないことをしてしまったと私は、おそるおそる黒髪男に尋ねた。

「あの騎士に何かありましたか？」

「ああ……」

黒髪男はおもむろに頷《うなず》いた後、言った。

「結論から言うと、とんでもないことが起こった」

私は息を呑《の》んだ。

「軟膏のせいでしょうか……？」

犯してしまった罪は恐ろしいが、きちんと聞かねばならない。

黒髪男は深刻そうな顔で頷いた。

「それしか考えられない」

私の罪は確定らしい。怪我人は無事なのだろうか？

「怪我人の容態は……？」

重ねて聞くと、黒髪男の答えは。

「全快した」

「は？　悪化したのではなく？」

「いや、結構ひどい怪我だったが、全快した。どう考えても、君の軟膏が原因だ。何があったのか知りたい。教えてくれ。君が塗ったという軟膏は何なのだ？」

あの怪我人のことは気になっていた。もっと普通の状況で知りたかったが、怪我がよくなったのは喜ばしい。

私は脱力しながら、答えた。

「私が作った手製の軟膏ですよ。ただ主成分が強薬草なんです」

強薬草というのは、ダンジョンでしか生えないという薬草だ。最近、ウルが持ってきてくれた。

この薬草はちょっとした病気や怪我なら何にでも効く。

命に関わるような重篤《じゅうとく》な病気や怪我を治す力はないので、万能薬とは言い難いが、それでもとても便利な薬草なので、重宝されている。高値で取引されるので、この薬草を目当てにダンジョンに潜る冒険者も少なくないと聞く。

町の薬屋に持っていったら薬にしてくれるはずだが、ここに来てから私は野菜作りも肥料作りも自分でやれるものは自分で作っている。

軟膏作りは魔法使い養成所で習ったきりで、かなりうろ覚えだが、手順は覚えている。

……うっすらと。

私はこの十年以上前のうっすらとした知識を元に、軟膏を作ることにした。

作り方は簡単である。薬草数種類を用途に合わせてブレンドし、魔法生成するだけだ。

魔法生成というのは、魔力を使い、必要なエキスを抽出するというもので、我々魔法使いにとっては基本中の基本の理念だ。

例えば炎を出すには、大気中から火のエーテルだけを取り出し、使役する。魔法とはまさに抽出の作業である。

魔法使いにとって抽出は、ただイメージするだけでいい。簡単ではあるが、感覚を摑めないと一生を掛けても出来ない。

数種類の薬草が何だったか思い出せなかったので、オオバコやローズマリー、アロエ、オリーブ、その他諸々、家にある薬草全部と強薬草を混ぜ合わせ、魔法生成した。

魔法生成の特徴は本来なら混ざり合わないものも混ざり、かつ高濃度で生成出来るということだ。そのためあまり失敗がない。

最悪適当な野草を摘《っ》んで魔法生成するだけでそこそこ効く軟膏は作れると、錬金術師の教師は講義したが、「魔法使いには無用の長物である」とも言った。

なにせ、八割近い魔法使いは回復魔法が唱えられる。

魔法生成して軟膏を作るより、回復魔法を使う方が早く、効果も高い。

だがもはや私はかつてのように回復魔法を唱えられないし、ウルがくれたのは高い効能で知られる強薬草だ。それに軟膏にしておけば、私だけではなく、皆が使える。

魔法生成した薬草は緑色のドロドロしたゼリー状の液体に変質した。

なんとも毒々しい色合いだが、効きそうといえば効きそうな感じもする。

上手《うま》くいったようだが、鑑定魔法を使えず、学生の時以来ほぼ初めて自力で魔法生成した私に確証なんてものはない。

そこで私は念には念を入れてもう一つの癒《い》やしの成分を持つもの、魔水晶《ますいしょう》をパウダー状に砕き、薬草エキスに混ぜたのだ。

すると薬は今度は乳白色のクリームに変化した。

そうして出来上がったものを、私はあかぎれになっていた手に塗った。

手はすぐにすべすべになった。

気をよくした私は、次に樹液を取るために穴を開けてしまった木の幹に使った。

一晩経《た》った後に見に行くと、穴は無事に塞《ふさ》がっていたが、塞がっているだけに中がどうなったかは分からない。

ただ、外側は完全に塞がっているように見えた。

怪我人が来たのは、その翌日のことだ。

私は彼に自作の軟膏を使ったのだ。

話を聞いて、黒髪男も茶髪男も呆れたような表情になった。

「なんでそんなこと？　強薬草と魔水晶を混ぜ合わせる薬など聞いたことがない」

「大体、何故《なぜ》、木に軟膏を塗ったんです？」

「なんとなく？」

樹木の傷口にニカワなどを塗るといいと聞いたが、ニカワがなかったので、軟膏を塗ってみただけだ。

魔水晶は魔法を増幅させる媒介物としても使用されるので、強薬草のブースターにならないかな？　という目論《もくろ》みからだった。

「というか、私は薬に魔石を用いるなど聞いたことがない」

と黒髪男は呻《うめ》くように言った。

魔水晶に限らず魔石はもっぱら魔法の媒体物として魔法使いが使用するものとされていて、薬としてはあまり使われない。

「……まあ、そうですね」

言われてみると、私も聞いたことがない。

周辺諸国全てでそうなのだが、薬学と医学はあまり研究されていない分野だ。回復魔法で重篤な怪我や病気を瞬時に癒やしてしまえるため、回復魔法師が少ないこうした辺境の土地の方が盛んである。

「おそらくはその二つを混ぜ合わせた効果だろうな」

と黒髪男は言った。

強薬草も魔水晶も高価なので、大抵の薬師は勿体《もったい》なくて絶対やらないというレシピだそうだ。

黒髪男は少々真面目《まじめ》な顔で私に顔を寄せ、囁《ささや》いた。

「君の軟膏で、強薬草では治せないはずの欠損部位が再生した」

「欠損が……」

怪我人は砦の騎士で、山火事を止めようとして、怪我を負い、何本かの指を失っていた。

大火事にならなかったのは、命がけで初期消火を行ってくれた彼らのお陰だ。

ひとたび大火になったらあっという間にここも焼失してしまう。

我が家が無事でも、森に住んでいるウルは怪我を負ったかも知れない。

そう考えると、私は私に出来ることは何でもしたいと思った。

黒髪男から貰った魔水晶は癒やしの効果があり苦痛を和らげるという。未《いま》だ切断部に痛みのある怪我人の騎士の指先に小さな魔水晶を砕《くだ》いて貼り付け、その上からこんもりと軟膏を塗り、包帯を巻いた。

全身の火傷も軟膏を塗り、丁寧に包帯を巻き直した。

その後、初級の回復魔法を掛けた。

その程度しか今の私に出来ることはなかった。

だが。

「効いたんですね」

「効いた。指も魔水晶が媒体になったためか、完全に再生した。全身の火傷も癒えた。本人はここに礼を言いに来たがったが、まずは事実確認のため私とデニスが来た。君の軟膏のレシピが欲しい。出来れば現物も」

「あ、はい。ですが、レシピは一応書いておいた程度で、量などきちんと測ったわけではありません。正確じゃないですよ」

「それでいい。是非とも見せて欲しい」

元より原材料で一番高価な魔水晶は黒髪男がくれたものだ。一向に構わない。

軟膏はキッチンの棚に置いてあるが、多めに作った予備は部屋に保管してある。

瓶《びん》に詰めた軟膏を幾つか持ってきて、「はい」と渡すと、黒髪男は目を瞬《しばた》かせた。

「こんなにいいのか？」

「構いませんよ、原材料はあなたとウルから貰ったものですから。強薬草も魔水晶もまだありますから、またすぐに作れます」

「そうか、ありがとう」

と黒髪男は軟膏の瓶を受け取ると、それをじっと見つめた。

「……!?」

魔素が、黒髪男に集まる。

全身に、とりわけ、その青い瞳に。

「上級以上の回復軟膏だ」

黒髪男は魔法発動の残滓《ざんし》を纏《まと》いながら、言った。

「鑑定眼ですか……」

鑑定の能力は主に魔法人口の一割にも満たない闇属性に発現しやすい能力なので、珍しい魔法だ。鑑定眼は魔眼の一種で、中級以上の鑑定魔法を所持する魔法使いに発現する。

黒髪男は口ごもりながら、尋ねてきた。

「闇属性は怖くないか？」

「いえ、便利そうだなと思います」

私は闇属性の対になる光属性なので、鑑定系の能力は持たないのだ。

光と闇の属性は基本的に、どちらか一つしか持たないと言われている。

確かに我がマルアム国は王家が代々光属性なので、闇属性を嫌う傾向にあるが、鑑定能力がある魔法使いや騎士はいるとても便利なので、貴族はともかく現場でとやかく言う騎士なんていない。

そんなの王宮騎士くらいだ。

……そういえば、一応私は元王宮騎士だったな。

「そうか……」

と黒髪男はホッとしたように笑った。その後、彼と茶髪男は丁重に私に向かって頭を下げた。

「礼を言う。私の部下を助けてくれてありがとう」

「いえ、もったいないお言葉です。怪我をした騎士様が治って本当によかったです」

と私は言った。

回復魔法師は地方には少ない。

強薬草はダンジョン内のみで生育する薬草で、ダンジョンはこの辺境地の選ばれた地域にある。

さらにもう一つの素材、魔水晶もダンジョンの深部から産出される。

どちらも簡単に手に入れられるものではないが、より効果が高い薬が作れれば、地方の回復魔法師不足を補えるかも知れない。

黒髪男は金持ちの上に義理堅いので、「軟膏代を払う」と言い出したが、領内では薬師以外が薬を売るのを禁じている。商売には許可がいるのだ。

個人で作った軟膏や煎《せん》じ薬を領民同士で交換するくらいはお目こぼしを頂いているので、色んな意味で金は受け取れない。

「では、何か、私に出来ることはないか？」

と黒髪男から問われた。

「あ、では、鑑定の能力でクルミの木の傷がちゃんと治っているか見て貰えませんか？」

私は黒髪男と共にクルミの木のところに向かい、軟膏を塗った木が治っているのか、確認して貰った。

「……どこだ？」

「えっ、多分、ここです」

軟膏のお陰か、見た目は綺麗《きれい》に治っている。私はクルミの木の傷があった場所を指さした。

「傷は完全に癒えている」

と断言されたので私はホッとした。

「上手くいったかどうか心配していたんです。ありがとうございます、お客さん」

黒髪男はじっと私を見つめ、言った。

「私の名はアルヴィンだ。リーディア」

黒髪男が私の名を呼んだのは初めてだ。

アルヴィンという黒髪男の名はもちろん知っていたが、私が彼をそう呼んだことはない。黒髪男も私を「主人」としか呼ばなかった。

だが、今黒髪男は私の腕を強く摑《つか》んで離さない。

「アルヴィンと呼んでくれ。リーディア」

そう言ってアルヴィンは私をきつく抱き締めた。

＊＊＊

ヒバリが空高く舞いながら、春の訪れを歌う。季節は春に移り変わっていた。

よく晴れた朝、私はオリビアに荷台を付け、フースの町へと向かった。

ノアとミレイを町の学校に送り届けるのと、私自身が町に用事があったからだ。

街道の両脇には街路樹が立っており、その向こうは草原になっている。

ふと見ると、プルモナリアの青が美しい。それにアカシアの木が綺麗な黄色の花《ミモザ》をつけている。

ミモザは食べられる花だ。摘んで砂糖漬けにしてみようか。

イラクサ《ネトル》も西風に吹かれて気持ちよさそうにそよいでいる。

春を代表するハーブであるネトルは葉を摘んでポタージュスープにするといい。鮮やかな緑色で草原のような香りがするスープが出来る。

「あ」

道の向こうから馬に乗った人物が駆けてくる。

ここは街道で道幅は広いが、念のために馬車を端に寄せた。

馬の主は、ゴーラン騎士団の黒い制服を着た騎士だった。

「……っ」

その姿を目にした瞬間、私の心臓の鼓動《こどう》が速まる。

宿の常連客、黒髪男ではないかと思ったのだ。

しかしそれは別人で、騎士はこちらに黙礼して走り去っていく。

私はその姿を見送り、小さくため息を吐いた。

ホッとしたような、残念なような、おかしな気分だ。

御者台の隣に座っているノアが声を掛けてきた。

「リーディアさん、大丈夫？」

「ああ、ありがとう。何でもないよ」

二週間に一度、姿を見せていた黒髪男だが、ここひと月ばかり彼は宿に泊まりに来ていない。

冬が終わり、春が来ると人の動きも活発になる。

この時期は様々な厄介事《やっかいごと》が騎士団に持ち込まれる。

黒髪男が多忙なことは、過去の経験から察しが付いた。だから泊まりに来ないことに大した意味なんてないはず……なのだが、彼に最後に会ったのは『あの時』。

次に顔を合わせた時に、私はどうすればいいのだろう。

待ち遠しいような、恐ろしいような、不思議な感情が、春の嵐のように私の心を掻《か》き乱す。

「行ってきます、リーディアさん」

「いってきまぁす」

「はい、行ってらっしゃい」

二人を学校まで送った後、私は町外れの粉挽《こなひ》き小屋に向かった。

小麦とライ麦を挽いてもらうのだ。

都会などでは事情は異なるが、田舎《いなか》の庶民は麦のまま穀物を備蓄し、都度使う分だけ粉挽き小屋で挽いてもらう。その方が鮮度が保てるからだ。

粉挽き小屋の持ち主は土地の領主である。

粉挽き小屋の手間賃《てまちん》はこの領主が決めていて、フースの町では挽く穀物の二十分の一が手間賃だ。

私はゴーラン領に来るまで自分でパンを焼くことはなかったので、粉挽き小屋で小麦を挽いて貰うのも初めての経験だった。

町の人々に聞くと、この手間賃を高くする強突《ごうつ》く張《ば》りの領主もいるらしいが、ここの手間賃は隣領に比べお手頃価格だそうだ。

ゴーラン領は農業と林業が盛んな上、交通の要所でもあり、おまけにダンジョンも持っているので、王国でも豊かな地として知られている。

一見ここよりずっと華やかに見える王都だが、富める貴族がいる一方、飢《う》えに苦しむ貧民もいる。ゴーラン領は素朴だが、貧民窟《ひんみんくつ》などは存在しない。

粉挽き小屋一つとっても人々の暮らしぶりが見て取れる。

「ではよろしくお願いします」

「あいよ、やっとくよ」

私は馴染《なじ》みになった番人に声を掛けて、粉挽き小屋を出た。

向かった先は町の役場である。

町では二週間後、春を祝う祭りが開催される。その祭りの寄り合いがあるのだ。

春を祝う祭りは近隣の村からも人が訪れて大賑わいになる。

今日の寄り合いは祭りの「食」担当の会合だ。

町の食事処や宿屋の他、店を構えていない者も申請して承認されれば、祭りの会場である町の広場に出店を出せる。

本来参加は任意なのだが、幾つかの店には町から指名がくる。ありがたいことに我が家も役場から指名を貰った。

役場の会議室に各々の店主が持ってきた料理が並べられ、皆で試食していく。

出店する店は商品が被《かぶ》らないようにあらかじめ申し合わせ、色々な食が楽しめるように工夫しているのだ。

当日は領主から酒や牛や豚の丸焼きなどの振る舞いがある。

なので我々の役目は、焼いた肉以外の料理だ。

普段店では熱い料理は熱く、冷たい料理は冷たく提供出来るが、屋台ではそうはいかない。

素早く提供できて、手軽に食べられ、そして春を祝う祭りに相応《ふさわ》しいメニュー……。

色々悩んだ挙句、私は「兎《うさぎ》のシチュー、アスパラガス添え」を作ることにした。

兎は春の女神の使いと呼ばれ、春の祭りでは欠かせないメニューだ。

振る舞いでは兎の肉は出さないらしいし、魔石で大鍋を温めれば、温かいうちに食べて貰える。

アスパラガスも春が旬の野菜だ。

もう一品はマドレーヌにした。

菓子を出す店が足りないらしく、菓子を出して欲しいと指定されたからだ。

貝殻の焼き型を使った菓子は形も可愛らしいので、女性客は目を留めてくれそうだ。

焼き菓子はほどよく膨らませて焼くのが難しいのだが、重曹を使うと多少難易度が下がる。菓子職人ではない私でもこれなら失敗なく大量に作れた。

しかし思わぬ問題が生じた。

「これは旨い」

「しっとりしているのに、ふんわりと軽い」

「バターの香りがいい」

……と、渾身《こんしん》の一品、兎のシチューではなく、マドレーヌが高い評価を受けてしまった。

「マドレーヌというんですか？　王都の食べ物とは珍しい。これはいいですよ！　形も凝っているし、きっと評判になります！」

と役場の担当者から食い気味に絶賛された。

「いや、マドレーヌは王都の食べ物ではないですよ。私が読んだレシピでは、外国の料理と書かれていました。焼き型の取り扱いがあるのだから、王都では流行しているかも知れませんが……」

王都ローサスには長年暮らした私だが、恥ずかしながら流行にはまったく詳しくない。さらにここ一年、王都には立ち入ってすらいない。

私は一応、反論したのだが、

「とにかく美味《おい》しくて珍しい！　素晴らしいです。数はどのくらい作れます？」

担当者はあまり気にせず、さらに問いかけてきた。

よく見ると彼は私に今の家を斡旋《あっせん》してくれた若者だ。

あの時は朴訥《ぼくとつ》そうな青年に見えたが、今は圧強めである。

「……いや、兎のシチューの仕込みがありますので、あまり作れないかと……」

小声で訴えてみたが、

「では、楡《にれ》の木荘さんにはマドレーヌオンリーでお願いします。じゃんじゃん作って下さい」

とお願いされてしまった。

「はい……」

しかし、春の祭りである。

屋台で提供する料理としては、料理屋に行けば食べられるようなメニューより、可愛い菓子の方が喜ばれるかも知れない。

「……じゃんじゃん作ると言っても、マドレーヌは割に高いですよ。そんなに売れないでしょう？」

私は担当者に言った。

「ちなみにおいくらくらいです？」

「一個五分の一銀貨は貰わないと採算が合いません。砂糖を使っていますので」

五分の一銀貨あれば料理屋で一食食べられる。

対してマドレーヌは手のひらサイズの小さな菓子一つでこのお値段だ。

卵も小麦粉も庶民には少々お高い食品だが、さらに高いのは外国からの輸入に頼る砂糖だ。

菓子類はその砂糖をふんだんに使う。

「それに、香り付けにレモンも使ってましして」

レモンやオレンジも高価だ。

我が国ではこれら暖かいところで採れる柑橘類《かんきつるい》は専用の温室、オランジュリーでないと越冬出来ない。栽培が難しく、冬場の燃料費もかさむため、庶民には高嶺《たかね》の花だ。いや、実か。

そもそもレモンは庶民が使う町の市場に流れてくることが少ないのだが、何故かゴーラン領では王都に比べ手に入りやすい。高いが時々売っている。

「ああ、このスッキリとした酸味はレモンですか。なるほど」

担当者は感心したように頷いた後、あっさり言い切った。

「大丈夫だと思いますよ。お祭りで皆さん、財布の紐《ひも》は緩みますし、楡の木荘さんのお菓子は美味しいと評判ですから」

「はあ……」

「いやぁ、僕の周りでも、例のパンケーキは大評判でして。でも楡の木荘さんは町から少し離れてますからね。なかなかお店まで食べに行けない人も多いんです。そんな有名な楡の木荘さんのお菓子が、町中で手軽に食べられる絶好の機会です。皆、喜んで買い求めるでしょう。成功間違いなし！」

「はあ……」

本当か？

いや、そもそも我が家はカフェではないのだが、なんでマドレーヌを売ることになった？

色々と不安になる私だが、役場の青年は自信満々だ。

「大丈夫ですよ。この菓子、レモンのせいか甘すぎないし、しっとりしつつどこか軽い食感。女性に受けそうですが、男性も好きな味ですよ、これは。ああ、そうだ。楡の木荘さん、お願いがあるんですが……」

「お願い？」

「ちょっとこちらに来て頂けませんか？」

内密な話なのか、青年は私を部屋の隅に連れていき、他の人間には聞こえないよう辺りを見回した後、耳打ちしてきた。

「祭りの一週間後にこのマドレーヌをまとめて発注したいんですが、出来ますか？」

「はい、もちろんです」

そう答えながら、私は考えた。

祭りの一週間後って何かあったか？

マドレーヌは普段のお茶請《ちゃう》けにするにはちょっと高価だ。

まとまった数となると、結構な金額になる。

ご進物か何かに使うつもりだろうか。

青年はさらに声を潜めて言った。

「祭りの一週間後が領主様の二十八歳のお誕生日でして」

「ああ、そうなんですか」

二十八歳か。

あまり興味がなかったので、気にしなかったが、同世代だったか。

「ご本人が祝う必要はないとおっしゃってお祝いパーティーなどは開かれませんが、町でも何か献上したいと思いまして。珍しい菓子なんかは喜んで頂けそうですよね」

「ね」って同意を求められても……。

しかしそういう事情なら、お高い菓子はいい選択かも知れない。

「でも、私のマドレーヌでいいんですか？」

「はい。実は我が領では今レモンを特産品にしようと売り出し中でして、レモンを使ったマドレーヌなら、領主様もお喜びでしょう」

私は目を見張った。

「……レモンはこの辺で採れるんですか？」

ゴーラン領は取り立てて暖かい地方ではない。

レモンの産地としては気候的にはあまり適していないはずだが……。

青年は得意気に理由を教えてくれた。

「我が領に幾つかダンジョンがあるのはご存じですか？」

「ええ」

「僕も詳しくは知りませんが、内部がかなり暖かいダンジョンがあって、その近くも暖かいらしいんです。そこで温室《オランジユリー》を作って栽培しているそうです」

「ほう……」

ダンジョンは気候すら通常とは異なる。焼けるような暑さの灼熱《しゃくねつ》ダンジョンがあると聞いたことがある。

それを利用した温室栽培とは、ゴーラン伯爵《はくしゃく》はなかなか商売上手だ。

「さらに廃ダンジョンの跡地を使って『ジュソー』なる食べ物を作っているそうです」

ジュソーじゃなくて、重曹な。

あの後少し調べたが、トロナ石が採れるのは大河や塩湖の周辺。実はゴーラン領に地形的に条件に合う場所は存在しない。

例の土地はおそらく元塩湖か海ダンジョンだったのだろう。

何百年もダンジョンだった場所は、地質が変わってしまうことがあるそうだ。

これなら、「ない」はずの鉱床がゴーラン領であった説明がつく。

不毛の大地さえも金に変えるとは、ゴーラン領主はやり手だ。

「ダンジョン側《そば》の温室では他にチョコレートの原料になるカカオ豆も作っているそうですよ」

「カカオ豆も？」

カカオ豆も暖かい地方でしか採れず、国内での栽培は不可能と言われている。一言で言うと、ものすごく儲《もう》かる。

……本当にゴーラン伯爵は手広くやってるな。

私はゴーラン領に対してまったく無知だが、これは中央の騎士全体に言えることだ。

セントラルの騎士達にとって、注視すべきは南部だった。

南部は領内問題と外交問題の両方を抱えている。

好戦的な隣国と小競り合いを繰り返す南部はひどく疲弊《ひへい》している。

戦費を賄《まかな》うため税は高く、反乱は後を絶たない。

南部には私も幾度か派遣されたことがある。

ダンジョン経営は儲かるが、運営には厳しい条件がある。

世情不安著しく、余剰の兵力を持たない南部はこの条件を満たせず、正攻法で稼《かせ》ぐしかない。

しかし一触即発の南部で地場産業が栄えるはずもなく、貧困に喘《あえ》いでいる。

それに比べるとゴーラン領は問題のない土地で、セントラル騎士団を含めた中央の軍隊の出番はない。

しかし、かつて私の同僚が言ったことがある。

本当に恐ろしいのは、西方ゴーラン。

彼の地の領主が本気で中央部と対立を選んだなら、国は大きく乱れるだろう――と。

確かに、富めるゴーランならその力がある。

そして、すでに王はゴーランの信を失っているのだ。

役場の持ち主は領主で、こういう会議室には大抵領主の肖像画が掛けられている。

この会議室も例に漏《も》れず、歴代のゴーラン領主の肖像画がずらりと壁に並んでいた。

そして正面には当代の領主の肖像画が飾られるのが、一般的である。

私はその肖像画を見上げて、役場の青年に尋ねた。

「……あれが、領主様ですか」

「ええ、そうですよ。我がゴーラン領のご領主アルヴィン・アストラテート様です」

ふと青年は照れたように頭を掻いた。

「あ、僕もアルヴィンというんです。領主様と同名で光栄です」

「そうなんですか、いい名前だと思いますよ」

アルヴィンは魔物退治で有名な勇者の名で国王にまでなった英雄である。我が国の男性の名前としては人気が高く、宿屋でもよく見かける。

肖像画に描かれているのは、大概が中年から初老の男だ。

我が国は基本的に爵位は終身。生前に譲《ゆず》るということがないので、当主が死なねば代替わりはない。

なのに当代の領主の肖像画として描かれていたのは十代半ばと思《おぼ》しき少年の姿だった。

艶《つや》やかな黒髪のなかなか整った顔立ちをした少年だ。だが、青い瞳はその年の子に似つかわしくない暗い輝きを放ち、こちらを見つめ返している。

少年は、勇猛果敢《ゆうもうかかん》と名高い辺境伯《へんきょうはく》家の当主らしく黒兜《くろかぶと》を小脇に抱えた黒ずくめの甲冑姿《かっちゅうすがた》だ。

ゴーラン領の領主の家紋は黒い盾に銀の剣というもので、代々領主家の男児が団長を務めるゴーラン騎士団もそれに倣《なら》い、ゴーラン騎士団の甲冑は黒一色だ。

だがその出で立ちは勇壮さより、まだ細い両肩に背負い込んだ責務の重さを感じさせ、私にはどこか痛ましく思えた。

ゴーラン前領主の死は暗殺だった。

領内の町に夫婦揃《そろ》って視察に向かい、その道中に賊《ぞく》に襲われて殺された。前領主の唯一の子であるアルヴィン・アストラテートは十五歳で両親を失い領主となり、叔父《おじ》である前領主の弟がまだ年若い領主の補佐となった。

叔父の手によってすぐに下手人のアジトが捜し出され、乱闘の末、全員死亡。犯人は領内に巣くった山賊共と断定され、中央にはそう報告されたが、前領主の死には不審な点がいくつもあった。

隣国が近い辺境とはいえ、領内はそれなりに安全で、夫妻には相応の護衛も付いていていた。だが彼らは不意打ちを食らい、突然現れた山賊に襲われた。

明らかに仕組まれた犯行だ。

犯人は、山賊などではない。

領主はその後も密《ひそ》かに調査を続け、事件の背後にいたのが、信頼していた叔父であるのを突き止めた。そして叔父をそそのかしたのが、叔父の妻の実家である中央貴族の子爵《ししゃくけ》家であることも。

領主の叔父はゴーラン領主の地位を欲していた。

そこで兄を暗殺し、甥《おい》である領主の後見人となった後、折を見て甥も始末する予定だった。

だがもくろみは暴かれ、叔父と妻の実家である子爵家は厳しい処分を受けた。企みに関わったものは死罪、子爵家も取り潰しとなった。

一介の下級貴族にこんな真似《まね》が出来るわけがない。裏にもっと大物がいる。

分かっていながら、若き日のゴーラン伯爵は本丸を攻めることが出来なかった。

「…………」

私は苦虫を嚙《か》み潰《つぶ》したような顔をしていたのだと思う。

「に、楡の木荘さん、どうかしました？　大丈夫ですか？」

役場の青年はおそるおそるといった調子で声をかけてきた。

「……いいえ、何でもありません。いやーなことを思い出しただけです」

「いやーなことですか？」

「まあ、過去の話ですよ」

「はあ……」

「それにしても色々あっただろうに、ゴーラン領は栄えている。領主様は随分ご苦労なさったことでしょう」

弱体化したところを一気に中央につけ込まれることもある。……南部のように。

ゴーラン伯爵はそれを許さず、西部は自治を守り続けている。

そう言うと青年も顔を上げ、領主の肖像を見つめた。

「そうですね。領民は皆、あの方を慕っております。若くして領主の地位に就かれ、領地と民をお守り下さっている。ご立派な方だと思います」

かつては王宮騎士だったので、今から十二年くらい前に取り潰された子爵家というのは、多分、「あそこだ」と察しが付く。

あの子爵家は王の二番目の王妃の実家の派閥《はばつ》である。辺境伯とて余程確固とした証拠がない限り、王に訴状を出すことすら不可能だ。

二番目というのは、隣国の姫君だった最初の王妃様が王太子殿下《おうたいしでんか》をお生みになった後、儚《はかな》くなられたからである。

二番目の王妃は自分が生んだ子を王位に就《つ》けたがっており、王太子殿下が邪魔で邪魔で仕方ない。

先の王太子殿下暗殺未遂事件はこの王妃の実家が仕組んだものだ。

由緒正しい血統を持つ王太子殿下が瑕疵《かし》もないのにその座から引きずり下ろされたなら、先の王妃様の祖国が黙ってはいない。

戦争が起こるかどうかは分からないが、今は良好な関係にヒビが入る。さすれば、他の周辺諸国との間も不穏になる。

我が国にとっても「王太子をすげ替えた」なんざ、赤っ恥もいいところだから、まともに考えれば絶対に避けねばならない事態だ。

だが王妃は王の寵愛《ちょうあい》を受け、さらに王妃の兄の侯爵家《こうしゃくけ》当主は宰相《さいしょう》と、王妃の実家一門は権勢を誇っている。

結局、王太子殿下の周辺は偶然に警備が薄くなり、その偶然のタイミングで不審者が王太子殿下に近づき、そいつは王太子殿下に向かってナイフを振りかざした。

たまたま居合わせた私が殿下と賊の間に滑り込み、殿下を庇《かば》わねば、あの方のお命はなかった。

これほどの大事でありながら、処分は実行犯の処刑と警備の騎士数名の降格のみだった。

騎士団の上層部とさらにその上が関わっていることは明白なのに、だ。

まあ、事件を受けて警備態勢は見直されたから、王太子殿下の御身は少しは安全になっただろうが、ゴーラン伯爵同様、このリーディア・ヴェネスカも巨悪を取り逃がしたというわけだ。

我々は王都の豚共に敗れたのである。

第五章 ゴーラン伯爵とチェリーボンボン

祭りまでは戦場のような忙しさだったが、その甲斐《かい》あって当日は大盛況で、マドレーヌは飛ぶように売れた。

大量に作ったのに昼過ぎには完売してしまいそうな勢いだ。

ノアとミレイ、キャシーも一緒に売り子をしてくれ、客足が落ち着いたところで、

「リーディアさん、疲れたでしょう。少し休憩《きゅうけい》したら？」

キャシーにそう促され、ひと息入れさせて貰《もら》うことにした。

実は私はこの歳《とし》まで祭りと名の付くものに参加した経験がほとんどない。

親元にいた頃はともかく、六歳で入った魔法使い養成所では勉強に追われ、魔法騎士になった後は、治安警備の任を担った。

中途半端に地位があった私は一般の騎士のように街角に立つことはなく、有事に備え、ただ詰め所で待機していた。

……祭りとはそんな物悲しい日なのだ。

だから今回は大いに楽しみだった。

春を祝う祭りらしく、そこかしこに花が飾られ、広場の真ん中では華やかな衣装を着た若者達

が輪になってダンスを踊っている。

ふと見た広場の一角に私の目は釘付《くぎづ》けになった。

そこでは大きな豚や羊、牛を焼いていた。

牛は半身だが、豚や羊は一頭丸焼きにしている。

丸焼きは美味だが、かなりの大仕事で、ぶっとい鉄串に刺した肉を数人がかりで焦げないように、回転させながら焼く。肉の大きさにもよるが、焼き上がるまで三時間以上掛かるのだ。

屈強な男達が額に汗しながら、焼いている。

食欲をそそるいい匂《にお》いが辺りに漂う。ダイナミックな、まさに祭り料理。

……私も焼いてみたい。

じっと見ていると、「そこの人、よかったら食べなさい」と焼けたばかりのサイコロ肉をくれた。

羊肉らしい。

春はミルクラムの季節だ。

ミルクラムは生まれて二ヶ月から三ヶ月程度の乳飲み子羊のことで、非常に美味である。

振る舞いの肉を食べながら、広場の若者達の踊りを見物していると、「わっ」と声が上がり、振り向くと遠くに人だかりが出来ている。

何だ？

「領主様だ」

「領主様がいらっしゃったぞ」

「えっ、領主様？」

若い娘が頬を上気させて、そちらに駆けていく。

ゴーランの地は広く、春の訪れも地域によって多少ばらつきがある。春の祭りはゴーラン南部から始まり、辺境に近いこの地の祭りは領内最後となる。

隣町の春祭りは一週間ほど前に行われ、ほんの少しの間だが、領主が顔を見せたらしい。

この町にもお目見えがあるのではと町の人間は期待していた。

警護の騎士が周囲を囲む真ん中にチラリと黒髪が見えた。

この国は金や茶色の髪の者が多いが、ゴーラン領は国境の向こうの隣国と繋《つな》がりが深いそうで、あちらに多い黒髪が珍《めずら》しくない。

若くして苛烈《かれつ》な運命に翻弄《ほんろう》された領主に興味はあるが、人波を掻《か》き分けてまで見たい訳ではない。

私は立ち上がり、ノア達の待つ出店に戻った。

＊＊＊

祭りが終わった後、私はすぐに領主誕生日の贈り物の菓子作りに着手した。

出来上がった菓子を役場に持って行くその前日。

「リーディア」

「黒……アルヴィン様」

黒髪男こと、騎士アルヴィンが茶髪男を伴い、やってきた。

「…………」

「…………」

我々は互いに無言で顔を見合わせた。

結局あの後もアルヴィンの訪れはなく、あの何だか分からない抱擁《ほうよう》――題して「名前を呼んでくれ」事件から、彼に会うのは初めてだった。

あの直後、茶髪男が迎えに来て、アルヴィンは何事か言いたげだったが、すぐに出立した。夜に馬を駆けさせるのは、かなり危険なので、日が暮れぬうちに移動せねばならないのだ。

……少々、居心地が悪い。

「あー、いらっしゃいませ」

「ああ、久しぶりだな。このところ仕事に追われて、こちらに立ち寄ることも出来なかった」

ひと言目はぎこちなかったが、いざ言葉を交わすと案外スムーズに話せた。

客相手だから私はもちろん笑顔だが、アルヴィンも朗らかに笑い返してくる。

……何だったんだろうな、あれ。

「お忙しいんで？」

「まあ、春はいつも何かとな」

やはり私の推測通りアルヴィンは忙しかったようだ。

「それはそれは。お疲れ様です」

「ああ、ありがとう。春の祭りは終わったし、もう少しでひと息つけそうだ」

「左様ですか。今日はお泊まりで？」

そう尋ねると、アルヴィンは眉を下げた。

「いや、そうしたいのはやまやまだが、今日は本部に戻らねばならない」

本部というのは、領都にあるゴーラン騎士団本部のことだろう。

ここからだと馬を駆っても丸一日掛かる。

「食事だけ食べさせてくれ」

「かしこまりました。腕によりを掛けて」

＊＊＊

まずは前菜。

きのことというと秋のイメージが強いが、この時期も山では美味《おい》しいきのこが採れる。とれたての春のきのこと鶏のテリーヌに、春が旬《しゅん》の山羊《やぎ》のチーズ、春のハーブラムソンのスプレッドなど、春尽くしの料理を大皿に盛り付け、薄切りのパンを添える。

お次は魚料理。

今日は地元の湖で釣れたいい鱒《トラウト》が手に入った。

川や湖の魚は寄生虫がいることがあるため、湯がいたり、冷凍したりという下処理が必要だが、私はこれでも魔法使いである。浄化魔法を使って寄生虫を死滅させた。

魔法は便利だなとここに来て改めて思う。

処理した魚はマリネにした。

そぎ切りにしたトラウトにスライスした玉葱《たまねぎ》とセロリを加え、その上からたっぷりとディルを散らす。

そしてメインデッシュは「兎《うさぎ》のシチュー、アスパラガス添え」。

アルヴィンとその供の茶髪男デニスはどの料理もモリモリと平らげたが、

「旨《うま》かった。どれも旨かったが、兎のシチューは絶品だった」

というアルヴィンの言葉に溜飲《りゅういん》が下がる。

「ありがとうございます」

何食わぬ顔で返事をしたが、かなり嬉《うれ》しかった。

時刻は、昼食の客の波が引いた昼下がりだ。

天気のよい日は若いカップルがスイーツを食べにやって来るのだが、今日は曇天のせいか、食堂には他に客の姿はなかった。

こんな日はキャシー達は別の仕事をしている。キャシーの具合は随分《ずいぶん》とよくなって今日は一家総出で畑仕事にいそしんでいた。

「珈琲《コーヒー》をくれるか」

「はい」

食後に追加のオーダーが入り、私は珈琲豆と道具一式を用意する。

アルヴィンは私から豆が入った袋を受け取り、

「君も飲むだろう？」

と三人分の豆をザラザラと皿にあけた。

「…………」

アルヴィンは一粒一粒珈琲豆を凝視しながら、慎重に選別していく。

あまりに真剣な表情だったので、思わず見守ってしまった程だ。

アルヴィンは豆から視線を離さぬまま、何故《なぜ》かとてつもなく歯切れの悪い口調で私に問いかけた。

「……リーディアは、フースの町の春の祭りには行ったのか？」

「行きましたよ」

「行ったのか？」

アルヴィンは意外そうにこちらを向く。

「はい、当日はお天気もよくて、大変な人出でしたよ」

「そうか……」

アルヴィンは何事か考え込んでいる。ついでにその連れのデニスも息を呑《の》んでこちらを見つめた。

なんだ？

「それが何か？」

「……いや、領主は……見たか？」

絞《しぼ》り出すような小声である。

「いいえ、あいにく領主様のお姿を拝することは出来なかったんです」

そう答えると、

「そうか」

アルヴィンは何だかホッとしたような残念そうな妙な表情になった。

「もしかしてアルヴィン様達も領主様にご同行でしたか？」

領主の警備には騎士がついていた。その中に彼らもいたのだろうか。

アルヴィンは天井《てんじょう》を見上げ、

「……まあ、そんなところだ」

と言った。

「そうですか。お会い出来ればよかったですね。ノアとミレイもいたんですよ。当日私達は、広場で屋台を出店してまして」

「役場で聞きましたよ。人気の料理屋には屋台の出店をお願いしたそうですね。もしかしてリーディアさんも？」

と情報通のデニスが口を挟む。

アルヴィンが私を名前で呼び始めた頃から、デニスも私を「リーディアさん」と呼ぶようになった。

平民は姓など持たないので、屋号で呼ぶか、名前で呼ぶかが一般的だ。

顔なじみの客はほとんど私を「リーディアさん」とか「おかみさん」と呼ぶ。

だからアルヴィンが私を「リーディア」と呼ぶのも大した意味はない……はずだ。

「ええ、ありがたいことにご指名を頂きました」

「そうかぁ、それは惜しいことをした。僕も食べたかったな。何の料理を出したんです？　肉は振る舞いがあるから、魚料理とかですか？」

「いいえ、それが菓子を売って欲しいと言われて」

「えっ、菓子ですか？　まあ、ここは菓子も旨いから」

デニスはフォローまでしてくれるイイヤツだ。

「よろしければ召し上がりますか？　丁度祭りで出した菓子が焼き上がったところなんです」

私は台所に戻り、菓子を用意した。

一つ目はケーキクーラーの上で粗熱《あらねつ》を取っていた焼きたてのマドレーヌ。まだほんのりと温かい。

マドレーヌは一日置いた方がしっとりするが、焼きたては外が少しサクサクしてそれはそれで美味しい。

そして借り受けた保冷ボックスから『アレ』を取り出し一粒ずつ、皿に載せた。

食堂に戻ったのは、丁度、珈琲が入ったタイミングだった。

「どうぞ」

菓子を勧めて、アルヴィン達の反応を窺《うかが》う。

「旨いな」

「珈琲に合いますね」

アルヴィンがマドレーヌをくんと嗅《か》ぐ。

「何か香りがする。レモンか？」

「はい、レモンです」

「爽やかでいいですね」

「こういう使い方もあるんだな」

「この貝殻の形がユニークですね。これは女性にウケがよさそうだ」

とかなり好評である。

そして用意したもう一つの菓子を彼らは不思議そうに見つめた。

外見は親指大の丸く黒い物体である。しかも黒い物体からビヨンと細い棒のようなものが飛び出している。

作っておいてなんだが、食べ物には見えない。

「リーディア、これは？」

「チョコレートです。カカオを少し頂いたので」

「……カカオ？」

とアルヴィンは眉を顰《ひそ》めたが、デニスの方はそれでピンと来たらしい。

「あ、ひょっとして、リーディアさん、町から領主誕生日のお菓子を依頼されましたか？」

「領主誕生日？」

アルヴィンは不審そうにデニスに問う。

「はい。露骨に高そうな贈り物はアルヴィン様が嫌がるので、最近の献上品はもっぱら地元の特産品です。特に食べ物が多いんです」

デニスは側近の騎士らしく、領主を名前で呼んだ。

領主もアルヴィン、ここにいる騎士もアルヴィン。

魔物退治で有名な勇者アルヴィンにあやかって、アルヴィンは武を尊《とうと》ぶ家でよく付けられる名だ。騎士団内で同名多そうで大変だなと思った。

ちなみにリーディアも有名な聖女の名前である。同名は多く紛《まぎ》らわしかったのでアルヴィンには深く同情する。

勇者アルヴィンと聖女リーディアは同時代の英雄で、共に魔王と戦った仲間である。魔王戦の後、勇者アルヴィンは時の王女と結婚し国王となり国の復興に努め、聖女リーディアは国中を巡り、傷ついた人々を癒《い》やしたという。巡礼の旅の後、聖女リーディアはかつての仲間だった騎士と結婚したと伝えられている。

「僕ら側近もお裾《すそ》分《わ》けが頂けるので、領主誕生日は楽しみなんです！」

とデニスはウキウキしながら言った。

「そうなんですか、いい人ですね、領主様」

デニスは満面の笑みで頷《うなず》く。

「はい。今年はリーディアさんのマドレーヌが食べられるのかぁ、楽しみだなぁ」

「……やらんぞ」

デニスの上司であるアルヴィンは独り占めする気のようだが、

「そんなことをしたら、騎士団が黙ってませんよ。皆、今から楽しみにしてますから」

即座に言い返される。

ゴーラン騎士団は仲がよさそうだ。

「ぐ……」

アルヴィンは不満そうな声を上げ、話題を変えた。

「このチョコレートも領主に渡すのか？」

「はい。お二人はご存じでしょうが、領産のカカオ豆で作りました」

まだ安定した量が確保出来ないので、ゴーラン領のカカオ豆は一般には流通していない。

このカカオは試験的に町に配られているのを譲《ゆず》り受けたのだ。

チョコレートそのものが我が国ではまだ珍しく、カカオ豆はものすごく高価でその価値は黄金と同じだという。

あまりにも高価過ぎて、貰い受けた役場では完全に持て余していた。

私は王宮魔法騎士だった頃、褒賞品《ほうしょうひん》として一度チョコレートを食べたことがある。

見た目にそぐわぬ繊細な美味しさに衝撃を受けたものだ。

何の気なしに、「カカオが流通したらチョコレート菓子を作ってみたい」と話すと、役場の青年は上司に掛け合ってカカオを分けてくれた。

そんな高級食材、失敗したら嫌だといったんは断ったのだが、話を聞いた料理人は全員、そう思ったらしく、作り手がいなかったらしい。

チョコレートはすぐに溶けてしまう。

「保管に氷の魔石入りの保冷ボックスがいるんですが……」

と言うと、カカオ豆と一緒にそれまで貸してくれた。

至れり尽くせりではあるが、……正直、ちょっと押し付けられた感はある。

「チョコレートはドロドロした飲み物だと思っていたが……」

アルヴィンがコロンと丸いチョコレートを見て、呟《つぶや》いた。

彼の言う通り、チョコレートはまず精製したカカオに砂糖とミルクを加えて作るホットドリンクとして我が国に伝わった。だが私が褒賞で口にしたチョコレートは固形タイプで、わざわざこのために、遠い外国から菓子職人を招いて作ってもらったものだった。

作ったチョコレートのうち、形よく出来た十二粒をガラスの器に入れて献上する予定だ。

地元産の素材、器は町のガラス職人の作品と、領地の産業を奨励している領主なら関心を寄せてくれる……はずだが、見た目がアレなので、先に側近のアルヴィン達の理解を得たい。

「まずは召し上がってみてください」

と私は彼らに勧めた。

「このつるを持って、一口で食べて下さい」

食べ方を説明すると、アルヴィンは「分かった」と頷いて、チョコレートを口に入れた。

それを見て、デニスも食べ始める。

初めての食べ物とあって、アルヴィンはいささか緊張した様子でおそるおそる咀嚼《そしゃく》する。

「…………！」

すぐに驚いたように目を見張った。

急いで飲み込むと、彼は、

「中に何か入っている！」

と訴えてきた。

「サクランボ酒《キルシュ》に漬けたチェリーです。それを砂糖衣に包んで、さらにチョコレートでコーティングしたもので、チェリーボンボンといいます。あ、種があるんで気を付けて下さい」

キルシュは隣町で作られており、酒蔵では酒も売っているが、このように半年から一年、じっくりキルシュに漬け込んだチェリーも売っている。

酒のつまみにはもってこいなので、宿の常備品だ。

「……アルヴィン様、これは……マズいです」

デニスが慌《あわ》てた様子でアルヴィンに囁《ささや》くと、アルヴィンも彼に頷き返した。

「ああ、これは……マズいな」

「えっ、美味しくなかったですか？」

言っちゃあなんだが、初めてにしてはよく出来たとうぬぼれていたのだが。

アルヴィンは深刻そうな顔で言った。

「いや、旨い」

「は？」

「旨いのが、マズい。これは取り合いになる」

「は？」

ますます分からん。

だが、デニスまで青い顔で断言した。

「はい。マズいです。これは奪い合いになります」

「そうなんですか……」

「騎士団は血の気が多いのが多くてな……」

苦労しているのか、アルヴィンはため息を吐《つ》いた。

デニスも同意する。

「加減というものを知りませんからね。特に旨いものには目がない。十一個なんてどう配ればいいのか……」

とデニスは頭を抱えた。

さらっと言ったが、領主の分が一粒でいいのか？

一応彼の誕生日プレゼントだぞ。

「待て。十一個騎士団に配る気か？」

アルヴィンもくちばしを突っ込んだが、デニスは見向きもしない。

「リーディアさん、このチョコレート、もう少し作れませんか？　百個くらい欲しいんですが」

と彼は熱心に交渉してきた。

「おい、リーディアの手間を考えろ。迷惑だろう」

アルヴィンがたしなめた。

「お作りするのは構いませんよ。ただ材料がもうありませんから、無理ですね」

そう言うと、今度はアルヴィンが食いついてきた。

「材料さえあれば作ってくれるのか？」

「はあ、まあ」

もう一度言うが、チョコレートは黄金と同価値であると言われている。

自領で採れるとはいえ、カカオ豆は決して安いものではない。公私混同も甚《はなは》だしいなぁと思っていると、

「チョコレートの美味しさが知れ渡れば、大儲《おおもう》け出来ますよ」

「ああ、デニス。文官達にも配る。なるべく多くの者に食べさせるんだ」

「はい！　販路《はんろ》が拓《ひら》けることでしょう」

二人の話を聞くと、宣伝も兼ねているらしい。

まあ、食べ物の価値を伝えるには実際に食べてもらうのが一番だからな。

その件に関して言うと、元職場の副騎士団長は本当にひどかった。

褒賞品のチョコレートは某国の災害救助に向かった我々に対する褒美《ほうび》の一つだったが、現地でチョコレートを食べて虜《とりこ》になった副団長のごり押しで選ばれたと聞く。

百％私欲だもんなー。

あいつ、王妃派の高位貴族の子弟で、本当に役に立たない上司だったなぁと、余計なことまで思い出し、イラッとした。

「材料は全てこちらで用意する。リーディアの負担にならない数でいい。作って貰えないか？」

「承ります。あの、手間賃として少しカカオを頂いていいですか？」

そうすればノア達にもチョコレートを作ってやれる。

ふと視線を感じて振り返ると、ブラウニー達がソワソワとこちらを窺っている。

分かった。お前達の分も作る。

「もちろんだ。日給も支払う」

アルヴィンは気《き》っ風《ぷ》よく約束した。

「では、お作りします」

これから売り出すならチョコレートのレシピもあった方がいいだろうと、私はアルヴィンにチェリーボンボンのレシピを渡した。

中のフィリングをヌガーやキャラメル、ナッツなどに変えれば、また違った味が楽しめる。

「いつもすまない」

「いえ」

昔は料理にはまったく興味がなかった私だが、チョコレートだけは別だ。

カカオ豆が手に入ったら誰かに作って貰おうと、かの国の菓子職人からちゃっかりレシピを聞いておいたのが役に立った。

「さて、もう行かねば」

チョコレートの追加発注を終えると、アルヴィン達は出立の準備を始めた。

「馬の様子を見てきます」とデニスは食堂を出て行き、残ったアルヴィンはいつものように、私に尋ねた。

「何か困ったことはないか？」

私もいつも通り、

「いえ、特に何もないです」

と答える。

普段のアルヴィンならそれで引き下がるのだが、今日は違った。

「では欲しいものはないか？」

「欲しいもの？」

「ああ、私もリーディアに何か贈りたい。君の誕生日はいつだ？」

「私の誕生日は夏です」

「夏か、少し先だな」

とアルヴィンは残念がった。

「では誕生日には別に贈るとして、なんでもいい、欲しいものがあれば言ってくれ」

「欲しいもの……」

今一番欲しいのは大きくて焦げ付かない鍋《なべ》だが、自分で買えばいい気しかしない。

「あー、うちの牛に子供が生まれまして」

そう言われてもとっさに欲しいものなど思いつかない。私は苦し紛れに話を振った。

「牛に？」

よし、案外動物好きのアルヴィンが食いついてきたぞ。

「はい、双子なんですが、牛の双子は珍しいらしいですよ」

牛の妊娠期間というのは人間と同じ、つまり十ヶ月くらいらしい。

ウルとケーラが共に暮らすようになって五ヶ月。

どう数えても計算合わないんだが、ケーラは半分魔獣でウルは精霊であるため、彼らの生殖サ
イクルは通常の牛とは異なるようだ。

幸いケーラのお産は順調で、双子は可愛い。

「そうか、あれらが……」

アルヴィンも感慨深げである。

なんとか誤魔化せたような気がしたので、私はホッとした。

アルヴィンの好意を無にしたい訳ではないが、対価もなしに人から何かを受け取るのはあまり好きではない。

つくづく可愛げがない性格だなと自分でも思う。

「……いや、そうではない」

アルヴィンは首を振ってそう呟いた。

「そうではないんだ、リーディア」

「?」

アルヴィンは真剣な表情で私を見つめていた。

海のような深い青から目が離せない。

「あなたの欲しいものを聞いたのは、単にあなたの気を引きたかっただけなんだ」

「……気を引く?」

「ああ、そうだ」

アルヴィンは立ち上がると、私の側《そば》に近づき、跪《ひざまず》いた。

そして彼は私の手を取り、甲に唇を落とす。

アルヴィンは私の目を見つめ、言った。

「私は、君が好きなんだ」

「……は？」

思いがけない彼の告白に、私は言葉を失う。

跪き私の手を握るアルヴィンの顔へ視線を落とすと、うろたえる私をなんだか楽しそうに見上げている眼差《まなざ》しとぶつかる。

「私が君を愛しているのを気づかなかった？」

「いや、その、………はい、気づきませんでした」

つい馬鹿正直に答えた私に対し、アルヴィンは柔らかな笑みを浮かべる。

「そうか、デニスはすぐに分かったらしく、いつ求婚するのかと、やいのやいの言われていたんだが………」

「求婚!?」

私の肩が跳《は》ねた。

ついでに恥ずかしいから手を引き抜こうとしたが、引き抜けない。

節くれ立った手の感触と熱に、頬《ほお》が赤らんだ。

「かっ、からかわないで下さいよ、アルヴィン様」

「からかっている訳ではない」

彼はゆっくりと立ち上がると、私を見下ろした。

私は息を呑んだ。

アルヴィンとはこんな風に私を見る男だっただろうか？

優しく、だがどこか切なげに、彼は私を見つめていた。

その瞳の中に自分が映っているのに気づいた私は、今すぐ逃げ出したい気持ちでいっぱいになるが、アルヴィンはデキる男だ。がっちり手を握られたままである。

「本気だよ。私はあなたと結婚したいと思っている」

「アルヴィン様……」

私とアルヴィンは見つめ合う。

アルヴィンの顔がゆっくりと近づいてきた、その時。

「アルヴィン様、そろそろよろしいでしょうか」

馬の用意が出来たのか、デニスが食堂に戻ってくる。

「デニスか？　いいところなのに」

アルヴィンは舌打ちしたが、私にとっては天の助けだ。

心臓が痛いくらい高鳴っている。

ちょっと混乱しているので、落ち着きたい。

力がゆるんだ隙を突いて、手を引き抜き、

「お急ぎでしょう。ほら、すぐ出立しないと」

私はアルヴィンを急《せ》かした。

なんか前回もこうだったな、と少々懐《なつ》かしく思い出す。

しかし前回のアルヴィンは渋々とだがすぐ出立したのに、今度はじっと黙り込んで動かなかった。

「………」

「アルヴィン様、急ぎませんと」

デニスがおそるおそる声を掛けると、アルヴィンは嘆息《たんそく》した。

「ああ、分かっている」

言葉とは裏腹にアルヴィンは突っ立ったままだった。

気まずい沈黙がその場を支配した。

「お忙しいんですか？」

緊張に耐えられなかった私はアルヴィンに尋ねた。

「そうなんだ」

「ゴーランは広いから大変ですね」

この辺りは国境近くの割には治安がいいが、なんせゴーランは広い。騎士団が手を焼くような場所もあるんだろう。

だがアルヴィンは言葉を濁《にご》した。

「いや、問題は領内じゃなく……」

「？」

「リーディア、カカオの件もあるから、なるべく早いタイミングでまた来る」

詳細を語ることなく、アルヴィンは私に言った。

来ると言われたら、我が家も宿屋である。もちろん歓迎する。

私は笑顔で答えた。

「はい、お待ちしてます」

「……その時、君に大事な話があるんだ。聞いてくれないか？」

いつになく、緊張した声でアルヴィンは言った。

「あ、はい。私でよければ」

「色々頼んですまないな。よければこれを使ってくれ」

アルヴィンがポケットから取り出したのは栄養ポーションだ。

体力を一定量回復する効果があるこの魔法薬は、ポーションの中では一番ランクの低いものだが、買うと結構する。

理由はポーション類が魔法使いでないと作れないという点にある。中の薬剤は栄養ポーションくらいなら薬師で十分作れるが、保存のために魔法を使う。

魔法をかけないと水薬はあっという間に劣化して使い物にならなくなる。

稀少《きしょう》なポーションは長期保存に耐えるよう、劣化防止や破損防止の魔法をたんと重ねがけするのでその分手間暇《てまひま》かかり、高価になりがちだ。

ちなみに通常、栄養ポーションの賞味期限は半年ってところである。

「いいんですか？」

「ああ、使ってくれ」

「ありがとうございます」

すっかりいつもの空気に戻ったので、私は安堵《あんど》した。

アルヴィンの告白は何かの間違いである……多分。

お互い疲れてるんだろう。

だがアルヴィンは去りがけに私に向き直る。

「必ず来る。その時まで、私のことを忘れないでくれ。愛している」

そして彼は私の指先に口づけした。

＊＊＊

「…………」

「リーディアさん」

「……………………」

「リーディアさん？」

ハッと我に返ると、ノアが私の顔を覗《のぞ》き込《こ》んでいる。

二人の騎士は立ち去り、今は夕食の準備中である。

「リーディアさん、大丈夫？　何かあったの？」

「何でもないんだよ。ちょっと疲れたのかもね」

私はそう、ノアに答えた。

夕方になり数組の泊まり客が訪れ、夕食時になると食事の客もやって来る。

ぼんやりしている時間はない。それに火を扱っているのだ、気を引き締めないと怪我《けが》や火事に繋がる。

「ならいいんだけど」

ノアはまだ心配そうな顔をして、夕食のサラダに使うアーティチョークを洗う作業に戻った。

アーティチョークは緑色の松ぼっくりのような形状の野菜である。

松ぼっくりほどではないが、ガクの部分はやはり固くて食べられない。食べられるのはガクを剝《む》いた花の芯の部分だけで、処理はちょっと面倒だが味は百合根《リリーバルブ》に似て、面倒さに見合う美味しい春の味覚だ。

塩茹《しおゆ》でもフライも素揚げも煮込みも美味だが、今日は茹でた後、オリーブオイルと塩胡椒《こしょう》で味を調《ととの》え、オーブンで十分ほど焼いて食べる。

「ノア、手伝いはもういいからミレイと一緒に食べなさい」

私はノアに声をかける。

食事時、私とキャシーは調理と客の給仕で忙しい。

朝昼はノア達にも手伝って貰うが、寝るのが遅くなるので、夕食は子供だけで早めの食事を取らせる。

「「はーい」」

家族揃《そろ》っての団らんを与えてやれないのは大人としては忸怩《じくじ》たる思いだが、ノアもミレイもあまり気にした様子はなく、キッチンテーブルに着き二人だけで食事を始めた。

――アルヴィンがここにいたらノア達も嬉しいだろうな。

アルヴィンは客だが、キッチンで食事を取りたがるのだ。その時は三人で、たまにデニスも混じって楽しそうに食べている。

ふとそう思い、私はハッと我に返る。

いかん、つい、アルヴィンのことを考えてしまう。

仕事しよう。

「リーディアさん、アルヴィン様達はもう帰っちゃったの？」

少し前まで男性を怖がっていた二人だが、今はアルヴィンに懐いている。

「そうだよ。忙しいみたいだ」

私が答えるとガッカリしていた。

「そっかぁ」

『必ず来る。その時まで、私のことを忘れないでくれ』

なかったことにしたかったのに、アルヴィンはそうさせてはくれない。

『愛している』

彼の最後の言葉を思い出して、私は一人赤面した。

多分、冗談か何かだよな。

そうに違いないのに、彼の言葉は私の胸の内から消えてくれない。

＊＊＊

……考えすぎてあんまり眠れなかった。
翌日の朝はアルヴィンから受け取った栄養ポーションを呷《あお》るところから始まった。騎士時代は
よく世話になった代物だ。

相変わらずマズい！

だが久しぶりの栄養ポーションはよく効いた。何とか今日一日頑張れそうだ。

なんせ今日はマドレーヌとチョコレートを町の役場に納品するという大事な用がある。

「………」

栄養ポーションの空き瓶《あきびん》を棚に戻す時、ふと左手の指先が目にとまる。アルヴィンが口づけを落としていった方の手だ。

まだ唇の熱がそこに残っているように思える……。

「いや、それより仕事！　その前に朝食！」

声に出して気合いを入れると、私は無理矢理指から視線を引き剝がした。

朝食を作った後、私は学校に行くノアとミレイを馬車に乗せて町へ向かった。

無事に納品を済ませ、あとは市場で肉や野菜、日用品やその他諸々をあれこれ買い付ける。

あっという間に時間は過ぎて、気付くとノア達の学校の終業時間が近かった。

慌《あわ》てて学校へ迎えに行き、二人と合流して、家路につく。

ミレイは疲れたのか、馬車に乗るや否や、私の膝《ひざ》で眠ってしまった。

起こさないように、のんびり馬を走らせていると、

「……リーディアさん」

隣に座ったノアがどこか思い詰めた様子で私に呼びかける。

「どうかしたか？　ノア」

「あのね、今日、学校で将来のことを考えるように言われたんだ。そろそろ親方について修行す

るようにって」

ノアは九歳になった。

「ああ、そんな時期か」

ノアは自分の将来を選ぶ時期が来たようだ。

庶民は大抵親の商売を受け継ぐ。

鍛冶屋《かじや》の息子は鍛冶屋になるし、農民の子は農民だ。

だがノアは幼くして父を失ってしまったので、受け継ぐ家業がない。

母のキャシーの針子の仕事は女性の職業とされている。

ノアは親から何も受け継げない分、好きに自分の将来を選ぶことが出来る。

果たして彼はどんな職業に就《つ》きたいのだろう？

「僕は、リーディアさんみたいになりたい」

とノアは言った。

「私みたいに？　宿屋になりたいってことか？」

「そうだけど違うんだ」

「？」

「僕はリーディアさんみたいに何でも出来る人になりたい。畑仕事も山の仕事も宿屋の仕事もして、料理が出来て魔法が使えて薬も作れる大人になりたいんだ」

ノアがそんなことを考えていたとはまったく知らず、驚いた。

ノアはシュンと肩を落とす。

「でも無理だよね、僕は平民だから魔法が使えないし」

「そんなことはないぞ。平民でも魔法は使える」

ノアは目をまん丸にして私を見上げた。

「えっ、でも、魔法は尊い血を持つ貴族の方々にしか使えないって」

私は眉を顰める。

「そんな馬鹿げたことはないよ、ノア。努力すれば、誰でも魔法使いになれる」

ノアは目を瞬《しばたた》かせる。

「本当？」

「ああ、本当だ。平民出でも優秀な魔法使いはたくさんいるよ。おっと、家に着いてしまったね。後でゆっくり話をしよう」


戻ったらすぐに夕食の準備に取りかかる。

だが、ノアが頑張って手伝いをしてくれたおかげで、夕食の時間前に仕込みが済んでしまった。

ほんの少しだが、余裕が出来た。

「ノア、おいで。先程の話の続きをしよう」

私はキッチンの椅子を二つ用意し、ノアを呼んだ。

「うん、リーディアさん」

「ノアの将来についてはキャシーさんの意見も聞かないといけない。でも彼女が許してくれたなら、私は魔法を身に付けるのはノアにとっていいことだと思う」

ノアはパァと顔を明るくした。

「ありがとう！　リーディアさん！」

「キャシーさんの許可が下りてからだぞ。それからその前に、ノアに話しておかないといけない大事な話がある」

「うん……じゃない、はい、師匠《ししょう》」

ノアは居住まいを正す。

「いい返事だ。まず一つ目は、私がノアに魔法を覚えた方がいいと判断した理由だ。君は妖精を見ることが出来る体質だ」

「妖精を見ることが出来る体質？」

「そうだ。妖精が見える者はいい魔法使いになる素質がある。彼らは魔素に近しい存在だからね」

妖精は、魔素が潤沢《じゅんたく》にある場所を好む。

魔素が溜《た》まる理屈はよく分からない。深い森の中や洞窟《どうくつ》や草原、城や民家、我々人間の人知の及ばぬ何らかの『条件』が満たされればどこでも溜まる。

一番魔素が多い場所はダンジョンなのだが、ダンジョンは闇属性の魔素が溜まりやすく、それを好む魔物が集まるため、妖精達が住むには適していないらしい。

ブラウニー曰《いわ》く、我が家一帯は魔素が溜まりやすい場所にあり、賄い付き《ミルク》と妖精のすみかとしては好条件らしい。今ではブラウニー達以外にも、小人やら、犬猫っぽいのから、緑の毛玉としか言いようのない変な生き物まで、気付いたら色々住み着いていている。

「彼らは私達を助けてくれるよき同居人だが、同時にとても危険な存在でもある」

「妖精は危険な存在なの？」

「ああ、時々ね。妖精を見ることが出来る小さな子供は珍しくない。だが、七歳を過ぎるとその数は急激に減る。ノアは九歳だからね、見える体質だ。妖精もそういう特別な子供にはちょっかいを出したがる。ノア、さっきノアの仕事をブラウニー達が手伝ったね」

ノアは少し顔をこわばらせて、頷いた。

「うん、ごめんなさい。リーディアさん」

「謝ることじゃない。ブラウニー達は忙しそうなノアを見て自主的に手伝ってくれただけだ。だがね、ブラウニー達がもし、『さっき手伝ったんだから今日のノアのおやつを全部くれ』ってそう言ったら、どうする？」

そうしたことをノアに尋ねるのは初めてだった。

私はノアとミレイには妖精と話をしてはいけないと言い含めてきたし、ノアはそれを忠実に守ってきたからだ。

ノアはテーブルの上のおやつをじっと見た。

今日のおやつはナッツとドライフルーツだ。ノアはおやつ返上で私の手伝いをした。

「……全部はあげられないって言う」

「そうだね。友達とは対等でないといけない。特にこの世ならぬ者と付き合う時はそれは一番大事なことだ。彼らはとても親切だが、半面悪戯《いたずら》好きなところがある。時には毅然《きぜん》と対処する心と力が必要だ。魔法はその力となってくれる」

「魔法……」

と呟くとノアは私に尋ねた。

「ねえ、師匠、僕本当に魔法が使える？」

「ああ、もちろんだ。まず最初に魔法の仕組みについて話そう」

「うん！」

ノアはわくわくした様子で頷く。

魔法は普通の学校では教えないからな。

「魔法というのはこの世にあるエネルギー、魔素を吸収して、魔術回路を通し、呪文を唱えることで生成される」

「せいせい？」

「あー、何と言ったらいいのかな、人間の体の中には魔術回路という目に見えない装置がある。これは誰もが持っているんだが、大抵の人の魔術回路は魔素を通すことが出来ない。だからほとんどの人は魔法を使えない」

「どうして？」

「流れが悪い水路から水は流れてこないだろう？　魔術回路に魔素を流すために訓練が必要だ」

そう言うと、ノアは目を輝かせた。

「魔法の訓練て？　呪文を唱えるの？」

「まあ、そういうのもあるが、主に瞑想《めいそう》だな」

「………」

ノアは何か言い掛けて、黙った。

「……地味だなぁと思っただろう？」

「うっ、ううん」

ノアは慌てて首を振る。

「いや、本当のことだからな。まあ、訓練てやつは総じてそうだが、魔法の訓練は特に地味で根気のいる作業だ。魔法使いになるのに近道はない。だが、いいこともあるんだ」

「いいこと？」

ノアは首をかしげた。

「大抵の人の魔術回路は閉ざされている。だが、この世には魔術回路が開いた状態で生まれてくる者がいる」

「もしかして、それが貴族の人？」

「察しがいいな、ノア。正確に言うと魔法使いを親に持つ子だ。かつて魔法使いは迫害されたが、今はその逆で貴族達は血統に積極的に魔法使いの因子を入れるようになった。『尊い血』なんて言ってね」

「ふうん」

「魔術回路が開く仕組みは、胎児《たいじ》の段階で魔素を受け、魔術回路が刺激されるからだと言われているが正確なところはよく分かっていない。父親と母親が両方魔法使いの場合、子供はほぼ確実に魔術回路が開いた状態で生まれてくる。だがその子はまだ魔法使いではない」

「そうなの？」

「魔術回路が開いている者を『魔力持ち』と呼ぶ。魔法使いは言葉通り、『魔法を使う者』だ。魔力を持っているだけでは、魔法は使えない。訓練を積まないとね」

「訓練……」

「そう。魔法の強さは取り込む魔素の量と質に依存する。魔術回路が開いている状態であっても、魔法の訓練をしていないと、流れる魔素はほんのわずかだ。魔法使いは訓練すればするほど強くなる。訓練に終わりはない。だから平民だって努力すれば偉大な魔法使いになれる」

「本当？」

「ああ、生まれつき魔術回路が開いているというアドバンテージは非常に大きいが、それに胡座《あぐら》を掻いて訓練をサボったりしたらいい魔法使いにはなれないよ。私が言うんだから間違いない」

ノアは少し躊躇《ためら》いがちに私に尋ねた。

「リーディアさんは、貴族なんでしょう？」

私は周囲に自分の素性について詳しく語っていないので、彼らは私を「王都から来た魔法関連の人」ぐらいの非常にあやふやな認識をしている。

そんな怪しい人物と付き合ってくれるのだから、この地の人々は鷹揚《おうよう》だ。

「一応は貴族の出だが、両親は普通の人だよ。田舎《いなか》だし、魔法なんて関係なく育った。ただ私がミレイくらいの歳に偉い魔法使いの先生が来て、光属性だということが分かったんだ」

「光属性？」

「魔法の属性は火、水、風、木の自然四属性、それに光と闇だ。光属性は自然四属性に比べると少し珍しく、国はこの保因者を積極的に保護している。回復魔法師になれる可能性があるからだ」

「回復魔法師って？」

「回復魔法の専門家だ。高位の回復魔法師になると、寿命以外の全ての怪我や病気を癒やせる」

「すごい！」

「まあ『どんな怪我も病気も治す』レベルのすごい奴《やつ》は、国内でも一人か二人しかいないが、回復魔法師は強力な癒やしの力を持っているとても貴重な存在だ。貴重だから、見つかり次第、問答無用で魔法使い養成所に入学させられて魔法を習わされる」

ノアはワクワクした様子で問いかけてきた。

「じゃあリーディアさんは回復魔法師だったの？」

「いいや」

と私は首を振る。

「そっちの適性はなくてね。結局私は魔法騎士になった」

「魔法騎士！　すごい！」

ノアは飛び上がって歓声を上げる。

魔法騎士は男の子に人気の職業だ。

その時、「チリリン」とドアベルが鳴った。

私は椅子から立ち上がった。

「さて、お客さんが来たようだ。続きは明日にしよう、ノア」

ノアは弾むようして頷いた。

「はい、師匠」

＊＊＊

キャシーは「ノアがやりたいなら」とあっさり魔法を習う許可を出した。

「じゃあ早速魔法の修行……」

そう言い掛けると、ノアは目を輝かせた。

「……の前に、話がある」

「ええっ、そんな」

「大事なことだからね、よく聞きなさい。ノアは私みたいになりたいんだね」

「うん、リーディアさんみたいになりたい」

「だったら、私はノアに一つ条件を出す」

「条件？」

「そう、ノアは私からある程度魔法を学んだら、王都の魔法使い養成所に行くんだ。魔法使いになるための学校だ」

「えっ、学校！　王都の？」

ノアは驚いたように目を見開く。

すぐに彼はうつむいた。

「……駄目だよ。うち、そんなお金ないし……」

「お金なんていらないよ。養成所には奨学金《しょうがくきん》制度があって、優秀な生徒は小遣いも貰えた。私も無料で通ったよ」

「えっ、そうなの？」

「そう、私みたいになりたいなら、私と同じ経験を積みなさい。一度親元を離れて、本格的に魔法を学ぶんだ。魔法使い養成所で魔法を習ったら、色々な可能性が拓ける。魔法使いにも、魔法騎士にもなれる。魔法の研究をするためにもっと上の学校に行くことも、魔法を生かした職に就くことも出来る。ここに戻って宿屋になるのもいいさ。ノアの当面の目標は三年以内に魔法使い養成所に入学出来る学力と魔法力を身に付けることだ」

魔法使い養成所は入学資格に年齢は関係ない。そのため学校ではなく、養成所なのだ。

「リーディアさん……」

ノアは、途方に暮れたような表情になった。

急激に拓かれた将来の可能性に、彼は喜ぶより戸惑っていた。

「僕、本当になれる？　魔法使いに？」

「学びなさい。選ぶのはノアだよ。修行を続けるのも、もう嫌だって修行を辞めるのも、ノアの自由だ。ただどんな選択をしても、私は君を応援するよ」

＊＊＊

その日からノアは私に弟子入りした。

学校の勉強の傍《かたわ》ら、宿屋の仕事を手伝うのは今まで通りだが、新たに魔法の修行の時間が出来た。

私とノアは、連れ立って牧草地に行く。

そこで瞑想をするのが、私達の日課となった。

ノアは原っぱに腰掛けて、目を閉じる。

「…………」

私はそっと彼に語りかけた。

「魔素を感じるんだ。魔素は外にあり、内にある。中から外に、外から中に、魔素を巡らせる」

ノアはかなり飲み込みの早い方だ。数日のうちに魔素を感じ始めた。

ただ、存在は掴《つか》めても『流す』のは難しいようだ。

どれ。

私は彼に近づき、そっと腹に手を当てた。

魔素は私の魔力を受けて、活性する。

「リーディアさん……」

ノアはそれを感じて呻《うめ》いた。

「サポートする。……大丈夫、怖れることはない。力を抜いて」

「…………」

ノアの呼吸が大地のリズムに混じり合っていく。

「そうだ。いいよ。流れを感じろ」

ノアの中にゆっくりと、魔素が流れていく。

瞑想中は五感が研《と》ぎ澄《す》まされる。私は私達以外の魔力が近づいてくるのを感じ、振り返った。

「ここにいたのか、リーディア」

「アルヴィン様」

やって来たのはアルヴィンとその供デニスだった。

「……ノア、今日はここまでだ」

「えっ、師匠もう終わり？」

魔法の訓練は反復が重要だ。

いつもなら時間が許す限り、訓練を続けるのだが、今日は別だ。

「ああ、悪いが私はアルヴィン様に大事な話がある」

「さてと」

家に戻るノアを見送り、私はアルヴィン達に向き直る。

「何しに来たんですか？」

「早々にチョコレートの材料を届けに来ると言っただろう」

アルヴィンは丁度一週間前にここを訪れている。

「だからと言ってご自身で来ることはないでしょう。あなたのようなお方が」

アルヴィンは気まずそうに咳払《せきばら》いした。

「その様子だと私の正体に気付いたか」

「ええ、ゴーラン領主アルヴィン・アストラテート伯爵《はくしゃく》」

第六章 恋人とシェパーズパイ

アルヴィンの正体にいつ気付いたのかというと、マドレーヌとチョコレートを役場に納品しに行った時である。

役場の町長室に、成人したゴーラン伯爵《はくしゃく》の肖像画が飾ってあった。

見間違いようもなく、アルヴィンだった。

……思い返してみれば、不審な点はいくつもあるのだが、結局のところ私がそれに気付かなかったのは、『気が付きたくなかった』からだろう。

アルヴィンはこの地に来て私が出会った得がたい友人だった。

「黙っていたのを怒っているのか？」

問われて私は否定する。

「いいえ、ただ、お忙しいだろうに、なんでわざわざ来るかな？　とは思います」

アルヴィンは間髪《かんはつ》を容《い》れず言った。

「君に会いたいからだ、リーディア」

私はため息を吐《つ》く。

「酔狂《すいきよう》だなと申しているんですよ」

「……やはり怒っているのか？」

「怒ってはおりませんが、知っていたなら絶対に関わりませんでした」

私がゴーランを選んだ理由の一つは、中央から大きくへだたったこの距離にある。当時の私はとにかく王都から離れたかった。

逃げたとそしられても構いはしない。王宮の権力闘争は私をそこまで倦《う》ませたのである。

なのによりによって出会ったのは西の辺境伯《へんきょうはく》アルヴィン・アストラテート。

アルヴィンは安穏《あんのん》とした余生を望む私が絶対に関わってはいけない人間の一人だ。

しかしだ。

確かにゴーランは西の辺境伯の領地だが、王宮騎士だった頃はいざ知らず、一民間人にとって辺境伯は雲の上の殿上人《てんじょうびと》である。

なのに辺境伯がこんな辺境においても草深いと称される田舎宿《いなかやど》の常連客になると誰が思う？

私は思わなかった！

冷静に考えると、国防を担う辺境伯が一番注力するのは国境。我が家はその国境近くの宿である。この男と知り合う可能性は十分にあった。

勢いだけで家を買い、宿屋を営業してしまったのが運の尽き。

リーディア・ヴェネスカ、一生の不覚である。

ギリリと唇を噛《か》みしめる私にアルヴィンは言った。

「私にとっては最高の幸運だったな。ちなみになんでそんなに領主が嫌なんだ？　悪い評判でも聞いたか？」

「いいえ、大変評判のよいご領主様ですよ。ですがね、私は引退後にのんびり暮らそうとここに来たんです」

「それは分かっている。だが私は君を愛してしまった」

その一言は、私を見つめ情熱的に告げられた。

だが私は「お戯《たわむ》れを」と吐き捨てた。

もう騙《だま》されんぞ。

私は警戒一色の眼《まなこ》でアルヴィンを見返した。

アルヴィンはため息を吐く。

「戯れなどではない。私は君に求婚している」

「求婚？　愛人にするのではなく？」

どっちも絶対ごめんだが、私は思わずそう聞き返した。

辺境伯といえば、我が国では侯爵《こうしゃく》と同等。さらにゴーランはかなり栄えている。

アルヴィン・アストラテートとは望めば王女の降嫁《こうか》も叶《かな》う男である。

なにも好き好んで私みたいな女と結婚する必要はない。

しかしアルヴィンは再度言った。

「君がよい返事をくれるならすぐにでも結婚したい」

ならば話は早い。

「じゃあお断り……」

即刻断ろうとしたら、アルヴィンは慌《あわ》てて止めてきた。

「待ってくれ、私達はこの半年よき友人として付き合ってきた」

「…………」

そう言われると少し弱い。

彼と過ごす時間は私にとって心地好《ここちよ》いものだった。

「話だけでも聞いてくれないか？」

アルヴィンの言葉に、つい、

「……聞くだけですよ」

と答えてしまった。

「ありがとう。まずは自己紹介だな」

アルヴィンは私に向き直る。

「隠していてすまなかった、私の名はアルヴィン・アストラテートだ。リーディア・ヴェネスカ嬢、」

アルヴィンは私が彼に打ち明けていなかった姓で呼んだ。

「……やはりご存じでしたか」

「悪いが調べさせてもらった。勇気ある行動を称《たた》えると共に、君のような優秀な騎士が引退を余《よ》儀《ぎ》なくされたことは誠に残念だと申し上げる」

そう言うと、彼は私に向かって丁重に礼をした。

「ありがとうございます」

「…………」

「…………」

沈黙が落ちた。

「あのう」

と声を上げたのは、私でもアルヴィンでもない。アルヴィンの供、デニスである。

「僕はお邪魔でしょうから、失礼します」

振り返るとデニスは居心地悪そうにしている。

「いていただいて結構ですよ、デニス卿《きょう》。ターゲットの側《そば》から離れたら仕事にならんでしょう」

声を掛けると彼はブンブンと首を振る。

「いいえ、リーディア様。ここが安全なのは分かってますし、正直言ってアルヴィン様は僕より断然強いんで、後はぜひぜひここはお二人で」

言い捨てると脱兎《だっと》のごとく逃げ出した。

残ったアルヴィンに私は言った。

「我々も戻りますか？　お茶でもお淹《い》れしましょう」

「いや、せっかく二人になれたんだ。もう少し話していかないか？」

彼はしばらく牧草地を見つめた後、ポツリと話し始めた。

「黙っていたのは本当に悪かった。だがリーディアは私の名を知ればここから去って行ってしまうのではないかと怖かった」

「それは……」

私は否定出来なかった。

ここにきて日が浅い間なら、何もかも捨てて逃げ出したかもしれない。

「私もこの歳《とし》だからな。自分の気持ちに正直になるのに時間が掛かった。それに、あまり迂闊《うかつ》な行動は出来ない身上だ」

アルヴィンは自嘲《じちょう》気味に片頬《かたほお》で笑う。

アルヴィンことゴーラン領主は六日前に二十八歳になった。

「誕生日、おめでとうございます」

私も後数ヶ月で彼と同じ歳になる。この年齢で誕生日を祝われてもなぁと思いつつ、一応、私は彼にそう言った。

アルヴィンはというと、案外嬉《うれ》しそうに微笑《ほほえ》んだ。

「ああ、どうもありがとう。チョコレートもマドレーヌも旨《うま》かった。両方一つずつしか食べられなかったが」

……やっぱりチョコ、一粒しか貰《もら》えなかったのか。誕生日なのに。

しかもマドレーヌも一個だけ。

案外デニスは非情な男である。

私はアルヴィンに少し同情した。

それはともかく。

「迂闊な行動は出来ないっておっしゃいますが、今十分、それをなさっておいでだと思いますがね」

私は嫌みったらしく苦言を呈《てい》す。

だがアルヴィンは私の挑発を淡々と受け流した。

「今動かないなら、私は相当な間抜けだ。人生を共にしたいと望む女性に求婚するチャンスなんだからな。棒に振れば一生後悔する」

それを聞いて私は啞然《あぜん》とした。

「……まさか本気で私に求婚なさっているんですか？」

「私は君以外と結婚する気はない」

アルヴィンはキッパリと断言した。

「……この領、それで大丈夫なんですか？」

思わずそう尋ねた私である。

「私は結婚しないことでこの領を守ってきたつもりだ」

とアルヴィンは言った。

「……どういうことです？」

アルヴィンは一人っ子で兄弟はいない。そして十三年前の事件のせいで彼には従兄弟《いとこ》や父親の兄弟も存在しない。

「後継には私の子が一番望ましいが、他にもアストラテートの一族はいる。私の祖父の兄弟の孫の誰かが跡を継ぐことになると思う」

「…………」

それを聞いて私は眉を顰めた。

直系からかなり離れている。お家騒動が起こる要因の一つだ。

領主の結婚は、『したいしたくない』ではなく、彼の義務である。

「あなたが然《しか》るべき貴族のご令嬢と結婚なされば済む話です」

「君となら万難《ばんなん》を排《はい》して結婚するが、君以外と結婚する気はない」

アルヴィンは断言した。

万難を排すとは大袈裟《おおげさ》な。

「私みたいな騎士崩れなんかより、然るべきご身分のお嬢様と結婚してくれた方が領民は安心するでしょうけどねぇ」

「そうかな？　私の結婚はそう簡単なものではない。私の親の敵は中央部の貴族、ギール侯爵家だ。宰相家《さいしょうけ》、そして王妃の里ということもあり、絶大な権勢を誇っている。まあギール家については、君の方が詳しいだろうから説明はいらないな。あの家はまだゴーランを狙っている。奴《やつ》らに隙《すき》を見せるわけにはいかない。高位貴族の令嬢は私の結婚相手にはなり得ないのだ」

「…………」

アルヴィンはギール家を『敵』と名指しした。

十三年前の事件は既に王都の人間達にとって忘れ去られた過去の出来事に過ぎぬが、アルヴィンは復讐《ふくしゅう》を諦《あきら》めてはいない。

アルヴィンのギール家に対する憎しみは深い。

親を殺され家を乗っ取られかけた。その相手、ギール家はのうのうと王都で我が世の春を謳歌《おうか》しているのだ。

アルヴィンは今も彼らの喉笛《のどぶえ》を噛みちぎる機会を虎視眈々《こしたんたん》と狙っている。

「確かに王妃派はこの国の最大派閥《はばつ》と言っていいでしょうが、それでもヨリル公爵《こうしゃく》を始め反対派の貴族はいますよ。反対派の貴族の令嬢を妻に貰うという手は？」

王妃派は宮廷を牛耳《ぎゅうじ》っているが、それをよく思わない勢力もまた存在するのだ。

アルヴィンにとってもゴーランにとっても高位貴族と縁を繋《つな》ぐのはよい手に思えた。

だがアルヴィンは否定する。

「貴族同士はしがらみが強い。遠く離れた辺境でなら突っぱねることも出来るが、王都に住む中央貴族にとって、王妃からの『お願い』はほとんど強制だ」

「まあそうでしょうね」

私は王妃に直接関わる立場にいなかったが、見聞きはしている。

無邪気そうに振る舞っているが相当にしたたかな女性というのが私の彼女に対する印象だ。

公私を上手《うま》く使い分けて、欲しい物は何でも手に入れている。

アルヴィンの言う通り、『王妃様のお願い』を断れる貴族なんていないのだ。

「……叔父《おじ》がそうだったのだ。中央貴族の娘を妻にして、実家と板挟みになる妻に何とか寄り添おうとして、結局叔父は父を裏切り殺した」

「アルヴィン……」

「私にとって反王妃派も気を許すことの出来ない存在だ。彼らは王妃を恐れ、ギール家が後ろで糸を引いているのを知りながら、見て見ぬ振りをしたのだから。当時の中央には私の味方になってくれる者は誰もいなかった」

アルヴィンのみならず、ゴーランの土地の者は大抵中央貴族を嫌っている。領主家に起こった惨劇《さんげき》を誰が引き起こしたのか、この地では誰もがそれを忘れていない。

「では地方の、例えば他の辺境伯家のご令嬢なんてどうです？」

私は別にアルヴィンにすごく結婚して欲しいわけではない。

私だって結婚してないのだから、彼に結婚しろと言える立場ではないのだ。

しかし高位貴族のご令嬢という誰もが憧《あこが》れる高嶺《たかね》の花と結婚したくないというこの男が、結婚相手に求める条件には興味が湧いた。

「確かに他の辺境伯家に年回りの合う令嬢はいた。だが私が出会った令嬢はどの女性もあまり王都の令嬢と変わりなかった」

と若い頃のアルヴィンは一応婚活したらしい。

「そうなんですか？」

「私に胸襟《きょうきん》を開いてくれなかっただけかもしれないが、これから先の人生を助け合い、ともに歩んでいきたいとは到底思えなかった。辺境伯家とはいっても、彼女達のほとんどが母親は中央貴族出だ。彼女達は母親の影響下にあるように感じられた」

「あー」

何となく想像出来てしまう。

ゴーランの自治を保つためには、王妃に屈しない女性でなくてはならない。そうでなければアルヴィンにとってもゴーラン領にとっても気の毒な結果にしかならない。

アルヴィンが結婚に慎重になるのも無理はないなと、私はようやく納得した。

国内が駄目なら、国外はどうだろう。

「外国の貴族家は？」

と言い掛けて、私は気付いた。

駄目だ。そういえば、この人は。

「私の母が隣国の辺境伯家の娘だ。二代続けて外国の血が入るのは好ましくない」

すでにその手は彼の父親が使っていたらしい。

お陰で隣国とゴーランの関係はすこぶるよいのだが。

「私にとって理想の結婚相手は、王都から離れたせいぜい伯爵家までの貴族令嬢だ。高位貴族ではない貴族と彼らは接点が薄い。貴族以外であれば今度は一族の年寄りがうるさい」

「なるほど」

中央の下位貴族は大抵大貴族の派閥に属しているが、アルヴィンや私の生家のような地方の貴族はその土地に深く根付いている。土地の有力者やせいぜい近隣の領地の領主家と縁を繋ぐ程度で、中央貴族とはあまり関わりがない。

かといって下級とはいえ貴族。平民にするようなやり口は出来ない。

大貴族ギール家では身分差がありすぎて逆に手を回しづらい相手だ。無理を通せばもちろん可能だが、それでは悪目立ちする。

ギール家は敵も多い。下級貴族苛《いじ》めと取られかねない事態を、反対派がみすみす見過ごす訳がない。

「さらに親兄弟と縁が薄い人が望ましい。婚家から過剰な要求をされても突っぱねやすいし、王妃派に実家を使われるリスクが下がる」

身も蓋《ふた》もない言い方だが、ごもっともといったところだ。

「私はこの条件を満たす相手以外とは結婚しない方が領のためなのだ。少なくとも現国王が王位にいる間は独身でいるつもりだ」

王太子《おうたいし》フィリップ殿下《でんか》は外国の王女だった前王妃の子で、現王妃の子ではない。殿下が王位に即《つ》けば、自然と王妃の影響力も下がるだろうが、王太子殿下は御年十五歳。

……先の長い話だ。

辺境伯というのは、国の壁。軍事力を持った特別な貴族であり、押しも押されもせぬ高位貴族である。

ゴーランは領地経営も順調で、アルヴィンは普通に男前だ。

本来美人の嫁と幸せな生活を送っていいポジションなんだが。

「苦労してますね」

と私は思わず彼に言った。

＊＊＊

そろそろ夕食の仕込みを始める時間になった。

家に向かって歩きながら、「最後に一つだけ」とアルヴィンは言った。

「リーディア、君に求婚したのは、私の結婚相手の条件と合うからではない。君を愛しているからだ」

私は王都を挟んだこの国の向こう側、東北に位置する男爵家《だんしゃくけ》の出だ。辺境ではないが中央から遠い小さな領土を守る弱小男爵家である。

幼い頃に家から離れ、両親は亡くなっていないが隠居状態で、既に兄が領主代行を担っている。兄は結婚しており数人の子もいる。

不仲ではないと思うが、遠方なのでもう五年以上、帰省していない。

何かの拍子に元の同僚に居場所が知れてしまうのを怖れて今の正確な住所も知らせていない。端的に言って疎遠である。

確かにアルヴィンの結婚相手の条件は私にピッタリ当てはまる。

あくまで条件だけだが。

私はひらひらと顔の前で手を振った。

「よしてくださいよ、引退してまで王妃様に睨《にら》まれるのはごめんです、領主様」

「領主様はやめてくれ。アルヴィンだ」

「アルヴィン様、今日はどうなさいます？　お食事だけですか？」

「今日は時間を作ってきた。泊まっていける。出来れば君の部屋の近くがいい。話があるからな」

「話って？」

「私達は気の合う友人同士だな」

「はあ、まあ……」

なんだ？　唐突に。

「その関係を少し進めたいと思う。恋人同士になってみないか？」

「恋人？」

「私達は出会って間もない。お互いのことを知る機会が欲しい」

「付き合うってことですか？」

「ああ、そうだ」

アルヴィンは上機嫌で首肯《しゅこう》した。

「……アルヴィン様」

「なんだ？」

「あなた、忙しくないんですか？」

「死ぬほど忙しい」

「私のせいで過労死されたら迷惑なんでお帰り下さい」

一応相手は客だしと、それらしく取《と》り繕《つくろ》ってきたが、前職がバレた今となっては、そんな気分になれず、ぞんざいに言った。

女性騎士は口が悪いのだ。

アルヴィンは特に気にするそぶりもなく、返事を返してくる。

「対策は考えている。リーディアは心配しなくても大丈夫だ」

「心配してません」

言い合っているうちに家に着いてしまった。

「手伝おう」

「はぁ、アルヴィン様、包丁持ったことあります？」

「騎士見習い時代には一通りの雑用をこなしたぞ。芋の皮剝《かわむ》きは得意だった」

「そうなんですか……」

ゴーラン騎士団は領主の息子でもきちんと見習い期間に雑用させるのか。

私は少し感心した。

王都では魔法騎士はそのほとんどが貴族子女なので、見習い期間であっても雑務はしない。

アルヴィンは慣れた手つきで芋を剝きながら、私に尋ねた。

「ところで今夜のメニューは？」

私はメニューをそらんじる。

「前菜はロマネスコ、ブロッコリー、アスパラガス、ラデッシュ、人参《にんじん》、春の野菜をバーニャカウダソースで。お次はガーリックシュリンプ」

野菜はどれも畑で採れたばかりの新鮮なものだ。

そして近くの湖ではこの時期海老《えび》がよく捕れる。あまり身が大きくないのでニンニクとさっと炒《いた》めて皮ごと食べるのがおすすめだ。

「旨そうだな」

「旨いです」

私は自信たっぷりに頷《うなず》いた。

「それから……」

と私は一拍置いて勿体《もったい》をつけてから言った。

「今日はビーフシチューです」

アルヴィンは微笑んだ。

「それは、楽しみだな」

＊＊＊

夕食が終わると、後片付けと翌日の仕込みだ。

我が家は酒場ではないので、夕食が終わるとすぐにカンバンである。

飲み足りない客には酒のつまみを渡し、客室か談話室に移動して貰う。

「私も手伝う」

アルヴィンとデニスが食堂の掃除を始めた。

ブラウニー達も姿を現し、片付けに参加する。彼らも慣れたのか、アルヴィン達のことは気にしない。

ブラウニー達のお目当てはクッキーだ。美味《おい》しく焼けたクッキーを全員に行き渡るようにそっと窓辺に置いておく。

片付けは彼らに任せ、私は翌日の仕込みに専念させて貰う。

いつもより早く片付けと仕込みが終わり、「じゃあお先に失礼します」とデニスとブラウニー達はさっと姿を消し、アルヴィンは酒瓶を私に見せて、微笑む。

「リーディア、一緒に飲まないか？　酒を持ってきたんだ」

「酒？」

「領内ではよく自分の家で採れたニワトコで自家製酒を作る」

「ああ、聞いたことがあります」

いわゆる地酒である。この辺りはどんぐりで作る酒も有名だ。

これらの地酒は自分の家や近隣で採れる身近な植物を使って、自宅で消費する分だけ作る。各家でレシピが違い、味も随分《ずいぶん》違うらしい。

「誕生日の献上品で貰った。ここの自家製酒は旨いと評判らしい」

「それは珍《めずら》しいものを」

私はちょっと浮かれた。

ワインやビールは町で買えるが、こうした自家製酒はなかなか飲む機会がない。

「ではご相伴《しょうばん》にあずかります」

互いに風呂に入るため、我々はいったん解散した。宿は家族が使う内風呂と宿泊客が使う大風呂に別れており、好評を博している。

寝支度を整えた後、私はアルヴィンの客室に行く。

彼の部屋はご指定だったので私の隣に用意した。

防犯上、いつもは客に開放しない部屋だが、まあ彼ならいいだろう。

「リーディアです」

「ああ」

返事の後、すぐにドアが開いた。この部屋はベッドが一つしかないタイプなのでデニスは別室に泊まっている。

アルヴィンはシャツにスボンという軽装だった。

「リーディア、待っていた」

「お待たせしてすみません」

口ごもりながら私は返事をした。

……少し決まりが悪い。

アルヴィンは何度も泊まっているが、夜に部屋に入ったのは初めてだ。

風呂上がりでやや着崩された私服も初めて見るものだった。

彼の黒髪が少し濡《ぬ》れているのを見た私は、慌てて目をそらす。

私はというと、装飾の少ないワンピース。

見苦しくない程度に身だしなみを整えているが、こんなのでよかったんだろうか……？

心臓の鼓動《こどう》が、やけにうるさく感じる。

中に入り、お互い椅子に座って地酒のグラスを傾けると、いい感じに緊張もほぐれてくる。

ニワトコ酒の味はよくマスカットに喩《たと》えられる。爽やかでほのかに木の香りもする酒だった。

クセが強いのであまり万人受けはしないだろうが、たまに無性に飲みたくなる味だ。

「美味しいです」

「それはよかった」

とアルヴィンが笑う。

その顔からふっと笑みが消え、彼は少しこわばった表情で私を見つめる。

「さっきの交際の話なんだが」

「はい」

普段、泰然《たいぜん》とした態度を崩さぬアルヴィンだが、その時の彼はひたすら自信なさげだった。

「どうだろう、やはり駄目だろうか？」

「いいですよ」

「えっ？」

珍しくアルヴィンが大きく目を見開いた。驚いているようだ。

「いいのか？」

「はい」

頷きながら、私は酒を飲み、ボリボリと酒のあてを摘《つま》む。

つまみはチーズとオリーブの実の酢漬けとパスタスナック。

パスタスナックはパスタを揚げて粉チーズとハーブソルトをまぶすだけの簡単レシピだが、ご指名が入るほど人気の酒の友である。

それを見てアルヴィンは。

「後から『酒の席の話だった』はなしだぞ」

「そこまで酔ってませんよ」

なんという信頼のなさだろうか。領主というのは疑り深いくらいでちょうどいいが。

「ただ私はこの宿がありますから、ここから動けません。それはご理解を」

「承知の上だ。私がここに来ることにするから心配いらない」

心配しかないが、まあいい。

「付き合うことがお互いの負担になるようなら、すぐに解消しましょう。あなたは自分だけの体ではないので」

「ああ、それは分かっている。心遣い、感謝する」

「それから私も一応はヴェネスカ家の家名を負う者です。そのように扱っていただきたい」

貴族令嬢は結婚するまで純潔であることが求められる。

私はそれを盾にアルヴィンに釘《くぎ》を刺した。

押しても駄目なら引いてみよという言葉がある。ある方法で失敗したなら別のアプローチを試せという意味だ。

アルヴィンは私に対し『愛している』などとほざくが、ただの気の迷い。そんなものに付き合わされるのは敵《かな》わん。

だが騎士時代の経験から恋に浮かれている時に「やめておけ」と言っても無駄である。むしろ執着が強くなるものだ。

そこでアルヴィンの申し出通り、いったん付き合ってみる。

付き合ってすぐ、高速で別れるカップルのなんと多いことか。

彼と付き合う期間はそう長くはないだろう。

アルヴィンが住む領都とここは同じ領内だがかなり距離が離れている。さらに結婚まで手も出せない相手だ。早々に破綻《はたん》するのは目に見えている。

遠距離恋愛はなかなか難しいものなのだ。

「無論だ。しかしぶしつけな質問で申し訳ないが、君のように賢く美しい女性が未《いま》だ未婚とは信じられないような奇跡だ。男なら誰でもあなたを手に入れたいと思うだろうに」

アルヴィンは大袈裟なことを言うが、現実はそうではない。

「王都では少し小柄で折れそうに華奢《きゃしゃ》な女性が美しいとされてます。私は王都の女性美の基準とはかけ離れてますからね」

それに。

「大抵の男性は自分より強い女は嫌がりますよ」

リーディア・ヴェネスカは退役まで最強の騎士だったのだ。

自慢ではないが、怖れられたり、やっかまれたことはあっても、モテたことはない。

それを聞いて、アルヴィンは不思議そうに首をかしげる。

「そうか？　私は自分より強い女性は頼もしいと思う」

「アルヴィン様……」

ちょっと感動した私であるが、次にアルヴィンは、

「まあ、私に勝てる女性は多分いないがな」

と自信たっぷりに言いやがった。

……くっそう。

確かに今の私では手も足も出ない相手だが、現役の頃なら私だって。

闇属性は他属性に比べて戦闘能力が高いとされている。アルヴィンは非常に優秀な剣士だ。

身体能力が高く、動作の一つ一つに隙がない。

スピードとパワーが上の相手には正攻法で勝つのは難しい。不意打ちを食らわせて崩し、一気に攻撃魔法を叩《たた》き込《こ》むしかない。

返しが上手そうだから、反撃された時に備え、あらかじめ『疾風』と『防衛』の魔法を展開しておき……。

「……リーディア、何か？」

「何でもありません」

……などとたわいない話をしながら、私達は酒を酌《く》み交《か》わすのだった。

「お休み、リーディア」

「お休みなさい、アルヴィン」

その後は一時間ほどで解散になり、当然我々はそれぞれの部屋で寝る。

アルヴィンは「アルヴィンと呼んでくれ。私達は恋人なのだから」と譲《ゆず》らなかった。

まあ、今だけだろうし、二人きりの時はいいだろうと了承した。

私はベッドの中で今日の出来事を反芻《はんすう》した。

……ちょっと楽しかったのは、気のせいだ、うん。

＊＊＊

こうして新生活が始まり、アルヴィンは足繁《あししげ》く我が家にやってくるようになった。

とはいっても、彼も忙しい身だ。

二週間に一回の来訪が週に一回になっただけだが、領主として多忙なアルヴィンにとってかなりの負担だろう。

しかし「考えている」と言ったアルヴィンは本当にとんでもないことを考えていた。

「納屋の一階を半分使っていいか？」

と問われて、私は「どうぞ、ご自由に」と気安く了承した。

元農家の我が家はかなり広く、牛小屋と馬小屋と鶏小屋と畑の他に農繁期《のうはんき》に作業場兼宿舎として使っていた頑丈な納屋がある。

今でも農作物の乾燥や保管に使用することはあるが、半分くらいなら問題ない。

アルヴィンはそこに職人を連れ込み、転移魔法陣を敷いた。

転移魔法陣は多くの魔法資材を使うため、製作には莫大な金が掛かる。

「何やってるんですか、あなたは？　めちゃくちゃ金が掛かったんじゃないですか？」

呆《あき》れて尋ねると、アルヴィンは心なしか得意気に胸を張る。

「ほとんどの資材はダンジョンから自分で取ってきたから大したことはない」

「にしたって、転移魔法陣なんて砦《とりで》にもない装備でしょうに」

宿を訪れる客の中には砦の騎士達もいる。

彼らがよく、「転移魔法陣欲しいなぁ」とぼやいているので知っている。

「砦のような軍事拠点に転移魔法陣があると敵から不意打ちを食らう危険があるため、簡単に設置出来ない。ここはあの黒い精霊や様々な妖精がいる。よからぬ者が入り込めば彼らが知らせてくれる」

「へえ、そうなんですか」

「それに砦でも大型の荷物を運び込む等、必要があれば簡易魔法陣を設置するぞ」

「へー」

同じ騎士職でも私はこうした物資の配給や整備の仕事にはほとんど関わってこなかったので、興味深い。

簡易魔法陣と魔法陣の一番大きな違いは耐久性である。

我が家に設置された転移魔法陣は「簡易」が付く方の魔法陣だった。

簡易魔法陣は魔石の代わりに魔血を使用している。そのため通常の魔法陣に比べ、安価ではあるが、定期的なメンテナンスを必要とする。

それが簡易魔法陣の一番の弱点だ。

だがアルヴィンは事もなげに言った。

「個人使用の装置なんでたかが知れている。俺は『飛べる』し修復も自分の血が使えるから大したことはない」

公の場では貴族らしく『私』と自称するアルヴィンだが、プライベートでは自分を『俺』と呼ぶ。付き合い初めてから少しずつ私達は会話に慣れて、彼が『俺』ということは増えていた。

転移魔法のことを魔法使いは『飛べる』と称する。

簡易転移魔法陣を描くには、『飛べる』魔法使いの魔力が籠《こ》もった血、魔血《まけつ》が必要だ。

ちなみに私も現役の頃は『飛べた』が、今は魔力不足で転移は出来ない。

転移魔法は魔法の中でも高コストで知られる魔法だ。

『飛べる』魔法使いが、わざわざ転移魔法陣を使う理由は、魔力の消費を抑えられるからである。

＊＊＊

そろそろ春が終わりかけ、夏の気配が近づいてきた頃だ。

食料品や日用品。諸々の買い出しにフースの町に立ち寄った時、アルヴィンを見かけた。

「あ」

普段単独で来る時のアルヴィンのお付きはデニスだけだが、今日は文官らしい人物を数名伴っていた。警護の騎士も加わり、総勢十名ほどの一行は、視察か何かなのか道具屋の店先で町長や町の職員と熱心に話し込んでいる。

かなり距離があったがデニスは目ざとく私を見つけ、小さく会釈する。アルヴィンは、

「…………」

チラリとこちらに顔を向け、何事もなかったように会話に戻った。

今日のアルヴィンはいつものゴーラン騎士団の騎士服ではなく、乗馬服を着ていた。

領主らしく金の刺繡《ししゅう》が施され、少し華やかな装いだ。

隣国の血が混じったゴーランの地の人々は、我が国の平均体型と比べ、体格がよくどちらかというと厳《いか》つい。

母親が隣国人というアルヴィンも体格がよく、端整だがどこか野性味を感じる顔立ちだった。

髪はこの国では珍しい黒髪だ。

体格のよさや黒髪は中央部の貴族の中では好まれる特徴ではないが、個人的にはいいなと思う。

我が国と隣国、二つの血が彼の中で調和している。

「普通に恰好《かっこう》いいよなぁ……」

護衛や要人に囲まれているアルヴィンはいつもよりずっと領主然として、やはり遠い存在に感じられた。


数時間後。

「リーディア」

「アルヴィン様」

アルヴィンが我が家のキッチンにある勝手口から入ってきた、勝手口だけに勝手に。

デニスは一緒だが先ほど見かけた他の供はいない。

「あれ？　他の方は？」

「やはりリーディアだったたか、先ほどは話しかけられずすまなかった」

私とアルヴィンの付き合いは、彼の一部の側近以外には秘されていた。

アルヴィンの警備上の「穴」になりかねない我が宿のことは極力隠し通す方針だ。

私はアルヴィン達に冷茶を出した。

庭で摘《つ》んだミントをたっぷり入れたアイスミントティーだ。ミントは百種類もの品種があるそうで、これはレモンミント。その名の通り、柑橘系《かんきつけい》の爽やかな香りが特徴だ。

我が家は地下室に小さな冷凍スペースがあるので、氷が作れる。

夏が近づき野外は暑い。馬を駆けさせて来たアルヴィン達は旨そうに飲み干した。

「フースに何かのご用で？」

「ああ、カカオ豆のことで少しな」

「そうでしたか」

アルヴィンによると、カカオ豆の生産とチョコレートの販売はすこぶる順調らしい。

土壌《どじょう》が合ったのか、大当たりの豊作で、カカオ豆は採れに採れた。

そのカカオから作ったチョコレートを、アルヴィンは王都の貴族達に売り出した。

一粒金貨一枚という高値に設定したが、ものすごく売れているらしい。

「…………？」

私はそれを聞いて、違和感を持った。

美味ではあるが、貴族でも躊躇《ためら》うほど高価な嗜好品《しこうひん》が売り出してすぐに売れるだろうか。

アルヴィンはニヤリと人の悪い笑みを浮かべて、からくりを話し出した。

「王都ではギール家の息の掛かった商会が中心となってチョコレートを売り出している最中だった。ギール家のチョコレートはゴーラン産の三倍。一粒金貨三枚なので、それから比べると随分と安く、味がいい」

「うわぁ」

この人、ギール家が開拓した市場を横からかっさらったのか。

アルヴィンは楽しげに続ける。

「カカオ豆を遠い異国から仕入れていることを加味しても、ギール家のチョコレートは相当ふっかけた値段だ。しかも例のあの問題をギール家の使っている商会は克服出来ていない」

「あー」

例のあの問題というのは、溶けやすいというチョコレートの欠点のことだ。

元々チョコレートが我が国に飲み物として伝わったのはこれが理由だ。

別にゴーランも克服出来ていないが、魔石が豊富に取れるゴーラン領では、チョコレートを氷の魔石入りのボックスに詰めて売るので、最適の状態で提供出来る。

市場を荒らされたギール家は激怒したが、アルヴィンはどこ吹く風だ。

「フースには氷の魔石を買い付けに行った」

「ああ、そうでしたか」

フースの町はダンジョンに近い。魔石は主にダンジョンから産出されるため、目当ての魔石を購入するなら近隣の町で仕入れるのが一番だ。

アルヴィン達はここには顔を出しに来ただけで、夕食後には我が家に設置した転移魔法陣で領都のルツに帰って行った。随分と多忙らしい。

……アルヴィンの体が心配だ。

魔法騎士は余計な魔力の消費が命取りになりかねない。

心配だがさりとて何が出来るわけではなく、ただ手をこまねいていた私のところにやって来た救い主は、意外な人物だった。

＊＊＊

「リーディアさん」

ある日、森の近くで畑を耕していると、私は何者かに声を掛けられた。

振り返ると誰もいない。

「……？」

「こっちですじゃ」

視線を下げると、今育てている人参と同じくらいの背丈の小人が数名、立っている。

森のノームと呼ばれる小人達だ。

普段は森や畑におり、幾度か見かけたことはあるが、こちらに近づいてきたり声を掛けてくることはなかったので、私から話しかけることは控えていた。

そのノーム達が私に向かって虹色に光る滴《しずく》のようなものを差し出し、言った。

「リーディアさん、これは大地の滴と呼ばれるものです。滋養強壮《じようきようそう》の薬で、体内の魔力を安定させてくれます。足りないなら補い、過剰であれば鎮《しず》めてくれます」

「魔力を？」

「はい、魔力を回復する方法をお探しとブラウニー達から聞きました」

「ああ、確かに探していたが……」

大地の滴は、清らかな森の奥で妖精だけが見つけられるというお宝である。

「お近づきの印にどうぞ。差し上げます。リーディアさんとお小さい魔法使いさんが森と草原を守っているので、森は喜んでおります」

お小さい魔法使いというのは、ノアのことだろう。

私はノームの小さな手から、大地の滴を五滴、受け取った。

「こんな貴重なものを本当に貰っていいのか？」

「はい、もちろんです」

「何かお礼がしたいんだが、欲しい物はあるかい？」

私の問いにノーム達は一斉にもじもじと恥じらう。

「あのう、ブラウニー達がちょこれーというとても珍しくて美味しい物があると話しておりました。出来れば、我々も食べてみたいのですが……」

……すごいな、チョコレート。

妖精の心を鷲摑《わしづか》みしている。

「チョコレートか、今渡せるのは五粒しかないんだが、それでもいいか？」

「五粒！　まことですか、そんなにたくさん？」

「ああ、大地の滴の礼にしてはささやかだろうが、受け取って欲しい」

ほんの少し前まで役場で押しつけ合っていたカカオ豆だが、チョコレートの生産が始まるとなかなか手に入りづらくなってしまった。

「すまないね。代わりにマドレーヌを付けるから許しておくれ」

ノーム達にそう詫《わ》びると、彼らは長い耳をピンと立て目をまん丸にする。

「なんとマドレーヌですすと！　あの王都で流行中のお菓子まで頂けるとは」

と感動している。

……どこから聞いてきたんだろう、その噂《うわさ》。

王都でマドレーヌが流行《はや》っていて欲しいと切に願う私である。

ノーム達は定期的に大地の滴を提供してくれることを約束し、その代わりに私はチョコレートとマドレーヌを彼らに渡す。

物々交換が成立した。

＊＊＊

宿屋の朝は、朝食作りから始まる。

宿泊客の他に朝食を食べに立ち寄る客もおり、日によってかなりばらつきはあるが、毎朝二十名分ほどの朝食を作る。

朝食作りが済むと次は客室の掃除に取りかかる。

特に寝具の洗濯は日が高い内に済ませてしまわねばならない。

掃除が終わると昼食の支度が待っている。

昼食が済めばカフェタイム。

今度は甘味を求めて客がやってくる。

カフェタイムが終わり食堂が空《す》く頃に、洗濯物が乾くという寸法だ。

それなりに忙しいが、客室八部屋の小さな宿だし、人間も妖精もよく手助けしてくれる。

現に私が洗濯物を取り込んでいると、

「リーディアさん、洗濯物はやっておくよ」

「クッキー一枚くれたら手伝ってやる」

とノアとブラウニー達が手伝いを申し出てくれた。

「ありがとう、じゃあ少し休ませてもらう」

私は洗濯物は彼らに任せて休憩《きゅうけい》を取るため、二階に上がった。

二階の私室の窓の向こうに、畑と草原そして森が広がっている。

この家に初めて訪れた時、窓から見えた景色が気に入って、ここを自分の部屋にしたのだ。

お気に入りの景色を眺《なが》めていると、突然後ろから抱き締められた。

「リーディア」

一瞬驚いたが、声と私に触れる手で振り返らなくても誰だか分かる。

「アルヴィン……」

声の主はアルヴィンだった。

「リーディア……」

アルヴィンはくるりと私をひっくり返し、自分に向き合う体勢にする。

目と目が合ったのはほんの一瞬で、彼の顔が近づいてきたかと思うと。

キスされた。

着ている騎士服はヨレヨレ、髪もボサボサだし、目の下には濃いクマがある。

消臭の魔法を使っていても誤魔化しきれない数日風呂に入ってないなという気配。

血と埃《ほこり》と鉄の匂《にお》い。

——死の匂い。

私がかつて身を置いていた世界の匂いが懐かしく燻《くゆ》る。

もしや、これは……。

アルヴィンは一度唇を離し、そしてまた私にキスしようとする。

「ちょっ……」

止めようとしたがアルヴィンの動作速度の方が早い！

驚異的な俊敏さで、もう一度キスされた。

三度《みたび》キスしようとしたアルヴィンだったが、すんでのところで今度は間に合い、私は彼の唇を手のひらで受け止めた。

全力で押し戻しながら、彼に尋ねる。

「アルヴィン、もしかしてダンジョンに行きましたか？」

「ああ」

短い返事には獣のような獰猛《どうもう》さがこもっていた。

やはり。

魔法使いにとってダンジョンは魔素が濃すぎる場所だ。

魔法使いは魔素が少ないと魔法を行使出来ないが、濃すぎても魔素酔いと呼ばれる症状を起こす。

我々魔法使いは吸収した魔素を体内に取り込み、魔術回路を通じて魔力に変換し、魔法を発動する。相性のよい属性の魔素は魔力に変換しやすく、相性のよくない属性の魔素は変換しにくい。どちらにせよ、余剰の魔素は魔術回路から体外に排出される。

ダンジョンでは特に闇属性の魔素が澱《よど》んで溜《た》まっており、闇属性以外の魔法使い達は吸収した魔素を思うように排出出来ず、魔素酔いを起こす。魔素酔いは乗り物酔いのひどいやつという言い方が個人的には一番しっくりくる。

一方、闇属性の魔法使いは魔素に強化され、ダンジョン内で彼らは無敵と化すというのが定説だが、分かりづらい形でダメージを負っている。

優秀な魔法使いであればあるほど、限界を超える魔素を吸収し続け、通常より大きく能力を引き上げられた状態になる。

プラスの効果であるが一種の状態異常なので、肉体的にも精神的にもかなり大きな負荷だ。

他属性同様、闇属性の魔法使い達にとってもダンジョンは危険な場所である。

時間と共に体内の魔素は減っていくが、一時的に脳は興奮状態に陥り、食欲、性欲などの欲求に苛《さいな》まれる。

ちなみに三大欲求のもう一つである睡眠欲は、精神が高揚《こうよう》しているため感じないそうだ。むしろ寝付けない。

「リーディア……」

アルヴィンは荒ぶる感情のまま、私の手を押しのけ口づけしようとしてきたが、このリーディア・ヴェネスカを舐《な》めて貰っては困る。

力では敵わない相手でも、決して勝てないことはないのだ。

「アルヴィン」

私はにっこり彼に笑いかけた。

「愛してますよ」

「……！」

アルヴィンは、私の一言に虚を衝《つ》かれ、動きを止めた。

私はその隙に胸元のペンダントを握った。

ペンダントはアルヴィンがくれた魔水晶《ますいしょう》を削って作ったものだ。私とは一番相性のいい魔素、光属性を増幅する効果がある。

魔素が私の体に満ちる。

一瞬のうちに魔力を練り込んだ私はアルヴィンの無防備なみぞおちに掌底打《しょうていう》ちを食らわせた。

「ぐっ……！」

よしよし上手くいったぞ。

私は腹を押さえて崩れ落ちるアルヴィンを抱き留め、ニヤリと笑った。

全ての属性に比して強いとされる闇属性だが、その最大の弱点は光属性に弱いということ。

アルヴィンはダンジョン帰りで闇属性の魔素で過剰に魔力を増幅されている。つまりそれは光魔法の魔法使いである私に対してその弱点が露呈《ろてい》している状態でもある。

ゼロ距離から光属性の攻撃魔法を食らわせればアルヴィンとて行動不能に出来る。

「疲れてるんですよ、眠ってください」

そう言って親切な私はアルヴィンを私のベッドに横たえた。

彼の中で魔素が暴れ回っている。そういう時は寝てしまうのが一番だ。

「……リーディア、恩に着る」

言葉とは裏腹に若干恨《うら》みがましい目つきでアルヴィンはベッドに倒れた。

だがその瞳はすぐに閉じられる。

死んだように眠るアルヴィンの上着を脱がし、ブーツも脱がせてやる。

その後私はアルヴィンのサーコートの内ポケットを探った。騎士なら大抵ここに栄養ポーションを一本入れておくのだ。

アルヴィンも例外ではなかったようで、私は見つけ出した栄養ポーションを呷《あお》った。

ああ、疲れた。

青く輝いていた魔水晶のペンダントは内包する魔素を使ってしまったため、色があせてしまった。少しくすんで見える。

私はガッカリ半分、「私もまだ捨てたものではないな」と満足半分で、階段を降りる。

さて夕食の仕込みを始めよう。

＊＊＊

「すまなかった、リーディア」

夕食の時間が終わりかけた頃、アルヴィンがのっそりとキッチンに入ってきた。

風呂には入ったようだが、髭《ひげ》は当たっていないし、髪も乾ききっていない。

まだ眠り足りないようで目が半眼である。

「お疲れでしたね。何か食べますか？」

「頼む、死ぬほど腹が減っている。今夜のメニューは？」

「ラム肉のミートソースの上にマッシュポテトを被《かぶ》せて焼いたシェパーズパイですよ」

アルヴィンは嬉しそうに笑う。

「ああそれは旨そうだな」

前菜は小魚のマリネに田舎風のパテ、キャロットラペを添えて彩りよく。お次はイチジクとチーズと生ハムのフルーツサラダ、カリフラワーのスープ。

メインデッシュは焼き上がったばかりのシェパーズパイだ。

アルヴィンはモリモリと完食し、満足そうな顔をした。

「旨かった」

「そりゃあ、よかった。はい、どうぞ」

カモミールティーと共に出したのは、大地の滴だ。

「なんだ？」

彼は不思議そうに大地の滴を手を取り、ハッと息を呑《の》んだ。

「リーディア、これは？」

「ノームがくれました。飲んで下さい」

「いいのか？」

「いいも悪いもありませんよ。領主様に倒れられては困ります」

ダンジョンから直接、側近のデニスも置いて一人でここに転移してきたそうだ。

枯渇《こかつ》寸前まで魔力を使い切った後での魔素の過剰吸収。

まったくもって心身によくない。

繰り返すと廃人になるパターンだ。

自覚はあったのかアルヴィンはモゴモゴといいわけじみたことを口にした。

「……普段はここまで忙しくないんだ。ダンジョンも本来なら人に任せるつもりだったんだが」

「だが？」

「ダンジョンの奥にいる危険な魔物にちょっかいを出した冒険者がいた。立ち入り禁止の区域なんだが、功を焦ったようだ」

「そりゃ大変でしたね」

私は本心から同情した。

ダンジョン経営は危険と隣り合わせ。儲《もう》けは大きいが、決して楽ではない。

「ああ、ありがとう」

アルヴィンはそう返事した後、窺《うかが》うように私を見る。

「何ですか？」

「いや、さっきはすまなかった」

「まああれはしょうがないですよ。お気になさらず」

戦闘後は気が昂《たかぶ》るものだ。

個人的には異性が欲しくなるという経験はないが、そんな私でもいつになく人寂しい気分になった。

家族宛てに手紙を書いたり、普段は行かない飲み会に潜り込んでみたりと、らしくない行動を取る。

あの頃にもし恋人と呼べる存在がいたら、どんなに遠くても会いたいと願っただろう。

不可抗力みたいなものなので、「こちらこそ殴《なぐ》ったりしてすみません」とは一応言っておく。

「いや、それは構わない。だがあの時、リーディアが………」

そう言うと、彼は口ごもってしまう。

「私が？」

「俺に、『愛してます』と………」

アルヴィンの頬が少し赤い。

「あー」

言うのも恥ずかしいだろうが、言われる方も恥ずかしく、私はそっぽを向いた。

ノア達は既に就寝の時間で、キャシーも給仕中で食堂にいる。

ブラウニー達も何故《なぜ》かおらず、私とアルヴィンは二人きりだ。

「気のせいだろうか？」

「いえ、言いました」

「……いいフェイントだったと思う。嘘《うそ》とはいえ、心臓が止まるかと思った」

「別に嘘って訳でもないですよ」

ものすごいちっちゃい声で言ったが、アルヴィンはバッチリ聞いていたようだ。

「じゃあ、本気で？」

「まあ、あの時はそういう気分でした。はい、デザートです。これ食べて、また寝た方がいいですよ」

照れ隠しにテーブルに一口大に切ったメロンを置く。

畑で作った自家製メロンだが、素人《しろうと》のお手製故に時々甘くないものが混じっており、注意が必要だ。

「甘いですか？」と問いかけると「甘い」という返事だった。

アルヴィンは当たりを引いたようだ。

たまに甘いところと甘くないところが混じる、フェイクなメロンも存在するので最後まで油断がならない。

デザートを食べ終えたアルヴィンはかなり眠そうだ。大地の滴で体内の魔力が安定し、過剰に上がっていた魔力は落ち着いたようだ。

「じゃあ眠らせてもらう」

再び二階に上がっていくアルヴィンの背に私は「後でお水をお持ちします」と声をかけた。

夕食の片付けと翌朝の仕込みを終えて、私も私室に戻る。

水差しとコップを持ってアルヴィンの部屋のドアを叩く。彼の部屋は私の隣が定位置だ。

返事はなかったが、宿屋の主《あるじ》権限で部屋に入る。

普段はそんなことはしないが、アルヴィンと私は「恋人」なのだからまあ許されるだろう。

アルヴィンはベッドで熟睡していた。

その寝顔は、案外幼く見える。

私は起こさないようにそっと枕元のテーブルに盆を置いた。

色々大変なんだろうが。

「ダンジョンか……」

王宮騎士を長く勤めた私だが、ダンジョンは大抵辺境にあるので、中に入ったことは数回ほどしかない。

近隣の町、フースは二つの大きなダンジョンのちょうど真ん中に位置しており、町には多くの冒険者が住んでいた。ここではダンジョンや冒険者は身近な存在だ。

「行ってみたいな……」

少しばかり羨《うらや》ましいとも思う。

その瞬間、アルヴィンは目を開いた。起きているとは思わず驚いた。

目だけこちらに向けて問われる。

「リーディアはダンジョンに行ってみたいのか？」

「いや、まあ行ってみたいとは思いますが……」

私は躊躇った。

今の私は足手まとい以外の何物でもないことは自覚出来ている。

「じゃあ行こう」

アルヴィンはあっさりと言った。

「えっ？」

「近くに村人がきのこだの山菜だのを取りに行くような小規模ダンジョンがある」

「そんなダンジョンがあるんですか？」

「ダンジョンというより、魔素溜まりのような場所だな。魔物もいるが、それほど危険ではない。暇《ひま》が出来たら一緒に行こう」

アルヴィンはそれだけ言うとまた目を閉じて寝てしまった。

「…………」

私はしばしじーっと眠れるアルヴィンを観察したが、ピクリともしない。

左右を見て誰もいないことを確認すると、こっそり彼に呟《つぶや》いた。

「お休みなさい、アルヴィン。……愛してますよ」

私の中でアルヴィンはノア達やオリビア、楡《にれ》の木荘に住む生き物や妖精達。彼らと同様、家族のように大切な存在になっていた。

正直を言うとこの感情が、異性に向ける愛なのか私には分からない。だが、彼のことは特別に思い始めている。

まだ本人に言うつもりはないけれど。

そっと部屋を出る私は、アルヴィンが実は眠っておらず、私の言葉を聞いていたことに気づかないままだった。

第七章　ライカンスロープと魔豚のミートソースパスタ

アルヴィンから近くにダンジョンがあると聞いて私は行ってみたくなった。

アルヴィンは「一緒に行く」とほざいていたが、多忙なアルヴィンに暇《ひま》が出来るのはいつのことか。

そんなものを悠長《ゆうちょう》に待つつもりはなかった。

アルヴィン自身が「それほど危険なダンジョンではない」と言っていたのだ。

衰えたとはいえ、私は元騎士。何とかなるだろう。

そう考えた私は一人でダンジョンに行くことにした。

場所はここから半日ほど離れた山の中で、ダンジョンの中を探索することを考えると、日帰りでは難しい。

後を託す人間や妖精にダンジョン行きを伝えると、

「リーディアさん、僕も行きたい」

とノアが同行を申し出て来た。

キャシーが「あら、よかったわね、行ってらっしゃい」と気軽に許したので、私はノアと二人でそのダンジョンに行くことにした。

そうと決まれば、準備を整えなければならない。

＊＊＊

フースの町の冒険者ギルドのスイングドアを、私は少しばかり緊張しながら押し開いた。

同行するノアはこれ以上なく緊張した様子である。

彼もこういう場所に慣れておいた方がいいだろうと連れてきたのだ。

冒険者ギルドは騎士団の詰め所を目いっぱい柄を悪くしたような雰囲気だった。

一画に待合スペースがあり、依頼者なのか冒険者なのか私にはどちらとも判別のつかない男達がたむろしていた。

好奇に満ちた彼らの眼差《まなざ》しが一斉に私とノアに注がれるが、女性騎士だった私は奇異な視線を向けられることに慣れている。かつては慣れ親しんだ空気だった。

あまり気にせず受付に向かうと、受付嬢の方から声を掛けてきた。

「あっ、リーディアさん、どうなさったんですか？」

冒険者ギルドの受付嬢は月に二、三度カップルでスイーツを食べにやってくる、うちの常連さんだ。

伴っている男が毎回違う、可愛い肉食系お嬢さんである。

「こんにちは、依頼をお願いしたくてね。きのこダンジョンの道案内をしてくれる人物を探している」

そのダンジョン、通称きのこダンジョンは、山の中にあり、地元の者以外は迷いやすい。そのため道案内を雇うつもりだった。

ダンジョン近くの村に行き、村人に手間賃を渡すと案内してくれるそうだが、一帯を取り仕切る町の冒険者ギルトはその斡旋《あっせん》も取り扱っている。

だが、受付嬢は眉を顰《ひそ》めて「うーん」と唸《うな》った。

「ちょっと難しいかもしれません」

と彼女は言った。

「難しい？」

「ええ、今は農繁期《のうはんき》なので、どの村も本業で手一杯で道案内は受け付けてくれないかもです。そういう場合、該当ダンジョン踏破《とうは》の経験がある冒険者を雇《やと》うことをおすすめしているんですが、あいにく今ギルドは人が出払ってまして……」

「そうなのか？」

「はい、最近ギルドへの依頼が多いんです。登録の冒険者も増えてまして、新人研修で上の人も忙しくて」

「ああ、ゴーラン領は景気がいいから」

地方の冒険者ギルドでは人材斡旋業も兼務している。

冒険者のみならず、一般人も職が欲しかったらまず訪れるのが冒険者ギルドだ。

新人研修というのは、まず冒険者ギルドに入ったら受けさせられるもので、一通りの身体能力やその他の特技を試され、ランク付けののち、晴れて冒険者となる。

冒険者としては対象外でも、適性に合った職を斡旋してくれる。

きのこダンジョンは危険が少ない分、案内の手間賃もそれほど高額にはならない。冒険者からみればメリットの薄い依頼だ。

「そうか、ありがとう。じゃあ依頼は難しいな」

話を聞いて私は依頼を取りやめることにした。

魔素を辿《たど》れば、ダンジョンに行き着ける。道案内がなくとも何とかなるはずだ。

「申し訳ないですー」

「いや、こちらこそお手間を取らせました。よろしければまた店にいらして下さい」

「はい、是非！」

と受付嬢との会話を和《なご》やかに終え、帰ろうとした私に声を掛けてくる者がいた。

「あの、ちょっとよろしいでしょうか」

振り返った先にいたのは、目の覚めるような美青年だった。

男はゴーラン騎士団の制服を着ていた。

王都では考えられないことだが、地方では騎士団と冒険者ギルドは密接な繋《つな》がりがある。

時には共闘して戦うこともあるらしい。

冒険者ギルド中の女性陣から嫉妬《しっと》の視線を浴びつつ、私はその人物に返事をする。

「何か？」

「きのこダンジョンの案内人をお捜しなのですか？」

声を聞いて気付いた。

この人、女性だ。

しかし彼女は女性には見えなかった。

元騎士で平均身長より少し大柄な私が見上げるほどである。

アルヴィンよりは低いが、デニスよりは背が高い。

並みの男性より長身で、細身ながらも鍛《きた》え上げた筋肉の持ち主だった。珍《めずら》しい赤い瞳と相まって野性味溢《あふ》れる雰囲気である。

よく見ると栗色の髪を長く伸ばしている。

だが、それでも「長髪の美青年」にしか見えず、性別を表す記号としてはまったく役に立っていない。

声も余程注意深くないと気付けないくらい、女性にしてはハスキーだ。

年齢は二十代半ばといったところだろうか。

「ああ、探しておりましたが、依頼は取りやめることにしました」

「あの、案内人として、私を雇って頂けませんか？　怪しい者ではありません。わたくし、ゴーラン騎士団の騎士で、レファ・ローリエと申します。こう見えて女性です」

名乗られたので私も名乗りを返す。

「リーディアです、町外れで宿屋をしております。ですが、ローリエ卿《きょう》、あなたのような立派な騎士を必要とする危険なダンジョンではないと聞きました。案内人なしで行ってみようと思います」

私が彼女の申し出を即座に断ったのは、ゴーラン騎士団の団長であるアルヴィンの手の者かもしれないという疑念からだった。

私とアルヴィンの仲は、我々が関係を表沙汰《おもてざた》にしていないのもあり、人には知られていない。

だが騎士団はアルヴィンのお膝元《ひざもと》だ。

彼と関係の深い私が危険な真似《まね》を仕出かしそうな時は止めるように、監視がついている可能性があった。

ちなみにゴーラン騎士団は副業を限定的に認めている。休みの日に冒険者として依頼を受ける分には問題はない。

レファは同性と分かっていても、見惚《みと》れるような魅力的な笑みを振りまいた。

キャーと遠くで黄色い悲鳴が上がる。

「レファで構いませんよ。あの辺りは今、少々物騒《ぶっそう》なのです。女性一人で行くのは危険です」

「レファさん、ご忠告はありがたいんですが、私も少々腕に覚えがあります。何とかなりますのでお気になさらず」

「依頼金のことを心配なさっているなら、無料でも構いません。お一人ならともかくお隣の少年も一緒に行かれるのでしょう。念のために同行させて下さい」

「…………」

ノアのことを言われると弱い。私は黙り込んだ。

私一人は何とでもなるが、有事の際にノアを庇《かば》って戦えるか自信がない。

そして、レファに対し少々疑問を持った。

彼女はアルヴィンの任を受けた者ではないかも知れない。もしアルヴィンの手の者なら、ここは引いて彼に報告すればいいだけだ。

それに。

と私はチラリと周囲を窺《うかが》った。

彼女は隠密《おんみつ》に動くには人目を引きすぎる。

それが私達自身なのか、きのこダンジョンかはまだ判断できないが……。

無言になった私にレファは食い下がる。

「私もちょうど魔豚《まぶた》を倒しにきのこダンジョンに行きたいと思っていたところなのです。ついでですから、ご一緒しましょう」

正直どうやって断ろうとそればかり考えていた私だが、その一言で気が変わった。

「魔豚ですか？」

豚のような魔物、魔豚こそ、私のダンジョン行きの目的なのだ。

「はい。魔豚はとても美味《おい》しいので定期的に食べたくなるんです。魔豚退治なら幾度も経験しています。行きましょう」

結局、レファと共にダンジョンに行くことになった。

とはいえ世話になるのだから無給は気が引ける。

魔豚が見つかった場合は魔豚料理をご馳走《ちそう》することに、魔豚が見つからなかった場合は銀貨二枚と取り決めた。

きのこダンジョンはその名の通りきのこがたくさん採れるので、万一魔豚が見つからない時はその分きのこを持って帰る予定だ。

当日は宿屋を休みにするつもりだったのだが、キャシーとブラウニー達は店を開けるという。

「リーディアさんのいつもの食事という訳にはいかないから、その分料金を安くして泊まって貰《もら》うわ」

とキャシーはやる気で、

「魔豚ときのこを狩りに行くんだな」

とブラウニー達は分け前目当てで手伝う気満々だ。

限定メニューで宿を営業して貰うことにした。

ダンジョンには馬で向かう。

まだ子供のノアとは相乗りが出来るので私とノアは愛馬のオリビアに乗って町の入り口でレファを待つ。

レファは時間通りにやって来て、我々はすぐに出立した。

＊＊＊

我が家から見て南西の方角に向かって半日ほど馬を駆けさせると、きのこダンジョンのある山に着く。

山に入る前に昼食を取ることにした。

適当な原っぱに腰掛け、私はバッグから昼食のサンドイッチを取り出し、まずノアに渡す。

「はい、ノア」

「ありがとう、リーディアさん」

次にレファに渡した。

「はい、レファさんも」

レファは瞠目《どうもく》した。

「よろしいのですか？」

「はい。ただのサンドイッチですが、よろしければどうぞ」

「ありがとうございます」

レファは秀麗に整った顔をほころばせる。

「私も昼食を作ってきたんです。とはいっても朝の残り物を詰めただけなんですが。よろしければどうぞ、召し上がって下さい」

「それはどうもありがとうございます」

私はありがたく、レファの昼食を摘《つま》ませて貰うことにした。

だが。

レファの差し出してきたバスケットの中を見て、凍り付いた。

……なんだこれ。

全体的に焦げていて黒い。チョコレートより黒い。材料が何だったのか、どんな名前の料理なのか推測することも不可能だ。

腐っている系ではないが、謎《なぞ》の異臭がする。

香辛料の匂《にお》いのような苦い葉の匂いのような、これは吸い込んだら駄目な気がする。

「……失礼します」

私は息を止め、物体の中でも比較的安全そうな粗く切ったトマトと思《おぼ》しきものを選んだ。

湯剝《ゆむ》きしてあり、油と調味料らしきもので和《あ》えている。

思い切って食べてみたが……。

「ごふっ」

想像以上にマズかった。

「どうでしょうか？」

期待に満ちた目で見つめられ、私は正直に答えた。

「言《い》い辛《づら》いのですが、とても美味しくないです」

これは死人が出る前にきちんと現実を知らせておいた方がいい。誤魔化《ごまか》してはいけないレベルの味だ。

騎士として多少の毒に体を慣らしている私だからこそ耐えられた。

レファは分かっていたのか、案外冷静に、だが非常に悲しげに呟《つぶや》いた。

「やはりそうですか……。実は私、春からフースの町に赴任《ふにん》して、一人暮らしを始めたんです。それまでずっと騎士団の寮住まいだったので、新生活に少々浮かれて、自炊もしてみたんです。ところが私が作った料理は食べられるんですが、美味しくないなと自分でも思っておりました」

「はあ」

これを『食べられる』と表現するレファの胃腸は信じられないくらい丈夫だ。

「私は料理が上手《うま》くないのですね」

「残念ですが、その通りです」

「ありがとうございます。専門家にはっきりそう言ってもらってよかったです。とても、残念ですが……」

レファはサンドイッチをかじりながら、口惜《くちお》しげに言った。

「それにしても私はリーディアさんが羨《うらや》ましい。こんな美味しいサンドイッチが作れるなんて。食は人を笑顔にします。私もそういう人間になりたかったのですが、騎士としてしか生きられない出来損ないです」

レファは自嘲《じちょう》する。

「……っ」

私はそれを聞いて何事か言い返したかった。

私だって騎士業しか知らぬ『出来損ない』だった。

だが、魔法騎士リーディア・ヴェネスカであることは私の全てだった。

レファに私を羨むことなどあろうか？

彼女は私が失った全てを持っているというのに。

しかしレファの顔に浮かんだ表情を見て、私は何も言い返すことが出来なかった。

それは深い悔恨《かいこん》と愁《うれ》いに満ちたものだった。

気まずい雰囲気になったが、料理は偉大である。腹が膨《ふく》れるとそれなりに気分が上がってきて、その後、一行は和やかに山中を進んだ。

レファ曰《いわ》く、ここから一時間ほどの距離らしい。

途中で一度取った休憩《きゅうけい》の時間にノアは「師匠《ししょう》、質問です」と私に尋ねてきた。

「どうして魔物は魔法が使えるの？」

「ふむ、いい質問だね。それは魔物の体内の魔素濃度が我々人間よりずっと高いからだ。だから彼らは息をするように魔法が扱える」

「ふうん」

ノアはまだ初級の魔法を使うのにも苦労しているレベルだ。少し羨ましそうに声を上げる。

「だがね、彼らは魔法を使うのに苦労がないからか、種族固有の魔法以外はほとんど使えないようだね。逆に人間は体内の魔素を練り上げ、魔力に変換し、それを魔法陣や魔法の呪文として生成して始めて魔法を行使出来る。この過程を経ることで魔法の力は何倍にも増幅し、本来魔素濃度が低い我々人間が、魔物達に匹敵する魔法を放つことが出来るんだ」

「そうなんですかぁ。知りませんでした」

と話を聞いていたらしいレファが声を上げた。

「……どこの騎士学校でも習うと思いますが」

「座学の時間はほとんど寝てました」

明るくそう言い放つレファの当時の教官に心底同情した。

休憩を終えてまた少し山道を歩くと、レファが前方の洞穴《ほらあな》のような場所を指さした。

「ここです。ここがきのこダンジョンです」

きのこダンジョンは山の中腹にある洞窟《どうくつ》だった。

「早速入りましょう。ノアは大丈夫か？」

「うん、入ろう、リーディアさん」

お目当てのダンジョンに辿り着いた我々は意気揚々《いきようよう》とダンジョンの中に入った。

ダンジョン内は『きのこダンジョン』の名の通り、至るところにきのこが生えている。

レファは何度かこのダンジョンに来ているらしく、慣れた様子で私達を案内してくれた。

二層しかないというダンジョンとしては小規模なもので、最下層にあるダンジョンコアもごく小さなものだそうだ。

ダンジョン内に出没する魔物の等級はF〜Eという最低ランクとその次であるから、ダンジョンというよりむしろ魔素《まそ》溜《だ》まりという方が相応《ふさわ》しい。

少々危険だが、冬でもきのこが採れるここは、近隣の村人達にとって貴重な場所だそうだ。

今回の目的である魔豚は非常に好戦的で、きのこダンジョンでは一番危険な魔物らしい。

そんな説明を聞きながら、私達は珍しいきのこを採取しつつ、奥へと入っていった。

魔豚の生息域はダンジョンコアに近い第二層だという。

その二層まで辿り着いたが、

「おりませんねぇ」

辺りを見回しても、魔豚の姿はない。

「食べ物を探しに外へ出ているのかも知れません」

とレファは言った。

バッグの中はもうきのこで一杯だ。

一度、洞窟の入り口まで戻ることにした。

時刻は既に夕方。そろそろ疲れてきたし、お腹《なか》も空《す》いてきた。

「リーディアさん、早速きのこを食べてみようよ」

「そうだな。きのこのソテーにきのこのスープ、今日はきのこづくしだな」

レファは私とノアから少し距離を取った場所に立っている。にこやかに微笑《ほほえ》んでいるが、会話に参加せず、周囲を警戒している。

実にさりげない仕草でノアはまったく気付いていないが、元同業の私の目は誤魔化せない。

何かあるな――？

「ようよう、あんたら、きのこ狩りか？」

案の定、我々を見張っていたらしい男達が数名、茂みから現れた。

粗末な武器を持ち、薄汚れた風体《ふうてい》の男達だ。

レファはごく一般的な庶民の服装で、剣は差していなかった。

そういう恰好《かっこう》だと彼女は細身の美青年にしか見えない。

否、彼女はわざと自分をそう見せていた。

男達の目に我々一行は子供連れの夫婦と映っただろう。

レファは落ち着いた様子で、彼らに問いかけた。

「近頃この辺りで出没するという物取りというのはお前達か？」

「だったらどうなんだよ、兄ちゃん！」

「分かってるなら、金目のものをよこしな」

「言うことを聞かねえと、怪我《けが》することになるぜ」

わざわざ犯行を認めるような台詞《せりふ》を吐きながら、男達は切れ味の鈍そうな剣を見せびらかす。

「どうやらお前達で間違いないようだな」

レファはそう言うと、男らを見据《みす》えながら、私とノアにそっと囁《ささや》いた。

「私がすぐに制圧します。その場でじっとしていて下さい」

私はようやく合点がいった。

レファの『目的』はこいつらか。

男一人のレファよりはノアと私を連れて親子を装った方が、標的が引っかかる可能性は高い。

「お前達を捕縛《ほばく》する。覚悟はいいか？」

宣誓と共にレファが構えたのは、山歩きに使うステッキだ。要するに木の棒である。

男達はなまくらだが剣や斧《おの》などれっきとした武器を持っている。人数も男達は八人、対するはレファ一人。

レファの様子に、男達は勝ちを確信したらしく、薄笑いを浮かべた。

「大人しく金を出さないあんたが悪いんだぜ」

乱闘が始まった。

「ノア、身を低くしてじっとしているんだ」

「うん、分かった、リーディアさん」

私とノアはレファの指示通り、その場で大人しくしていた。

女や子供は人身売買しやすいので、こういった場合、抵抗したり逃げようとしなければ、すぐに殺されることはない。

だが念のためにと私はそっと荷物を引き寄せ、中からあるものを取り出した。

剣やナイフではない。そういうものは、かえってこちらを危険に晒《さら》す。

無力を装っていた方が向こうも油断するのだ。

効果は分からないが、目潰《めつぶ》しくらいにはなるだろう。

そう思いながら、私は『アレ』を握りしめる。

実際、顔からはなるべく離しているのにちょっと目が痛い。

「兄ちゃん、腕の一本くらいは覚悟しなっ！」

男の一人が威勢のいいことを言ってレファに斬りかかる。

レファはさっと身を躱《かわ》し、がら空きの胴に木の棒を叩《たた》き込《こ》んだ。

「ぐぁっ」

男は犬の後ろ足の形に体を折り曲げ、そのまま地面にのめり込む。

男達はレファの俊敏な棒捌《ぼうさば》きに息を呑《の》んだが、一人欠けてもまだ七人いる。多勢であることに驕《おご》ったようで、

「野郎！」

レファに襲い掛かる。

その後もレファはバッサバッサと敵を切り捨て、彼女の勝利は目前だ。

私とノアの背後に突然魔豚が現れたのは、その時だった。

「ぶもっ――っ」

好戦的という魔豚は乱闘に憤ったのか、ものすごい勢いでこっちに突っ込んでくる。

「リーディアさん！　ノア！」

レファはこちらに駆けてこようとするが、間に合う距離ではない。

私はとっさに手にしていた『アレ』を魔豚に投げ付けた。

そう、レファが「勿体《もったい》ないから食べます」というのを「死ぬから止《や》めろ」と取り上げたあの料理である。

少し怯《ひる》めばいいと思ったが、私にとっては運よく、魔豚にとっては非常に運が悪く、魔豚はなんの弾みか、

「ぶももっ」

と投げ付けられた料理を飲み込んでしまった。

そして「ぶもももももっっっっっっつ！」と魔豚は大きく叫んだ後、泡を吹いて倒れた。

「リーディアさん！　ノア！　無事ですか？」

レファが慌《あわ》てて戻って来た。

悪漢達はどうなったかなと振り返ると、彼らは呆然《ぼうぜん》としていた。レファに叩き付けられ這《は》いつくばっているか、そうでない奴《やつ》は魔豚を見て戦意消失しており、逃げ出す様子もない。

「無事です。あの料理に助けられました」

「よかった」

とレファは喜んだ後、

「魔豚は卵嫌いだったんですかね？」

と首を傾げた。

アレ、卵だったんだ。

一応、「違うと思いますよ」と軽く訂正しておいた。

＊＊＊

八名を縄で捕縛し、その日はその場でテントを張って一晩過ごすことになった。

山賊《さんぞく》はテントなしだが、夏なのでひと晩くらいなら問題ないはずだ。

私とノアは手分けして、きのこを料理した。

メニューはベーコンときのこのソテー、そしてきのこと野菜のヨーグルトクリームスープ。

鍋《なべ》に小さめに切った玉葱《たまねぎ》、人参《にんじん》、じゃがいも、ズッキーニ、きのこを入れて炒《いた》め、そこに小麦粉、バター、白ワイン、水、塩、胡椒《こしょう》を加え十分程煮込む。最後にヨーグルトを入れて沸騰《ふっとう》しないように注意しながらひと煮立ち。これできのこのヨーグルトスープの完成だ。

バターはバター壺《つぼ》と呼ばれる専用の容器に入れて、ヨーグルトは牛や羊の胃袋を乾燥させたものに入れて持ち運ぶ。

ヨーグルトはミルクより少しだけ腐りにくいため、携帯にはこちらの方が向いている。ヨーグルトで作ったクリームスープはやや酸味があるが、爽やかでなかなか美味である。冷やして飲むのもいいが、山中は少し冷えるので、暖かいスープにした。

ソテーとスープと炙《あぶ》ったチーズを載せたパンが今夜の夕食だ。

お腹が空いたのでどれもとても美味しく感じる。

食事をしながら、レファは「すみません、お二人を山賊をおびき出す囮《おとり》にしました」と白状した。

近頃きのこダンジョン周辺では山賊が出没し、近隣の村人達は困っていたそうだ。

当然彼らは騎士団に陳情したが、最近騎士団は忙しく、被害も金品を奪われる程度。

山中に隠れ住む山賊を一網打尽《いちもうだじん》にするには、大規模な山狩りが必要となる。他に急を要する仕事が山ほどあるため、騎士団としては動けずにいた。

それでもレファは村人のために何とかしたいと、暇があれば冒険者ギルドできのこダンジョンに向かう依頼者を探していた。

そこに私とノアがやってきたというわけだ。

「危険な目に遭わせるつもりはなかったんですが……」

と反省していたが、レファがついてこなければ、私だけで山賊に対処せねばならないところだった。

「構いませんよ。むしろレファさんがいてくれてよかったです」

と答えておいた。

「無事に魔豚も捕らえられましたしね」

「レファさん、恰好よかったよ」

ノアは身近で見た騎士の勇姿を無邪気に喜んでいた。

我々三人が食べ終わった後、八人にも食事を与えた。

「さっきの毒じゃないだろうな」

と八人は警戒した。まあ、当然だと思う。

気絶した魔豚はその後、倒させて貰った。なんか怖いのでよく洗ってから食べようと思う。

「あれとは違う。まあ、食べろ」

悪漢らもお腹が空いていたのだろう。

おそるおそるスープを一口すすった後、夢中で食べ出した。

どんな時も、美味しい物を食べると少し気分がよくなる。炙ったチーズを載せたパンを頬張《ほおば》る男達の表情は綻《ほころ》んでいた。

その様子を見ながら、私は彼らに問いかけた。

「お前達、人を殺《あや》めたことはないな」

太刀筋《たちすじ》を見ると何となく、人を殺した者かどうか、分かる。

男達はおずおずと頷《うなず》いた。

「ああ」

「じゃあ、まだ引き返せる。罪を償《つぐな》え」

「……何も知らないくせに。俺達は金が必要なんだ」

男達のリーダーなのか、一人の男が、低い声で唸る。

南部訛《なま》り。

この土地の者ではないな。

「知ったところで私は同じことを言うだろう。ここにまっとうに住んでいる者に迷惑を掛けるな。

幸いゴーランは景気がいい。罪を償って人生を立て直すといい。労役は楽ではないが、給料も支払われる。その後もそのまま勤められ、前借りも可能。家族を呼び寄せることも、仕送りを送ることも出来る」

かつての職業柄、犯罪に関してはまず最初に調べた。地方によって思いがけないことが禁止されており、知らぬうちに犯罪を犯してしまうことがある。

ゴーラン領は殺人などの重犯罪には厳しいが、軽犯罪には手厚い社会復帰のフォローがある。

男達は大きく目を開き、色めき立つ。

「し、仕送りが出来るのか？」

「働けるのか？」

「かっ、家族と暮らせるのか？」

「山賊よりは稼《かせ》げるぞ。ゴーラン騎士団は強いからここじゃあ山賊は儲《もう》からない」

私は真面目《まじめ》に言ったのだが、男達はどっと笑った。

「違いねぇ」

「あの兄ちゃんも滅法いい腕前だしな」

「割に合わねぇや」

男達の食事の世話を終えて、レファとノアの側《そば》に戻ると、レファはしみじみ言った。

「リーディアさんの説得は彼らの心にしみたようですね」

「どうですかねぇ」

「いいえ、彼らはリーディアさんから、将来に対する希望を貰ったと思います」

レファは真《ま》っ直《す》ぐ私を見つめる。

「……リーディアさん、宿屋の前にはどんなお仕事を？」

問われた私は一瞬躊躇《ためら》ってから、答えた。

「……あなたと同じく騎士でした。セントラルの、ですが」

レファは少し目を瞬《しばたた》かせ、「そうでしたか」と静かに呟いた。

その後はしばらく沈黙が落ち、

「レファさん」

「リーディアさん」

私達が同時に相手の名を呼んだその時。

「ぶもー」

と魔物の雄叫《おたけ》びが夜の帳《とばり》を切り裂く。

またも魔豚が現れた。

「魔豚！」

「何故《なぜ》？」

魔豚は好戦的だが、ダンジョンの奥から滅多《めった》に出てこない魔物だという。

なのに、三頭もの魔豚が地響きを立てこちらに突っ込んでくる。

「ぶもぶもぶっっぶもっ！」

魔豚は一直線に捕らえた男達目がけ、突進してきた。

男達は泡を食ったが、縛り上げられているため逃れようがない。

「おっ、お前確か魔物寄せの粉を……」

「おっ、おう、持ってるけどよ」

「馬鹿！　さっさと捨てるんだ！」

男の一人が、慌ててポケットを探ろうとするが、縛られた腕では上手くいかない。

その間にも魔豚は男達に迫り、

「ひ……」

踏み潰されると思われた瞬間、

「ピーッ」

鋭い動物の鳴き声と共に、魔豚の巨体が吹っ飛ぶ。

現れたのは大型の鹿。

鹿は男達を守るようにすっくと立ち、魔豚を睨《にら》み付けている。

魔豚達は突然現れた乱入者に少々気勢が削《そ》がれた様子だが、突き飛ばされて転がった一頭がむっくり起き上がると、今度は鹿に牙を剝いて「ぶももっ」と突進していく。

鹿は上手くそれをいなしながら、我々から距離を取っていく。

よし、今だ。

「ノア、頭を抱えてその場を動くな」

私はノアにそう指示した後、素早く男達に駆け寄り、男の一人に尋ねた。

「魔物寄せの粉はどこだ？」

「右のポケットの中だ」

男は涙で顔をぐちゃぐちゃにしながら答えた。

私は彼のポケットを漁《あさ》り、魔物寄せの粉が入った小さな袋を取り出す。

取り出した瞬間、

「ピー」

と鹿が『寄越せ』と言うように鳴く。

私は「頼む！　レファ！」と彼女に袋を投げた。

鹿は袋を口にくわえると駆け出した。

案の定、魔豚の狙いはその粉らしく、鹿を追いかけていく。

「助かった……」

残された我々はほうっと息をついた。

「リーディアさん……」

ノアが駆け寄ってくる。ぱっと見、彼も無事なようだが、念のために尋ねる。

「ノア、大丈夫か？」

「う、うん。あの、リーディアさん、質問してもいい？」

ノアは気もそぞろに問いかけてきた。

「なんだ？」

「さっきの鹿、レファさん、なの？」

「そうだぞ。現にレファはここにいないだろう？」

私がそう答えると、男達の方がざわつき出した。

「あの鹿が人間？」

「間違いなく鹿だったぞ、見間違いなんかじゃない」

「だが、あの兄ちゃん、本当にいねぇ」

「尻尾《しっぽ》巻いて逃げ出したんじゃあねえのか？」

しばしの沈黙の後、一人が呟いた。

「……あの男、化け物だったのか？」

私はそいつの頭をぽかっと叩いた。

「いてぇな、姉ちゃん」

「レファは危険を顧みずお前達を助けてくれた。命の恩人を化け物と罵《ののし》るお前の方が、人としては最低の化け物だ」

そう言うと男はハッと我に返った。

「……悪かったよ」

「謝るのは私じゃない。レファに言え」

「あの、リーディアさん、レファさんは獣人族なの？」

ノアは好奇心が止まらないようだ。遠慮がちだが、ウズウズした様子でそう問いかけてきた。

「獣人族なんてよく知っているな、ノア」

「うん、ちょうど『世界の亜人種』って本で読んだんだ。獣と人間の中間の種族がいるって」

勉強家のノアらしい。

「そういう種族もいるみたいだが、彼女は多分人間だよ。ライカンスロープ、獣化の能力を持つ魔法使いだ。彼女からかなり強い魔力を感じただろう？」

「えっ、魔法使いなの？」

「そうだよ。ライカンスロープは魔素を使って己の体をメタモルフォーゼする魔法だ。古い伝承では、人の心の中には一匹の獣が住んでいて、その獣に変化すると言われている。大昔の魔法使いが強大な竜に変化し、大軍を蹴散《けち》らしたという逸話《いつわ》が残っている。聞いたことがあるだろう？」

「うん」

一見すると鹿に見えたレファの変身後の姿だが、実は少々おかしい。現実の牝鹿《めじか》には角はないか、あってもごく小さいのが普通だが、鹿のレファには立派な角が生えていた。

鹿に見えるが、架空《かくう》の生物、彼女の心に住んでいる獣なのだ。

「だが、変化の魔法は今では失われてしまっている」

「どうして？」

「百五十年位前まで、魔法使いはひどい迫害を受けていた。獣に変化出来るライカンスロープは特に魔物と怖れられて見つけ次第殺された。だから魔法使いの中でもとても数が少ないんだ」

変化の魔法は消失以前から最難関魔法として知られていた。

古文書に変化の魔法の呪文が残されているが、そこにはたった一行、「心を解き放ち、願うこと」と記されているのみである。

当然だが私が唱えても発動しなかった。

師匠に師事して習うというのが魔法の通常の修得方法だが、迫害の時代にその方法は失われた。

唯一残ったのは、血で伝わる方法だ。

魔法使いは親の得意魔法を生まれながらに受け継ぐことがある。

ライカンスロープは、親から子に、つまり偶然の遺伝に頼る、血統だけで伝わる魔法系統として残った。

私はライカンスロープの一族はすでに絶えてしまったと聞いていた。

だがゴーラン領主が密《ひそ》かに彼らを保護していたのだろう。

しかし、と私は舌を巻いた。

古い文献に書かれていた通り、ライカンスロープは強い。

怒り状態《バーサク》の魔豚三頭を相手に渡り合うのは騎士数名掛かりでも難しいのに、レファは一人で押さえ込んだ。

三十分ほどした後だろうか。

また「ぶもぶも」という声が聞こえてきた。

魔豚は我々には目もくれず、きのこダンジョンの中に戻っていった。

魔物寄せの粉は魔物を興奮状態にさせるという。

これを使うと珍しい魔物も寄ってくると、一部の冒険者の間では珍重されているが、一歩間違えると先程のように魔物を暴走させるため、ゴーラン領では使用が禁じられている。

ふと、気配を感じて振り返ると、林の中に二つの赤い点が光っている。レファの目だ。

おどおどとこちらを窺っているので、私は声を掛けた。

「レファさん、こっちに。テントの中に入って着替えなさい」

レファはただいま全裸である。

服はたき火の側に落ちていたので、テントの中に入れておいた。

レファ（鹿）は一瞬、ビクリとしたが、大人しくテントの中に入っていく。

しばらくしてからレファは人間の姿で出てきた。

「あの……リーディアさん……」

言いづらそうに何か言い掛けたが、私はレファに安眠効果があるリンデンのハーブティーが入ったカップを渡して言う。

「話は明日でいい。これを飲んで今日はもう寝なさい」

ものの本では獣に変化するのは大魔法に匹敵するほど消耗《しょうもう》するという。

「はい」

「それから、どうもありがとう。お陰で命拾いしたよ」

「ありがとう、レファさん」

とノアが言い、男達ももごもごと礼を言った。

「あの、ありがとう……」

「助かったよ」

レファはそれを聞いて、「はい……」と何だか泣きそうな声で頷いた。

＊＊＊

翌朝、我々は山を下りて、麓《ふもと》の村の自警団に山賊達を引き渡した。

レファが手続きする間、私は魔豚の解体を肉屋に依頼した。

魔豚の解体が終わった頃にレファの用件も片付き、我々は手分けして馬に肉を乗せ、家路についた。

荷物もあるので、レファは我が家まで来てくれるそうだ。

昨日と今日の二日間酷使《こくし》したオリビアとレファの愛馬ルビーの鞍《くら》を下ろし、牧草地に連れて行ってやる。

二頭は楽しげに牧草地を駆け回る。まるで二頭でダンスを踊っているようだ。

その光景を見て、レファが目を細めた。

「ああ、いいですねぇ」

「うちのオリビアとルビーは仲がいいようですね」

「はい、友達と一緒で楽しそうです」

ルビーは牝馬《めすうま》にしてはガタイのよい綺麗な馬だ。何となく主《あるじ》のレファに似ている。

「最近、ルビーは町の小さな厩舎《きゅうしゃ》で窮屈《きゅうくつ》な思いをしていたから、今日はとても嬉《うれ》しそうです」

「ああ、そうでしたか、それはよかった」

騎士団本部なら専用の厩舎も運動場もあるが、フースくらいの規模の町の騎士団詰め所にそんな立派な設備はない。

馬は運動不足になりやすい。

レファがもう少し馬を見ているというので、後は彼女に任せ、私は先に家に戻らせてもらう。

「さて」

手早く着替えた私はキッチンで腕をまくった。

これから早速、魔豚を料理するのだ。


前菜はきのこのマリネ。

鍋に少々のオリーブオイルを敷き、きのことニンニクを入れ、旨《うま》みを出すため焼き色がつくまで炒める。その後オリーブオイルとローリエ、塩、酢を入れてひと煮立ち。二時間ほど味を馴染《なじ》ませれば出来上がりだ。

二品目はグリーンサラダ。

昨日収穫されなかった畑の野菜が出番を待っている。間引きした人参を使った人参ドレッシングをかけて食べよう。

そして今日の主役は魔豚を使った肉料理だ。

まず魔豚を包丁で叩いて挽肉《ひきにく》にし、そこにみじん切りにした玉葱、ニンニク、マッシュルーム、粗く刻んだトマトを加えてフライパンで炒める。肉に火が通ったら小麦粉、フォンドボー、オレガノなどの香草、塩、胡椒を加え、十分ほど煮込むとミートソースが出来上がる。

ミートソースを茹《ゆ》でたパスタの上に載せると魔豚のミートソースパスタは完成だ。

もう一品はきのこ、ズッキーニ、コーン、トマトにインゲンといった夏野菜を厚めにカットした魔豚肉と一緒にオーブンでカリッと焼いた魔豚のグリル……。

レファが馬小屋から戻って来た頃、料理も出来上がった。

いつもの食事の時間より少し早いのだが、私もノアもレファもお腹が空いている。

まだ食堂に客は誰もいないので、皆揃《そろ》って食堂で夕食をとることにした。

きのこも魔豚も非常に美味だった。

特にミートソースのパスタは子供達に大受けで、二人ともおかわりした。

ブラウニー達にも小さな皿に料理を分けた。

キッチンに小皿を置いたのだが、ブラウニー達はわざわざ移動して食堂の隅で食べている。

人嫌いのブラウニー達だが、レファは別らしく、気にせず姿を見せている。

レファも「妖精がいるんですね」とまったく動じない。

賑《にぎ》やかな食事が終わった頃、チリリンとベルが鳴って馴染みの客がやって来た。

「おっ、今日はリーディアさん、いるな？」

「いらっしゃい、帰っておりますよ。今夜のメニューはきのこと魔豚です」

「そりゃ旨そうだ」

さて、宿屋の仕事を始めるとしよう。

＊＊＊

「では私はこれで失礼します」

夕食後、町に帰ろうとしたレファだが、愛馬のルビーが馬小屋から出ようとしない。

オリビアも寂しげに鳴くので、私は思わずレファを引き留めた。

「今日は泊まっていって下さい、レファさん」

「いいんですか？」

「はい、ぜひそうして下さい」

「ありがとうございます。あ、お代はお支払いします」

「いや、レファさんにはお世話になりましたから、結構ですよ」

それでは気が済まないとレファが言うので、給仕や洗い物を手伝って貰うことにした。

壊滅的な料理センスとは裏腹に、レファは洗い物をそつなくこなし、給仕をすれば、

「きゃー」

とキッチンまで黄色い悲鳴が届いてくる。

何故かデザートの注文が多かった。

今日のデザートは宿の人気メニュー、壺プリンである。

帰宅早々、ガッチリ働いて疲れたが、きのこと魔豚は美味しく、久しぶりの遠出は楽しかった。

風呂で汗を流し、自室で少し飲もうとワインボトル片手にいい気分で階段を上がると、丁度レファがいた。

「レファさん」

「リーディアさん」

「ちょうどいい、私の部屋で飲みませんか？」

私は彼女を酒に誘った。

「リーディアさんは私が獣化したのに驚かなかったですね。冷静に対応して頂き、とても助かり

ました」

レファは酒を飲みながら、私に頭を下げた。

「そう言って貰えるのは光栄ですが、あの時は私も驚きましたよ」

「そうなんですか？　全然そうは見えませんでした」

「すごく驚きました。ライカンスロープの変化を見たのは初めてだったので、正直に言うととても興奮しました」

「ああ、一族のことをご存じなのですね」

「はい。本で読んだ通りでした。既に家系は絶えてしまったと聞きましたが……」

「領主様に騎士として取り立てて頂き、何とか今まで続いております。ですが一族は減り、もう変化出来るのは私だけになっております」

「そうでしたか」

レファはグビッと酒を飲む。

頬がほんの少し紅潮し、リラックスした姿は、私もドキッとするほど色香を振りまいている。

ただし、女性には見えない。

「このままですと、私の代で一族は終わってしまいます。それが心苦しく、今からでも女性らしくしてみようと料理をしてみたのですが、残念ながらあの結果です」

あの料理はレファなりの婚活だったらしい。

「私もリーディアさんくらい胸が大きく、料理が得意だったらよかったのに……」

酒のせいなのか、レファはポロリと愚痴《ぐち》をこぼす。

そんなレファに私はあの時言えなかった言葉を告げた。

「レファさん、私はあなたが羨ましいですよ」

「えっ」

レファは戸惑ったように私を見つめる。

「確かに料理人は人を笑顔に出来る素晴らしい職業でしょう。だが騎士は人々の笑顔を守る職業です。それは誇っていいことだと思います」

私はもう騎士としては働けない。

だがレファは現役の騎士だ。

「あなたは昨日あの男達を助けることになんの躊躇《ちゅうちょ》もなかった。かつては私もそうでした。相手が誰であろうと身を挺《てい》して人を守った。そして私にはその力があった」

あの時、私は王太子殿下《おうたいしでんか》でなかったとしても、同じように庇ったはずだ。

それは、私が騎士だったからだ。

実際に出来ていたか分からないが、私は騎士として高潔であろうとした。

「…………」

レファは一心に私を見つめている。

「古い文献にはライカンスロープは勇気の具現と書かれています。人を守りたいという勇敢な心が、魔法使いを獣に変化させると」

「リーディアさん……」

「魔法使いの端くれとしては、レファさんの勇敢な心を認めてくれる相手に出会って欲しいと思います。ライカンスロープの血統が終わっても、人の心に勇気がある限り、次のライカンスロープはきっとどこかで生まれます。だからレファさんの人生をレファさんらしく生きて欲しい、私はそう願っています」

＊＊＊

翌朝、レファはちょっと吹っ切れた様子で、

「また来ます」

と愛馬と共に町に帰っていった。

……そして彼女達はまた夕方やってきた。

話を聞くと、仕事を終えたレファが帰ろうと愛馬ルビーに乗ると、ルビーはそのままたったかと我が家まで走って来てしまったらしい。

「あのう、すみません、少しオリビアと一緒に過ごせば気が済むと思いますんで、そうしたら帰りますから……」

レファは恐縮している。

確かにオリビアとルビーはとても仲がよい。

考えてみればオリビアはここに来てずっと一頭暮らしだったから、少し寂しかったのだろう。

ルビーもかなり活発な馬なので、運動不足は辛いだろう。

そう思うと、この二頭を引き離すのは何だか気が引けた。

私はレファに打診してみることにした。

「あの、レファさんさえよければなんですが、うちに下宿しません？」

「は、えっ、そっそれはありがたいですが、いいんですか？」

「はい。ルビーがいれば通うのは大丈夫でしょうし、何よりうちのオリビアが喜びます」

「あの、すごく、嬉しいです。私もリーディアさんと一緒に暮らせたらなと思ってました。とっ、友達になって貰えますか？」

「はい、是非！」

女友達は今まであまりいなかったから、私も嬉しい。

夕食の支度があるので、レファと私はキッチンで話をしていた。

そこにアルヴィンがやって来た。

「リーディア」

「あ、団長？　どうしてここに？」

「レファ・ローリエか？　どうしてここにお前がいるんだ？」

二人は同時に同じことを尋ねた。

「レファさんはうちの下宿人になったんですよ」

と私はアルヴィンに説明した。

「下宿人？　なんで？」

「彼女の馬のルビーがうちのオリビアと仲がいいので、そのご縁ですね」

今度はレファが問いかける。

「あのう、団長とリーディアさんはどういうご関係で？」

「ええと……」

どう説明してよいやら。思い惑う私にアルヴィンが胸を張って答えた。

「リーディアは私の恋人だ」

いいのか？　バラして。

「恋人なんですか」

レファはショックを受けたようだ。

確かにアルヴィンはゴーラン領のトップにして騎士団の長でもある。そんな大人物が、鄙《ひな》びた宿屋の主人と関係していると思うと……。

「私は私らしく生きるために、リーディアさんと二人、ここで楽しく生きていこうと思っていたのですが、お邪魔でしたか……」

と、レファはそっちではない方を気に病んでいた。

「邪魔ではないですし、それは楽しそうだなと思います」

「本当に邪魔ではないですか？」

「もちろんです。ノアやミレイ、キャシーやオリビア、ルビー、皆で暮らしていきましょう」

「リーディアさん……」

上手くまとまりそうだったのに、アルヴィンが口を挟んでくる。

「リーディア、どういうことだ？　ローリエはこう見えて女性だぞ」

「もちろん知ってますよ。それより夕食はどうします？　今日は魔豚のパイ包み焼きですよ」

「魔豚か？　それは旨そうだな。もちろん食べて泊まっていく。後できっちり話を聞かせてくれ」

＊＊＊

夕食が終わり、諸々の片付けの後、レファも自室に引き上げ、アルヴィンと私は共に私の私室に向かった。ここなら話が漏《も》れることもない。

部屋に入るないなや、アルヴィンは、

「聞かせて貰おう」

と言った。

私がレファと共にきのこダンジョンに行ったことを話すと、アルヴィンはため息を吐《つ》いた。

「『見た』のか？」

「見ました。彼女、ライカンスロープなんですね」

「ああ、うちのひいひいじいさんの代に流れ着いて、それからゴーランで暮らしている一族だ。あの力を差し置いても、レファ自身もいい騎士だ」

とアルヴィンはレファを褒《ほ》めた。

ライカンスロープはかつて我々魔法使いが弾圧される切っ掛けとなった存在だ。

ライカンスロープは、いや魔法使いは、強い感情が心の獣を呼び起こし変化すると言われているが、それは正義の感情だけではなく、負の感情でも獣化は引き起こされる。

かつて負の感情から獣となった魔法使いが、多くの人を殺めた陰惨な事件があったそうだ。それから魔法使いの弾圧が始まった。

魔法使いは殺されたり、奴隷《どれい》としてひどい労働に従事させられ、その数は大幅に減少した。

だがそうして魔法使いが減ると今度はダンジョンから多くの魔物が溢れ出した。

人々は魔物に怯《おび》え暮らしていたが、ある時一人の若者が仲間と共に当時一番大きく一番強い魔物がいたダンジョンに向かい、ダンジョンを消滅させた。

そのダンジョンを消滅させた若者というのが、魔法剣士だった勇者アルヴィンだ。

それ故、アルヴィンは私に尋ねた。

「レファ・ローリエが怖くはないのか？」

「まったく怖くないとは言えませんが、結局のところ、心に住むという獣を『精霊』にするのか、『魔物』にするのかは私達一人一人の心がけ次第なのではないでしょうか。だからなおのこと、彼ら獣化の魔法使いライカンスロープは勇気の化身なのだと思います」

レファは己の心の弱さに打ち勝っている。

アルヴィンは力強く頷いた。

「そうだな、俺もそう思う」

「…………………」

アルヴィンは私の私室を見回し、急に決まり悪げな表情になった。

はて？　と思って私も自室を見回したが、ベッドがあり、書き物をするための机があり、本棚があり、クローゼットがある。

ごく普通の部屋であろうと思う。

椅子は一つしかないので、アルヴィンに椅子を譲り、私はベッドの上に腰掛けていた。

「なんですか？」

「いや、母の部屋以外の女性の私室に入った経験があまりなくて、緊張している」

さっきはこの人、結構強引に私の部屋に入り込んだんだが、今は借りてきた猫みたいになっている。

「付き合った女性はいらっしゃらなかったんですか？」

「恥ずかしながら部屋に招かれるような関係になれたのは君だけだ」

「そうですか」

辺境伯《へんきょうはく》はもっと華やかなイメージがあったが、意外とそうでもないな。

まあ人のことは言えないが。

ともかく無事に誤解（？）が解けたので、酒でも飲もうということになった。

「何がよろしいですか？」

我が家は宿屋である。

高級酒はないが、一通りの酒は置いてあるのだ。

「ビールは？」

「ありますよ」

答えながら、少々意外に思う。

ビール、蜂蜜酒《はちみつしゅ》、林檎酒《りんごしゅ》辺りは庶民の酒と言われ、貴族はワインを好む。

私はどっちも好きだが。

「夏はビールが飲みたくなるんだ」

庶民派の領主様である。

「おつまみは何が？　リクエストがあれば作りますよ」

「君は何を食べるつもりだ？」

そう問われて私は「うーん」と考える。

夕食のメインデッシュは肉だったからあっさり系がいいな。

「きのこのマスタードマリネと野菜スティックとチーズ」

「私も同じで」

「軽いものですがいいんですか？」

「さっき旨い魔豚肉を食わせて貰ったからな」

「あ、やっぱり」

アルヴィンと私は同世代である。肉は好きだが、食べ過ぎると胃もたれする。

キッチンに降りようと立ち上がると、アルヴィンが「手伝う」と付いてきた。

「いいんですか？」

宿には今日も客がいる。見つかったら大変じゃないか。

「誰か来たらすぐに隠れるから大丈夫だ」

なるほど。

私がキッチンで調理する間、アルヴィンには畑に行ってラデッシュとトマトを収穫するよう頼んだ。

「ラデッシュ？」

「あのアルヴィンが好きな丸くて赤いダイコンです」

「ああ、あれか」

昨日作ったきのこのマリネは四、五日保存が利く。当日食べるより二日目か三日目の方が味がしみて美味しいのでたくさん作っておいたのだ。

きのこのマスタードマリネは、そのきのこのマリネにマスタードを絡《から》めたものである。結構好みが分かれる味なので宿のメニューでは出さないが、私は好きだ。

夜なのにブラウニー達がわらわらと出てきて収穫した野菜を洗い始めた。

人参にラデッシュにトマト。自慢の野菜を切ったものと、チーズの盛り合わせ。

基本的に切って盛るだけのメニューなので、調理はすぐに済み、ブラウニー達の分はいつもの皿に載せ、アルヴィンは「少しならよかろう」とその隣にビールを注《つ》いだ杯を置いた。

我々は自分達のつまみと酒を持って部屋に戻る。

つまみと酒をテーブルに並べると、アルヴィンはきのこのマスタードマリネから食べ始める。

「……マスタードが効いていて旨いな」

好評らしい。

他愛《たわい》もない話をしながらの酒宴は続き、最後に皿には一本の人参のスティックが残った。

「アルヴィン、どうぞ」

と私は彼に譲ったのだが、

「ではこうしよう」

アルヴィンは人参のスティックを手に取り、パキンと半分に割った。

「これで二人とも食べられる」

「そうですね」

貰った人参を食べながら、私は考えた。

付き合って四ヶ月。

私の計画ではそろそろ破局している予定なのに、我々はまだ付き合っている。

もし。

もし、私がまだ魔法騎士だったら、アルヴィンの役に立てただろう。国内最強と讃《たた》えられた魔力はこのゴーランの益になったはずだ。

そうしたらもう少し惨《みじ》めな気持ちにならず、アルヴィンとの未来を考えられたかもしれない。

けれど今の私は何もない。

失ったものに対する未練が私の胸をざわつかせる。

しかし、そもそも引退しないとゴーランに来ることもなかった。アルヴィンに会うこともなかったのだ。

そう考えると人生というものは不思議だ。

見上げるとアルヴィンと目が合う。

「なんだ？」

「……何でもないです」

多分、もう少しで彼との付き合いも終わる。

でも人参美味しいから、とりあえず今はそれでいいや。

そう思いながら、私は最後の一切れを飲み込んだ。

＊＊＊

こうしてレファは我が家で暮らし始めた。

私達もオリビアもルビーも幸せ、なのだが、一頭だけそうではないものがいた。

アルヴィンの愛馬、フォーセットである。

額に白い星が浮かぶ黒馬で、力が強く足が速い。非常に優秀な軍馬である。

そのフォーセットは出会ってからずっとオリビアに求愛している。繁殖に牝馬《ひんば》を宛《あ》てがわれても拒否するというのだから筋金入りである。しかし当のオリビアは一向になびく気配がない。

オリビアとルビーが仲良さげに毛繕《けづくろ》いしあう姿を見て、フォーセットはショックを受けた。

「ぶるるっ」と不満げに鳴いてアルヴィンに訴えかける。

「フォーセット、すまないが、俺にはどうすることも出来んよ」

人の恋路を邪魔する奴は馬に蹴られて死ぬという。

領主とて介入出来ない領域があるのだ。

＊＊＊

ゴーラン騎士レファ・ローリエに捕らえられた山賊達はその後、軽犯罪を犯した者達が収容される作業場に移送され、刑に服することになった。

場所はダンジョン近くにあるゴーラン領直轄の果樹園である。

果樹園では様々な果物を作っているが、男達の担当はオレンジになった。

そこでの生活は男達が驚くほど快適だった。三度の食事に、朝食後から適宜休憩を挟み、日が落ちるまでと労働条件もしっかり守られている。

個室ではないが、一人に一つずつのベッドが割り当てられている。

簡素なものだが、しばらく野宿で過ごしていた男達にとっては天国のような寝心地だ。

当然看守はいるが、受刑者に威張り散らすようなこともない。

あの時の女が言った通り、山賊より余程いい暮らしだった。

男達はこの国の南部の出である。

南部で始まった徴兵《ちょうへい》を逃れるためにゴーランに流れ着いたのだ。

南部は国境を接する国、スロランと戦いが続いており、兵力が足りない。

南方辺境伯はついに領内の一般市民から追加の徴兵を始めた。

それまでも南部では数年の徴兵が義務付けられていたが、今度はその務めを終えた者も対象だ。

領内の年寄りから少年まで、片っ端から集められている。

男手を取られた村や町がますます疲弊《ひへい》することは、辺境伯も十分に理解していた。苦渋の決断である。

それが南部のためなら仕方ないと思える。

だが、徴兵されてもろくな装備もなく、すぐに前線に向かわされる。死にに行くようなものだと分かりきっていたので、男達は逃げたのだ。

家族もこれしかないと送り出してくれたが、残された彼らがどうなっているのか、男達には知る術《すべ》もない。

服役中ではあるが、働くと給料が支払われる。子供の小遣い程度の金だが、それで施設内にある売店で買い物をするのが多くの収容者の娯楽だった。

だが男達はそれをほとんど使わず貯めている。

いずれ服役が終わり、家族と会える日のために。

男達が働き出してひと月が経《た》った頃、妙なことが起こった。

受刑者も看守も、何だか果樹園中が揃ってそわそわと落ち着かない。

「今日はリーディアさんが来るらしい」

「今日は何かな？」

まるで祭りの時の子供のように彼らはワクワクしている。

男の一人は『リーディア』という名に聞き覚えがあった。

金色の髪で空のように薄い青色の瞳をしたあの女の名だ。

肝《きも》の据わった女性で、レファとかいう若い滅法綺麗な顔をした旦那《だんな》を尻に敷いていた……と思ったが、レファは女性だそうだ。

一体彼らはどういう関係なのか？

二度と彼らと会うことはないだろうし、真相は闇の中だなと男は思う。

果樹園の入り口のベルが鳴り、看守が応対に出る。

「おお、リーディアさん」

たまたま入り口付近で作業していた男は、彼らの会話を聞くともなしに聞いた。

いや、『リーディアさん』とは一体何者なのかと自分から聞き耳を立てた。

「お勤めご苦労様です。慰問品《いもんひん》です。どうぞお受け取り下さい」

声はあの時の女に似ていた。

女性にしては少し低めで、何より落ち着いている。

覗《のぞ》き込《こ》んでみたが、男からはリーディアの姿はどう頑張っても見えなかった。

「こりゃ、ご丁寧に。いつもありがとうございます」

リーディアは看守に何かの箱を渡すと、

「では失礼します。看守さんもお体に気を付けて」

すぐにさっさと帰って行く。

箱の中身は夕食の時に分かった。

いつもの食事に小さな小皿が付いた。

砂糖漬けしたオレンジの皮だ。端っこにちんまりと黒い塊が付いていた。

男達は訳が分からなかったが、他の連中は「今日はオレンジピールのチョコレート掛けか」と喜んでいる。

オレンジは自分達で作っているから、分かる。

だが、この黒いのは何だろう？

男達が不思議そうな顔をしていたのに気付いたのだろう。

看守が教えてくれた。

「慰問品だよ。旨いぞ。食べてみなさい」

勧められて男達はおそるおそる口にする。

それはとても美味しかった。

砂糖は甘く、オレンジの酸味は爽やかで、それからチョコレートと呼ばれた黒いものは初めて食べたが、とても不思議な食べ物だった。

今まで食べたものに当てはめることが出来ない。甘くて旨い謎のなにかだ。

「一月に一度、慰問の品を差し入れしてくれる人がいるんだ。自分達がどんなものを作っているのか、分かった方が励みになるだろうと言ってね。お前達は旨いオレンジを作っているだろう？」

「ああ……」

男は頷いた。

南部でもオレンジの果樹園はある。

だがそこで作るオレンジは、大事な収入なので、南部の人間は口に出来ない。中央に売られていくだけだ。

果樹園に連れてこられ、男は初めてオレンジを食べた。

「彼女はこの仕事をね、大地から恵みを頂く、立派な仕事だと言ってくれるよ」

看守は誇らしげに言った。

「この黒いのは？」

「別の作業場で作っているチョコレートというものだ」

「そんな作業場があるのか……」

「色んな作業場があるのさ。罪を償ったら、ここで覚えたことを生かして働いてみるといい」

「働けるのか？　ここで」

「もちろんだ。ここの隣は刑期の明けた者達の作業場だし、まったく違う別の作業場を斡旋することも出来る」

「随分、好待遇だな。俺達みたいな犯罪者も雇ってくれるなんて」

男が言うと、看守はきょとんとする。

「ここはダンジョンに近いからなぁ。絶対に安心という訳じゃない。それに少しでも腕に覚えがある奴らはダンジョンに潜りに行く冒険者になっちまう。こういう地味な仕事はあまり人気がないんだよ」

「そうなのか」

南部にダンジョンはない。

知らない話ばかりだ。

「冒険者は儲けはいいが、不安定な職業だからな。長く働きたいなら、こういう仕事もいいぞ」

と誘いを掛けられた。

「そうだな。時々、旨いものも食べられるし」

『リーディアさん』はどこの誰なのだろう。

指に付いた砂糖を舐《な》めとりながら、男は思った。行儀は悪いが甘い物は貴重なのだ。

どこかで料理屋でも営んでいるのだろうか？

あの時食べた食事も旨かった。

いつか、また彼女の作った料理が食べたい。

出来れば家族にも食わせてやりたい。

出来ることから少しずつ、やっていこうと男は思った。

まずは真面目に働いて、刑期を無事に終えよう。

旨いオレンジを作れば、きっとリーディアは喜ぶだろう。

男達は家族を置いて逃げ出した。それは生き延びるためなのに、生きる意味を忘れ、生きているだけの山賊になった。

あのままなら、落ちるところまで落ちて人を殺めてしまったかも知れない。

最低の『化け物』に成り果てるところだった。

レファはそんな自分達を救ってくれた。

男は少し晴れ晴れした気分で、あの時、男達にきのこ入りのスープを配りながら、リーディアが言った言葉を思い出した。

「人はな、腹が減るとろくなコトを考えない。だからまず食え！」

第八章 騎士の愛とビーフシチュー

会えば会うほどリーディアに惹《ひ》かれていく。

「アルヴィンと呼んでくれ。リーディア」

クルミの木の下で二人きりになった時、アルヴィンはリーディアを抱き締めた。

アルヴィンとしては一世一代の告白だったが、その後が締まらなかった。

「あのー、アルヴィン様、もう行かないと」

とデニスが迎えに来て、

「いや……」

今、忙しい。

アルヴィンは抵抗しようとしたが、優秀な元魔法騎士のリーディアが先に反応する。

「そうですね。早く出立しないと日が暮れてしまう」

確かに夜に馬を駆るのは非常に危険だ。騎士なら出来る限り避けなければならない行為だった。

南部がきな臭《くさ》い。

ゴーラン伯爵《はくしゃく》アルヴィン・アストラテートが今、怪我《けが》など負っては大変なことになる。

アルヴィンは後ろ髪を引かれる思いで騎士団に戻った。

すぐに楡《にれ》の木荘に行きたかったが、春は何かと多忙で、アルヴィンは仕事漬けの毎日を送ることになる。

どこの地方でもそうだろうが、春の祭りは盛大に執り行われる。

町では精一杯のご馳走《ちそう》を用意し、このために仕立てた華やかな衣装を身に纏《まと》い、賑《にぎ》やかにダンスを踊り、皆で春の訪れを祝うのだ。

そんな祭りに領主が顔を出すというのは、ことのほか喜ばれる慣わしだった。

アルヴィンは時間が許す限り、町々で催される祭りに足を運んだ。

しかし。

「フースか……」

フースはリーディアの営む宿屋に一番近い町だった。彼女が町の祭りに参加する可能性は高い。

リーディアはまだアルヴィンの正体を知らない。

早く言わなくてはと焦る一方、ただの騎士として気安く接する関係が心地好《ここちよ》く、このまま知られたくないと思う。

リーディアがどう出るか読めないこともアルヴィンを躊躇《ためら》わせる要因の一つだった。

リーディアは、明らかに前職を知られることを怖れている。再び表舞台に立つことも望んでいない。

機動力はかなり高いので、知らない間に行方をくらまされるかも知れない。

そう思うと安易に打ち明けられないアルヴィンだった。

行こうか行くまいか。

逡巡《しゅんじゅん》するアルヴィンだったが、フースの町だけ祭りの参加を取りやめるなどということはあり得ず、アルヴィンはフースの町に向かった。

祭りの最中、リーディアを見かけることはなかったが、アルヴィンからは分からなくても、リーディアは領主を見たかも知れない。

祭りの数日後、アルヴィンは内心激しく動揺しながら楡の木荘を訪れたが、リーディアは普段通り出迎えてくれた。

おそるおそる尋ねてみても、領主は見ていないという返事だった。

リーディアの料理の腕前は町でも評判で、領主の誕生日の献上菓子を作ることになったらしい。

アルヴィンは二十八歳になる。

誕生日を迎えるのはあまり嬉《うれ》しくない年齢なので例年大した感慨はなく、率直に言って献上品にもそれほどの興味はない。

民に負担がかからないようにと、そちらの方が気掛かりだ。

だが、今年はリーディアが菓子を作ると聞いて嬉しかった。

リーディアはあくまで町から依頼されただけで、贈る相手もアルヴィンではなく、『領主』だが、アルヴィンにとってはリーディアからの贈り物だった。

彼女が作ったのは、マドレーヌとチェリーボンボン。

どちらも初めて食べた。

マドレーヌの方は似たような菓子はゴーランにもあるのだが、貝殻の形が洒落《しゃれ》ていて、サックリと軽い歯ごたえ。隠し味のレモンが効いている。好きな味だなと思った。

チェリーボンボンの方は……。

密《ひそ》かにゴーラン領が売り出そうとしてるカカオ豆を使ったものだった。

その価値は黄金と等価というカカオ豆だが、国内では大商会アクアティカスが流通を一手に握っているため、周辺国と比べても高く設定されている。

それでもチョコレートはじわりじわりと貴族階級を中心に人気が高まっている。

ゴーラン領でも最近ダンジョンの地熱を利用して生産が始まったが、まったくノウハウがないため、どう売り出すかが悩みの種だった。

苦肉の策で町々に配った分が、巡り巡ってリーディアの手に渡ったらしい。

見た目はひどい。到底食べ物には見えなかった。

愛するリーディアの勧めでなければ食べなかったかも知れない。

だが思い切って口にしたチェリーボンボンはとてつもなく美味《おい》しかった。

甘さとほろ苦さが絶妙なバランスで、キルシュに漬けたチェリーとよく合う。

アルヴィンは「これは売れる」と確信した。

ただ見た目から敬遠する者はいるかも知れない。なるべく多くの者に試食させ理解を得たい。

リーディアは快く追加発注を引き受けてくれた。

前回、告白が中途半端に終わったのは、痛恨の極みである。アルヴィンはもうちょっと踏み込んだ関係を構築したい。

そこで、「では欲しいものはないか？」と聞いてみた。

「特に欲しい物などない」と言うリーディア相手にアルヴィンはめげずに食い下がってみたもの

の、彼女はますます困ったような表情になっていくだけだった。

唐突にされた精霊と牛の間に子供が生まれた話は興味深く、アルヴィンは思わず聞き入ってしまったが、本当に伝えたいことは、ただ一つのこと。

「私は、君が好きなんだ」

どうにか思いを打ち明けると、リーディアは頬《ほお》を赤らめた。

普段は見せない表情が可愛らしくてアルヴィンの口元がほころぶ。

デニスにはすぐに指摘されたし、事情を打ち明けてない側近からも「なんか最近アルヴィン様、ご機嫌ですね」と言われるくらい様子が違っていたので、リーディアにも想いは薄々気づかれているのかと思いきや、リーディアはアルヴィン同様、恋愛沙汰《ざた》に疎《うと》いらしい。

「かつ、からかわないで下さいよ、アルヴィン様」

恥ずかしがって逃げ出そうとするが、アルヴィンは彼女の手を摑《つか》んで離さなかった。

アルヴィンはこの上なく楽しい。

リーディアを見ていると心が弾む。

胸の辺りが温かくなって、嬉しさと共に何故《なぜ》か切なくなる。

恋はするものではなく落ちるものというが、「これが恋なんだろう」とアルヴィンは思う。

リーディアを抱き寄せると彼女は驚いたようだが、抵抗はしなかった。

抱き締めるとリーディアの体は想像より小さかった。

女性にしては背が高く、存在感があるので背丈以上に大きく見える。

だが、腕の中の彼女は小さいと感じた。

「リーディア……」

愛《いと》しさがこみあげてくる。

リーディアの一人で何でも出来るところが好きだが、同時に強く守ってやりたいと思った。

二人の顔が近づく…………。

だが「あのー」とまたもデニスがやってきて時間切れとなった。

デニスとて二人の邪魔をするつもりはない。むしろ彼はアルヴィンの一番の協力者を自認しているが、今は本当に多忙な時期だった。

今日も絶対に朝までに戻るという約束で抜け出してきたので、急いで領都に向かわねばならない。

アルヴィンは渋々帰ることにしたが、次こそはきちんと時間を取って素性を打ち明けようと決意した。

リーディアと生涯を共にしたい。

アルヴィンは次にリーディアと会う時、求婚するつもりだった。

――のだが。

＊＊＊

「何しに来たんですか？」

一週間後にアルヴィンがリーディアを訪ねると様子が変わっていた。

ついにアルヴィンの正体がばれたらしい。

リーディアはフースの町の役場に出入りしていた。あそこには領主の肖像画も飾ってある。十分予測出来ていたことだったので驚きはないが、思った以上にリーディアはよそよそしいというか、面倒くさいと言わんばかりの態度だった。

媚《こ》びへつらわれるよりはいい、何よりリーディアらしい。

しつこく「然《しか》るべき貴族のご令嬢」とやらとの結婚を勧められたが断った。

アルヴィンの事情はなかなか複雑で、王妃派はもちろん、ゴーラン領の繁栄を妬《ねた》む者達は数知れない。

そんなアルヴィンの妻子には命の危険すらある。貴族なら当然するはずの結婚をアルヴィンとその周囲が諦《あきら》めたのは、盤石な態勢を整えてからでなければ結婚出来なかったからだ。

アルヴィン自身も恋愛というものをどうにも苦手にしていた。

妻や子に対する愛が優しかった叔父《おじ》を狂わせたのではないか。そう思うと、恋に落ちるのが怖かった。

若くして継いだ領主の地位は重く、結婚よりも領の経営が優先というのもアルヴィンにはむしろ都合がよかった。

アルヴィンはもうリーディア以外と結婚するつもりはない。リーディアに振られたら、彼女に言ったように後継者を育てて自分は独身でいるつもりだ。

「…………」

リーディアは実に疑り深そうな目でこっちを見る。

そういうところも好きなのだから、かなり重症だなとアルヴィンは一人、笑った。

＊＊＊

その日は楡の木荘に泊まり、ついにアルヴィンは念願のビーフシチューを食べた。

これは楡の木荘の看板メニューなのだが、月に数回しか作らないため、タイミングが合わずアルヴィンは一度も口にしたことがなかった。

ブラウンソースの濃厚な香りがキッチン中に漂っている。子供も妖精もシチューが皿によそわれるのをわくわくしながら待っている。よく煮込んだ牛肉は柔らかく、旨《うま》みが凝縮されている。

アルヴィンはビーフシチューの前段階のフォンドボー作りを手伝ったことがあるが、フォンドボーを作った後、さらに五日も煮込んで作るそうだ。そう聞くと、一層味わい深い。

「とても旨い」とアルヴィンが味の感想を述べると、リーディアは少し照れたようにはにかんで、「ありがとうございます」と言った。

翌日は朝食を食べてすぐに楡の木荘を発《た》ち、領都に戻るべくアルヴィンとデニスは馬を走らせていた。

領都まではかなり遠く、よい軍馬を補助魔法の能力強化で「持たせて」丸一日掛かる。

上機嫌で馬を駆るアルヴィンだが、併走するデニスの表情は暗い。

普段穏やかなデニスが塞《ふさ》ぎ込《こ》む理由は、楡の木荘を出る前にアルヴィンが手短に告げた「結婚は無理だったが、恋人として付き合うのは了承してくれた」という言葉だ。

デニスはアルヴィンの一つ年下で、領内では名のある家の女性を紹介され結婚し、子供が一人。政略結婚に分類されるだろうが、それなりに交流を重ね恋人となり仲を深めた結果である。

つまり恋愛に関してデニスはアルヴィンの先輩だ。

遠距離でお互い多忙な男女が付き合う。一番別れるパターンである。

一歩進んだと見せかけて、実は後退。

破局する未来しか見えない。

デニスはアルヴィンの右腕となるべく幼少から共に育った幼なじみでもある。長い付き合いなので、アルヴィンが意外と奥手なこともよく分かっている。

だがアルヴィンは恋愛に浮かれていても愚かな人間ではない。中央貴族から貪狼《たんろう》と呼ばれるほど抜け目のないアルヴィンならもっと強引にことを進めたはずだし、普段の彼なら当然そうする。

適当な小川を見つけ、馬に水を飲ませてやりながら、アルヴィン達も昼食を取る。食事はリーディアが持たせてくれたサンドイッチだった。

「何か聞きたいことがあるみたいだな」

恋人お手製の弁当を食べながら、アルヴィンはデニスに言った。

水を向けられたデニスは思い切って聞いてみた。

「アルヴィン様なら無理強いじゃなく交渉で結婚に持ち込むくらいわけないのに、どうして恋人で妥協したんですか？」

結婚したとしても離婚という形で別れることもある。だが、「付き合う」なんてただの口約束はもっと別れやすい。

アルヴィンはこういう時、勝算の低いやり方を選ばない。大胆に見えて陰でコツコツと勝率を稼《かせ》ぐ努力を惜《お》しまないからゴーラン領の政策は当たるのだ。

「合理的、いえ、実利主義なアルヴィン様のやり方とは思えません」

きっぱりそう言い切ったデニスにアルヴィンは言い返す。

「領内は何事もこちら側の有利になるように整えないと、大勢の人間が不利益を被《こうむ》ることになるから慎重にもなるが、リーディアとの付き合いは、俺の私的な問題だから実利を求める必要はない」

「それはそうですが……」

そもそもアルヴィンは仕事人間でプライベートはほとんどない。周囲が困るから決まった休暇は取るが、休んでいるように見せかけてこっそり働いている。

ゴーラン領のために十代後半で国内の令嬢達を選定した時も、アルヴィンが注視したのは『ゴーラン領の令夫人としての資質』だけで、彼個人の感情はそこには含まれていなかったようにデニスは思う。

「リーディアに結婚願望がないからな」

「まあ、あの方はそうですけど」

「結婚は彼女にあまりにもメリットがない。だからこの形でいい。側《そば》にいるだけでそれで十分だ。ただの男として彼女が好きなんだ」

デニスはそんなアルヴィンの横顔をまじまじと見つめた。その表情は、デニスが今まで見たことがないくらい柔らかなものだった。

「……変わりましたね、アルヴィン様」

「そうだな、俺も驚いている」

リーディアに何か見返りを求めたいとは思わない。

ただ、彼女を愛している。

それはアルヴィンの中で初めて芽生えた感情だった。

まだ彼がほんの小さな子供だった頃はあったのかも知れないが、十五歳のあの日にアルヴィンはこのゴーランの全てを背負う領主となった。

ゴーランのため最善を尽くすのが、彼の使命である。

常にゴーラン領主として生きてきた男としては、画期的な出来事だった。

領主として条件が合うから求婚したわけではない。

だから彼女が望まないなら、結婚もしないでいい。

誰かを愛するということは、なんて心が躍ることなのだろうかとアルヴィンは思った。

「己の心にそんな感情があることを教えて貰《もら》えただけで十分だ」

デニスはそう呟《つぶや》くアルヴィンを見て「別人か？」と首をかしげる。

「だが願わくば何十年先でもいいからリーディアから『愛している』と言ってほしい」

とアルヴィンは幼なじみに心境を吐露《とろ》した。

「気が長いですね、アルヴィン様は」

「長生きするつもりだ。生かしてくれた人のためにも」

叔父の計画ではアルヴィンはもっと早く「不慮《ふりょ》の事故」で亡くなっているはずだった。それを阻止し、アルヴィンを守り通したのはデニスを含めた側近達だ。

逆にアルヴィンは叔父の計画を見抜き、彼らを粛正した。その過程でアルヴィンが失ったものを、デニスはよく理解している。

「これは私の我儘《わがまま》だ。許してくれ、デニス」

デニスは首を横に振る。

「アルヴィン様が謝る必要はありません。僕らはただあなたをお支えするのみです」

「ありがとう。じゃあそろそろ行くか」

パンくずを払って立ち上がると、アルヴィンは乗馬の準備を始めた。デニスもそれに続く。

「やっぱり上手《うま》くいって欲しいな」とデニスは思った。

まあデニスが出来ることと言えば、仕事の調整くらいなのだが、力になろうと彼は考えた。

決意を新たにするデニスにアルヴィンが言った。

「楡の木荘まで距離が遠すぎるのは俺も気になっていた。だからあそこに転移魔法陣を設置しようと思っている」

「えっ？　転移魔法陣？」

「実は職人には話を通している。後はリーディアの許可を貰うだけだ」

「いつの間に？」

「ほとんどの素材は既にダンジョンで調達済みだ。掛かりそうなのは職人に頼む工賃くらいだから、私財で十分賄《まかな》える。職人は口の堅い連中を揃《そろ》えるつもりだ。王妃派にリーディアが目を付けられたら大事《おおごと》だからな。彼女と付き合っているのは極秘だ。デニスもそのつもりでいてくれ」

「はい、それはもう……」

やっぱりアルヴィンだ。用意周到である。

「リーディアはすぐに別れるつもりだろうが、俺は狙った獲物は逃さないタチだ」

「……知ってます」

やれやれと、デニスは頭を掻《か》いた。

「面倒なお方に好かれたもんだなぁ、リーディアさんは」

デニスはため息と共にぼやいた。

「安心しろ、デニス、リーディアは俺のことが好きだ」

ひらりと馬に飛び乗ったアルヴィンは力強く断言する。

「はあ……？」

「その証拠に今日の昼食は俺の好物しか入ってなかった」

アルヴィンは自信満々だが、今日のサンドイッチの具はハムハムハムハムチーズちょっと野菜。

「それは大抵の人が好きっていうか、僕も好きですよ」とは言わないでおいてやるデニスだった。

＊＊＊

いよいよ南部はきな臭く、戦禍《せんか》から逃れようと大勢の避難民がこのゴーランにもやって来た。

ゴーランと南部ルミノーは隣同士なのだが、間に山があり、女や子供が通るには厳しい道だ。

他の道はかなり遠回りになる。

故に人の往来というのは常時は少ないのだが、このところは異常なほど増えている。無理をしてでも山を越えてゴーラン領に入ろうとする者達だった。

ゴーランは山の仕事やダンジョンといった稼ぎのいい仕事が多く、景気もいいので働く場所には困らない。

ただ最近は徴兵逃れでまともな職に就けない者が山賊《さんぞく》になったり、冒険者になった者が功を焦って危険な魔物と接触するなど、騎士団が出動する案件が増えている。

リーディアを通じてノームが大地の滴《しずく》をくれたので、更に仕事がはかどり、更に忙しい日々を送るアルヴィンだが、充実した毎日といえよう。

南部に起こっていることを思うと、ゾッとする。

中央貴族の利益のために南部は食い物にされている。南方辺境伯《へんきょうはく》も無策過ぎたが、ギール家始め中央部の暴走を止めぬ王とは何なのか？

行動せねばならない時がやってきたかも知れないとアルヴィンは考えを巡らす。

何が起こってもいいように備蓄と金は増やしておく。

やがて季節は夏になり、リーディアと男が仲良さそうに手を取り合っている姿を目撃した。

すわ、浮気かと思ったが、相手はレファ・ローリエ。

男性にしか見えないが、ゴーラン騎士団の女性騎士である。

レファの一族はライカンスロープ。獣化の能力を持つ魔法使いだ。

何故か、リーディアが彼女のことを気に入り、下宿することになった。

楡の木荘では夏の日々が、賑《にぎ》やかに過ぎていった。

エピローグ ✦ 王都からの客人

夏になると街道を行き交う人は更に増え、宿屋も忙しくなった。

例年、この時期になると山越えの人は増える傾向にあるが、去年と比べてもその数は多い。

南部は戦争の気配が濃厚で、国境付近では毎日のように死人が出るほどの小競り合いが続いているそうだ。

商人達は危険を回避するため、ゴーランを通るルートを使うようになった。

中央もいよいよ重い腰を上げ、セントラル騎士団の派遣が決まったが、次は誰を総大将にするかで揉《も》めているらしい。

政治というものが分からない私には「もう誰でもいいからさっさと行け」としか思えない。

戦争になれば、犠牲《ぎせい》になるのは無辜《むこ》の市民。やりきれない話だ。

南部には私も現役の頃何度か派遣された。

隣国に戦争好きの王が即位してから十五年以上、紛争《ふんそう》は続いている。

幾度も和平協定が結ばれ、一年も経《た》たないうちにそれは破られる。その繰り返しだった。

とはいえ中央軍が動けば、隣国の兵力を圧倒出来る。ほんの少しの間かもしれないが南部は平和になるはずだ。

季節はうつろい、山裾《やますそ》に秋の気配がしてきた頃だった。

山の天候は変わりやすい。

直前まで晴れていたのに、ザーザーと音を立てて大粒の雨が降り出した。

慌《あわ》てて私が洗濯物を取り込むのと時同じくして、どこかの商人らしい一行が転がり込んできた。

「雨宿りさせて貰《もら》えるか？　馬が十五頭、人が八名だ」

「はいはい、よろしいですよ。雨宿りしていって下さい」

人間は食堂で休んで貰い、十五頭の馬は馬小屋とこんな時用に母屋に付いた大きなひさしの下に分けて入れた。

運んでいた荷物は納屋に入れて濡《ぬ》れるのを防ぐ。

「ありがとう、助かったよ」

一行のリーダーらしき男はそう言いながら、私の方を振り返る。

男はその瞬間、凍り付いた。

彼の目が、まなじりが裂けるんじゃないかと思うほど、見開かれる。

「ヴェネスカ様……」

「？」

「リーディア・ヴェネスカ様ではありませんか？　私です。ヘンリー・マリスです」

「マリス……マリス商会？」

ヘンリーは嬉《うれ》しそうに頷《うなず》く。

「はい、覚えていて下さいましたか」

セントラル騎士団が物品を購入する際に使う店は、いくつかの指定の店舗と決められていた。

その中で一番大きな商会はアクアティカスといい、王妃の実家、ギール家とねんごろで、大きな受注は大抵ここが持っていく。

マリス商会は中堅どころといったところだろう。

一団員としては、大商会でございとふんぞり返るアクアティカスより、小回りが利いて愛想もいいマリス商会に頼むことが多かった。

ヘンリーは商会の従業員に「若旦那」と呼ばれていた。

知識が豊富でよく買い物の相談に乗ってくれた。

ああ、そうだ。

重曹《じゅうそう》のことを教えてくれたのは、この男だった。

「リーディア様、どうして……」

久しぶりに出会った彼の瞳は潤んでいる。

「どうして一言もなくいなくなってしまったのです？　ずっとあなたを探しておりました。騎士団を訪ねてみれば既に退団したと言われ、誰に聞いても行方は分からず、どうしていらっしゃるかと案じておりました。本当に無事でよかった」

ヘンリーは声を詰まらせ、泣き出してしまった。

ヘンリーによると私は行方不明の扱いだったらしい。

あの春、マリス商会で揃《そろ》えた料理の道具と少しの旅支度と共に私は王都を出て行った。

「ああ、不義理をして済まなかったね。色々あって王都を離れたかったんだ」

王太子殿下《おうたいしでんか》の暗殺未遂事件は箝口令《かんこうれい》が敷かれ、私の怪我《けが》も隠された。事件のことにも怪我のことにも触れずに退役の挨拶《あいさつ》をするのは、あの時の私には荷が重すぎた。

結果として私は逃げるように王都を去った。

「そうですか。お仕事で何かあったのですね。いえ、答えなくて結構です。他の騎士様も突然退役されたのをとても驚いておいでした。皆、あなたのことを心配していましたよ。団長様も塞《ふさ》ぎ込《こ》んで、『後悔している』とおっしゃってました」

「団長が……」

長年に亘《わた》り勤めた団のことを聞けば、心が揺れるに違いないと思っていた。

だが、私の心は案外、穏やかだった。

王都のことはもはや、遠い過去の出来事に過ぎない。

「こちらで、宿屋をなさっておいでなのですか？」

「そうだ」

「ご実家に戻られたという話だったのですが、そうではなかったのですね。同僚の騎士様がしばらく経ってご実家に問い合わせると『こちらには帰ってない』というお返事だったと……」

「あー」

男性も女性も騎士団を辞めれば大抵、実家に戻る。だから皆、私が実家に身を寄せたと思っていたらしい。

何度か実家の両親宛てに生存報告の手紙は出したが、その手紙にもゴーランにいることは知らせていない。

死亡説が流れても仕方ない状況だなと、今にして思うが、まあ、当時は本当に消えてしまいたいぐらいの気持ちだったのだ。

こうまで私が居場所を隠したのは、魔法騎士ではない自分を騎士団の同僚に知られるのは絶対に嫌だったからだ。

それはあの時の私に唯一残された矜持《きょうじ》だった。

同情や哀れみの視線で見られるのは、何より耐えがたいことだった。

「もう私は退役した人間だ。ここで宿屋を経営して細々と隠居暮らしをしている。だからマリスさん、私に会ったことは誰にも言わず忘れて欲しい」

と私は彼に頼んだ。

「そんな、リーディア様……」

「もう騎士ではないから、敬称はいらない。あなたには色々世話になったのに、挨拶も出来ずにすまなかった」

「あの、リーディア、……さん、ここで一人で宿屋を？」

「いいや、一人じゃないよ。同居人がいて、下宿人もいる。賑《にぎ》やかに暮らしているよ」

「そうですか……あの、ご結婚されたんですか？」

と何故《なぜ》かヘンリーは家族構成を聞いてくる。

そういえば、『ご両親が結婚しろと矢の催促なんですが、若旦那は好きな人がいるらしくて……』とマリス商会の従業員が言っていたな。

独身仲間だった私の結婚事情はヘンリーにとって気になるのかも知れない。

「いいや、結婚はしてない」

ヘンリーはそれを聞いてホッとした様子で笑う。

「そうですか、結婚はまだですか」

雨は一時間もすると上がった。

ヘンリー達は窓の外の様子を見て立ち上がる。

「雨が上がったようです。我々はこれで失礼します」

「行くのか？」

「はい、お名残惜《なごりお》しいですが、ゴーランを通るんで随分《ずいぶん》と回り道になりました。すぐに発《た》たないと約束に間に合いません」

「商会も大変だね、ご苦労様です」

「ですがそのお陰でリーディアさんに会えたんです。私は幸運です。あの、また来ます」

「はい、お待ちしてますよ。ですが、マリスさん」

呼びかけると、ヘンリーは首を横に振る。

「リーディアさん、ヘンリーです。ヘンリーと呼んで下さい」

「ではヘンリーさん、私のことは騎士団には内密にお願いします」

「リーディアさんがそうおっしゃるなら、秘密は守ります」

こうしてヘンリーは慌ただしく去って行く。

騎士団は私の行方を捜していたという。

ヘンリーはああ言ってくれたが、ヘンリーの他にも王都の商人達がこの道を使うようになってきた。

早晩元の同僚達に私の居場所は知れるだろうと思った。

だが、一年半経つと傷も癒《い》えるものだ。

今更私の居場所を知ったところで、向こうも力を失った私に用はないだろう。

今は「あいつ生きてたんだ」と近況を知られるくらいはいいんじゃないかと思えるようになった。

既に王都のことは私の中で遠い過去になった。

今はゴーランで生きている。

秋空の下、清々《すがすが》しい気分でそう思った私だが、事態は急展開を迎える。

＊＊＊

――一月後。

深夜、いななく馬の声に私は目を覚ました。

何だ？

考える間もなく、「ドスッ」と隣室から壁を蹴《け》りつける音と振動。

たまたま泊まりに来ていたアルヴィンが私に手荒く非常事態を知らせたのだ。

慌てて廊下に飛び出ると、ガウン姿のアルヴィンが剣を片手に階段を駆け下りていくのが見える。

私も急ぎ、その後を追った。

玄関先では深夜にもかかわらず、ドンドンとけたたましく扉を叩《たた》く音が響いていた。

「おい、開けてくれ！」

切羽詰まった男の声。

さらにその声は言った。

「おい、リーディア！　リーディア・ヴェネスカ、いるんだろう？　開けてくれ、エミール・サーマスだ」

「は？　サーマス？」

久方ぶりに聞いた元同僚の声に私は扉を開けようとしたが、それを制してアルヴィンがドアを開ける。

いつの間にか側《そば》に来ていたレファが何事があっても対応出来るよう、身構えている。

デニスはいない。彼は妻帯者だそうで、いつまでも私用の泊まりに付き合わせるのは可哀相《かわいそう》だとアルヴィンは一人で我が家を訪れることが多くなっていた。

扉が開くとサーマス達は転がり込むようにして入ってきた。

「リーディア、夜分に済まない」

どうやら本当にかつての同僚エミール・サーマスのようだ。

セントラルの騎士らしく、それなりにキラキラした男なのだが、かなり長く馬を駆ったのか埃《ほこり》まみれでくたびれ果てていた。

そして。

「リーディア……」

私は息を呑《の》んだ。

「殿下」

その隣にいたのは、我が国の王太子、フィリップ殿下だったのだ。

退役魔法騎士は辺境で宿屋を営業中
――番外編

A retired magic knight is opening an inn.

番外編〇　リーディアが楡の木荘に住む前の話

「亭主、一つくれ」

「へい、毎度」

王都を出る前に通りすがりの商店で吊《つ》るしてあったベーコンの塊を買った。

街道を外れるつもりはないが、万が一の非常食代わりだ。

他に手元には日持ちのするパンが少しある。それと林檎《りんご》。

馬のオリビアの好物でもあるので道中、半分に分け合って食べることになるだろう。

王都の正面玄関である巨大な門をくぐり抜けると、道は西南東と三《み》つ叉《また》に分かれている。

北に行くには別にある北門を使うのが近道だ。

行く先は決めていない。

さてどの道を行こうか。

悩んだのは一瞬で「ぶるる」と相棒のオリビアが西に顔を向ける。

「西か、それもいいな」

こうして私は西へ進路を取った。

私の退役の理由は怪我《けが》のためだ。とある事件に巻き込まれ、魔術回路という魔法使いにとって

退役魔法騎士は
辺境で宿屋を営業中 上

大切な部分に致命的な損傷を受けてしまった。

私は魔法に優れた魔法騎士だったので、その能力を失って、現役を続けることは困難だった。

怪我をして以降、同僚は皆腫《は》れ物《もの》に触れるような扱いで、気遣いはありがたいが、どこか息苦しかった。まあ贅沢《ぜいたく》な話なのは自覚している。

内勤に移動して団に残る方法もあったが、私はそれを断り、退役を選んだ。

もう全ては過去の話だ。

まだ少し苦い感傷を振り捨て、晴れ晴れとした気分で私は街道を行く。

私の荷物は大きめの鞄《かばん》一つだが、これは見かけの三倍も荷物が詰め込める魔法具だ。

セントラル騎士団所属の騎士の備品の一つで、買えば王都の家一軒分くらいする高価なものらしい。

非常に便利なので、退職の時にダメ元で聞いてみたら、退職金の三分の一の額で払い下げてくれた。

重力魔法を付与してあり、数分の一に重さを軽減しているが、みっしり詰め込んだ鞄は十分に重い。

私を乗せた上に鞄も運ぶオリビアに負担がないよう、馬が一番走りやすい速度——並足——で街道を行く。

季節は春の始めだった。

よく晴れた気持ちのいい日で、街道は人や馬車でごった返していた。道沿いに店や近所の者が商いをする露天《ろてん》などもあって賑《にぎ》やかだ。

道を進むにつれ、行き交う人の数は次第に減っていく。すると今度は沿道に草原や緑が見え始め、なかなか退屈せずに済んだ。

王都を朝に出て馬を走らせるとちょうど夕刻頃に辿《たど》り着《つ》くのがハフリンの街だ。

便利な立地のため、街は宿場町として栄えており、街道沿いに何軒も宿屋が立ち並んでいる。

この街は主要な街道の交差点に位置し、旅人や商人達が行き交うことから、休憩《きゅうけい》や宿泊に最適な場所となっている。王都からの距離が程よいため、一日の旅を終えた人々がここで休むことが多い。

私も今夜はこの街で宿を取ることにした。

以前、私は騎士団の任務でハフリンの街に立ち寄ったことがあった。

念のためにその時泊まった宿は避けて、違う宿を探すことにした。裏通りでなかなかよさそうな宿を見つけ、部屋を取る。

客室で少し休んだ後、夕食の時間になったので、一階の食堂に降りる。

「お客さん、こっちへ」

女一人の私を気遣って女将《おかみ》さんらしい人が、カウンターの奥の目立たない席に案内してくれた。

酔客《すいきゃく》なんかに絡《から》まれると面倒なのでありがたかった。

泊まり客の食事はあらかじめ決まっていて、足りなければ別途頼むという方式らしい。

「何かお飲みになります？　うちは林檎酒がおすすめですよ」

「ではそれを」

微炭酸の林檎酒をちびちび飲みながら、食事が出来上がるのを待つ。

夕食のメニューはメインが羊肉のグリル、後は白身の魚のバターソテーが一切れとグリーンピースが端にごちゃっと載っている。ライ麦パン付き。

作りたてなのか、肉も魚も熱々で美味《おい》しい。

「お客さん、お味は？」と女将さんに声を掛けられて、「どれも美味しい。特に肉」そう答えると、生まれたての子羊、ミルクラムの肉だと教えてくれた。

羊というと臭《くさ》みがあるイメージだが、ミルクラムは柔らかく美味なので味付けはシンプルに塩とハーブだけ。

それでこの味が出せるのか。

使ったハーブの種類も教えて貰《もら》った。落ち着いたら作ってみよう。

一日中馬に乗っていたせいか、疲れていた。食事の後は早々と部屋に戻り、ぐっすりと眠る。

＊＊＊

翌日は早々に起床した。

王都に近いこの辺りには『魔法騎士リーディア・ヴェネスカ』を知る者がいないとも限らない。念のため、さっささと移動する。

早朝に発《た》つ客は案外多いようで、食堂は早い時間から開いていた。

朝食を済ませ、私は女将さんを呼び止めた。

「忙しいところすまないが、宿に北に行く商人はいるかい？」

聞くと女将さんは快く条件に合う客を引き合わせてくれた。

私は商人だというその男に昨日の夜に書いた手紙を、手間賃と一緒に渡す。

宛て先は北東の地に住む両親である。

退団したことと、しばらく旅に出る旨《むね》を記してある。

庶民が手紙を出す時は、私のように通りすがりの商人に託す。商人は行った先でまた別の商人に託す。

巡り巡っていつかは届くシステムだ。

商人同士、持ちつ持たれつの関係なため、可能な限り手紙が届くよう気を配ってくれる。時間は掛かるがほとんどの手紙はきちんと宛て先に届くそうだ。

だが決して確実とは言い難い方法なので、大事な手紙の場合は、直接人を遣わす。

騎士は軍用の伝達部隊を私的利用することが許されている。家族に手紙を出す時は私もそうした軍用のシステムを使わせて貰っていた。

私は王太子《おうたいし》暗殺未遂事件に関わって怪我を負った。事件そのものが隠蔽《いんぺい》されたので、私の怪我も『なかったこと』になり、両親は私の怪我すら知らされていない状態だ。

本来なら会って事情を話すべきなのだろうが、今は一人になる時間が欲しかった。

手紙は届いても届かなくても構わない。そんな気分だった。

昼食用に焼いたチキンをパンに挟んだ弁当を作って貰い、私は宿を後にした。

退役魔法騎士は
辺境で宿屋を営業中 上

街中で馬に乗ると危ないので、宿から町外れまで馬を引いていく。

歩いてる途中で、「そこの人、西に行くのか？」と声を掛けられた。

私を呼び止めたのは、剣を腰に差し、鎧《よろい》を着た男性だった。

彼の背後には仲間の男女が数人おり、さらに大型の馬車に繋《つな》がれた何頭もの馬達。それに馬車に乗り込む数人の人。

何の一行だろう？

「ええ」

少々警戒しながら答えると、彼は「俺達もだ」と言った。

彼らは寄り合い馬車の護衛だそうだ。

今から西に向かう寄り合い馬車が出るので一緒に行こうと誘われた。

私だけではなく、西に向かう旅人全員に、なるべく寄り合い馬車と共に行動するように呼びかけているそうだ。

一団になって行動することで山賊《さんぞく》達に襲われにくくなる。

そういうやり方で身を守り旅をする者達を知らなかったので、上手《うま》い方法だと感心した。

誘いに乗って彼らと移動することにした。

一団はかなりの大所帯だ。

十人以上乗れる八頭立ての大きな寄り合い馬車を中心に、荷馬車が数台と徒歩で行く人。

そして最後尾は。

「牛？」

馬車じゃなくて牛車というのだろうか、六頭もの牛が馬のように並んで荷馬車を引いている。

初めて見たので唖然《あぜん》とした。

驚く私が面白かったようで、寄り合い馬車の護衛の一人が、「ははは」と笑いながら教えてくれた。

「田舎《いなか》じゃあ、牛に荷車を引かせるんだ」

足は遅いが、馬より丈夫で何より農家は牛を飼っている。

牛車はここから半日ほど行った先の牧場のもので、牧場で採れた乳製品を街に卸《おろ》し、帰るところだそうだ。

一方で寄り合い馬車は遥か遠い西の辺境ゴーラン行きだった。

しばらく行くと牛車と足の弱い年寄りや子供連れが遅れ始め、完全に姿が見えなくなってしまう。

隊列と言ってもそれぞれ無理のない速度で進むようだ。

昼頃になると、反対側から同じような寄り合い馬車がやってきた。

ゴーランから王都に向かう寄り合い馬車だという。

彼らは知り合いらしく、

「異常はないか」

「ない、そちらも無事か」

とお互いの無事を確認し合う。

「後ろに牛車と徒歩の者達がいる」とこちらが言えば、「こっちもだ。声を掛けてやってくれ」と連絡し合う。

王都からゴーランに向かう、あるいはゴーランから王都に向かう寄り合い馬車や荷馬車は気候のよいこの時期は毎日出ているそうだ。

毎日とはすごいな、と感心した。

「何を運んでいるんだ？」

思わず護衛に聞いてみると、

「時期により様々だが、西の国から輸入している砂糖やオレンジなどの高級食料品、それと材木だ。木は途中まで川を使うが、少し行ったところの船着き場から馬で運んでいる」

「そうなのか」

以前は王都の商会が砂糖の流通を独占していたが、最近ゴーランが領を挙げて大量輸送をはじめた。それまでのものよりいくらか値段が安く、なにより供給が安定しているため、取引する商会も増えているという。

その他、手紙や小包も彼らが運んでいる。

ゴーランは辺境の地だが、貨物の輸送に関してはかなり発達しているようだ。

寄り合い馬車はゴーランの商業ギルドが共同で運営していると護衛達は言った。だが護衛の彼らはギルド員ではなく、冒険者だそうだ。

かつては魔物を倒して素材を手に入れたり、ダンジョン内の鉱石を採掘したりするダンジョン探索の仕事だったが、護送の仕事に乗り換えたらしい。

理由は？　と尋ねると、「年を取ると野営はきつくてね」という答えが返ってきた。

「なるほど」

ダンジョンに宿はないもんな。

寄り合い馬車の客達とも話をしながら道中を過ごしていたが、オリビアが退屈し始めた。

「ぶるる」

少し走りたい気分らしい。

私は寄り合い馬車と別れ、オリビアを走らせた。

寄り合い馬車の護衛が「今夜泊まる」と言った街を通り過ぎ、とっぷりと日が暮れた頃、小さな村に辿り着いた私は村に一軒しかない宿屋で旅装を解いた。

＊＊＊

その日の朝は『ぼったくり』から始まった。

宿に到着した時刻が遅かったので、パンとスープだけの夕食を特に疑問も持たず食べたが、朝食が更にひどかった。

そもそも高級とはいいがたい、はっきりいうとボロ宿なのだが、王都でも「ちょっと高いな」と思うくらいの宿代を要求された。

近くに宿なんかないので渋々金を払ったが、部屋は狭く、ベッドとはおよそ呼べないような粗《そ》末《まつ》な寝床は非常に硬く、おまけに部屋には隙間風が吹いて寒かった。

しかも朝食代は宿代とは別で、銀貨三枚取られた。

なのに出てきたメニューは、ペラペラのライ麦パンとやはりペラッとしたチーズ一枚。白湯《さゆ》かなと思うくらいの薄いスープ。多分昨日の夕食と同じだ。

銀貨三枚あったら王都でも、サラダに具だくさんのスープ。分厚く切ったハムと炒《い》り卵《たまご》、チーズ。バターをたっぷり付けたふわふわの白パンが食べられる。

前日の宿屋は今日の宿の半額なのに夕食も朝食も美味《おい》しかったし、ベッドも上等だった。

明らかにぼったくりである。

ああ、バターを塗った白パンが食べたい。

白パンに思いを馳《は》せる私だったが、はたと気づいた。

いや、待て。

白パンは無理だが、私にはこんな時のために買っておいたベーコンがあるじゃないか。

私はベーコンの塊を取り出すと、ナイフで一枚厚めに切り取り、パンに載せた。

炙《あぶ》った方が絶対美味しいよな。


「…………」


魔法使いは珍しいので人に覚えられてしまう可能性がある。

万が一王都の元同僚達に嗅《か》ぎつけられたら面倒なので、ちょっと迷ったが、ベーコンへの欲求に負けて私は手から魔法の炎を出してベーコンの表面を炙った。

辺りに燻製肉《くんせいにく》の香ばしい匂《にお》いが漂う。

周辺に宿屋はないので、旅人は少々高くてもこの宿に泊まるしかない。

そのため小さなボロ宿なのに、客は十名近くいた。

「…………！」

同じように侘《わび》しい食事をする彼らは、私のベーコンを息を呑《の》んで見つめた。

ものすごく、見られている。

視線に負けて、私は彼らに言った。

「よかったら食べますか？」

答えは、自明であろう。皆、一斉に首肯《しゅこう》した。

私は彼らにベーコンを分け与え、火魔法を使って炙ってやった。

ベーコンは三分の一くらいのサイズになったが、腹は満腹、心は満足である。

客達は「お礼に」と様々な物をくれた。

行商人は歯磨《はみが》き粉《こ》と歯ブラシのセット。別の行商人は変な木彫りの熊。農家は美味しいキャベツとアスパラガスの種、麻農家は麻で作った丈夫な袋などなど。

わいわいと朝食を食べる最中、客の一人がぼやいた。

「ゴーランならこんな店はさっさとお取り潰《つぶ》しになるんだけどなぁ」

「ここはゴーランじゃないだろう」

別の客が混ぜっ返すが、男は譲《ゆず》らない。

「ゴーランの領主様は領民を大事にしてくださる。この道はゴーランのもんも使うから、領主様ならなんとかしてくださるだろう」

いかにゴーラン領主でも、他領のぼったくり宿を「なんとか」するのは無理だろう。

私はそう思ったが、言い出した男はゴーラン領主をかなり信頼しているようだ。

「そうだなぁ、陳情《ちんじょう》出来ればいいんだが」

と別の男も言った。随分人気の高い領主様である。

客達の会話を聞いていたのか、仏頂面《ぶっちょうづら》の宿の者に見送られ、私はさらに西に向かう。

少し行くと道は二股に分かれていた。

大きな道と小さな道。

私が選んだのは小さな道の方だ。

大きな道は馬車も通れるように道幅を広くして作られた新しい街道で、小さい方はそれまで使われていた旧街道だ。

こちらは山を突っ切るので馬車は通れないがその分近道になる。

そして山の中には温泉が出る村があるらしい。

寄り合い馬車の客にそう聞いていたので寄ってみることにした。

温泉には昔、他の地方に遠征した時に入った経験がある。王都の近くにはないので楽しみにしている。

温泉村に辿り着いたのは、夕方近くだった。

村に宿は一軒しかなく、前日のこともあり少々身構える私だったが、料金は昨日の三分の一程度。しかも夕、朝食付きだ。

「えっ、この金額でいいのか？」

と思わず聞いてしまうくらい安い。

「そのかわり、うちは内風呂がないんですよ」と宿屋の女将さんが言った。

「風呂がないのか？」

私はガッカリして聞き返す。

「いえいえ、いい温泉がありますよ。だけんど、森の中で村からちーと離れたところなんです」

「ちーと」というのは、十五分歩いた場所だという。

私は早速温泉に行ってみることにした。

「だったらお客さん、頼まれてくださいよ」

そう言って渡されたのは、大きな籠《かご》。

中には野菜と卵と肉が入っている。

「それ、源泉に入れてください」

「は？　これを？」

「はい、源泉は熱いんで何でも煮えます。熱いんでお気を付けて。温泉場の近くに湯番がおりますから、詳しいことはそこで聞いて下さい」

……という雑な指示で送り出され、大丈夫かなぁと思いながら、籠を片手に温泉に向かう。

十五分ほど歩くと、源泉はすぐに見つかった。湯気がもくもく出ている。

そして女将の言うとおり湯番らしい男性がいて、

「お客さん、女将に頼まれたかい？」

湯番は私から籠を受け取って、乳白色の熱湯の中に入れた。

「煮えるまで時間が掛かるから、その間湯に浸《つ》かっていくといい」

湯番の話だと、源泉は非常に熱く、入浴は出来ない。

ここから三分ほど歩いた所に近くの泉の水を引き込んで、ちょうどいい温度にした風呂があるそうだ。

森の小道をぷらぷらと歩き、風呂に着く。

風呂は露天風呂で、衝立《ついたて》によって男女に分かれている。

温泉には二人ほど先客がいたが、広いので気にならない。

私はゆったり温泉に入らせて貰った。

私が温まった頃、野菜も肉も茹《ゆ》で上がり、再び私はほかほかと湯気が立つ籠を渡される。

「ほれ、駄賃だ」

と湯番は茹で卵を一つくれた。

もさもさと茹で卵を食べつつ、籠を片手に宿に戻る。

温泉は普通の湯とは少し違うようで、卵はほんのりと塩気があるような気がした。なんか美味しい。

宿の夕食は私の茹でた野菜と茹で卵と茹で豚だ。

それに近くにあるという泉で捕れた魚の塩焼きが付いている。

茹で豚にはワインビネガーを少し煮詰めて香りを出したソースが掛けられていた。豚はここの温泉水を飲んで育ったという温泉豚だ。美味しい。

豚も魚も野菜も非常に美味しく、ベッドもふかふか。

大満足で眠りにつく。

＊＊＊

翌朝、女将さんに「昼の弁当を作ってほしい」と頼み、ついでにこのまま旧街道を進むと話すと、人のよさそうな恰幅《かっぷく》のいい彼女から笑みが掻《か》き消えた。

「お客さん、この先に行きなさるんですか？」

「そのつもりですが、何か？」

「西に行くんだったら、遠回りでも戻って新街道を通った方がいいですよ」

「何故《なぜ》？」

「この先は魔獣が出るって話でね」

「魔獣が」

魔獣は大抵ダンジョンに住んでいる。時々ダンジョンから出て人を襲ったりするが、人界は魔素の濃度が低く、彼らが住むには適していない。基本的に彼らはダンジョンから出ることはないのだが、ダンジョン内で特定の種族が繁殖しすぎた結果追い出されたり、食べ物がなくなりあぶれた個体が外に迷い出てしまうことがある。

放っておくと下級の魔物達を食らう上級の魔物達も獲物を追い、人界に出てしまう。

そうした事態を防ぐため、ダンジョン内は適切に間引いて管理する必要がある。

「……騎士団は？」

ダンジョンの管理は土地の騎士達の役目だ。

女将はやれやれと首を横に振る。

「見て見ぬふりです」

ここの領主は魔物対策に本腰を入れるつもりはないらしい。

目撃されているのは下級魔獣ばかり。だが下級の魔物でも地元の住人にとっては十分脅威《きょうい》だ。

それにいつ下級の魔物目当てに上級の魔物達がやってきてもおかしくない状況だ。

「困ったね」

「はあ、ご領主様もゴーランの辺境伯《へんきょうはく》様を頼ってくれたらいいんですけど、派閥《はばつ》が違うそうですよ」

弱小貴族は大抵有力大貴族を頼り、保護してもらう代わりに主従関係を結ぶ。

この辺りだと西の王ゴーラン辺境伯がその有力な大貴族に相当するだろう。

ゴーランなら十分な軍備を持っているので、ダンジョンの一つや二つ何とでもするだろうが。

「派閥が違うって？」

女将は首をすくめてみせる。

「お貴族様のことですからアタシも詳しくはないんですよ、でもここのご領主様は王妃様の派閥だとかで辺境伯様に頼るわけにはいかないんだそうです」

「……へぇ」

ああ、そうだったな。

西の辺境伯は王と中央貴族達から距離を置いている。特に王妃派嫌いで、有名だ。

私も、『とある事情』で王妃派は嫌いだ。

ゴーラン領主には親近感を覚える。

「どうもありがとう」

礼を言って私は宿を後にした。

「さて」

女将の忠告はありがたいが、道を戻るなんて面倒なことはしたくない。

宿を出た私は予定通り、西に進路を取った。

念のために毛布にくるんで隠し持ってきた両手剣を腰に差す。

旧街道は山を突っ切る形で伸びている。深い森の中にあり、人影はまばらである。

だが早馬など急ぎの伝達はむしろこっちを使うそうで、道はきちんと整備されていた。

旅は順調に進み、やがて辺りは薄暗くなり、昼と夜の境目——逢魔時《おうまがとき》に差し掛かろうとしていた。

悪《あ》しき者達はこの時間に跳梁《ちようりよう》すると言われている。

私は少し焦《あせ》りを感じ始めていた。

周囲に宿どころか民家一つない。

首筋がチリチリするような気配を感じる。

近くに、魔物がいる。

私はオリビアに肉体強化の魔法を掛けた。

退役魔法騎士は
辺境で宿屋を営業中 上

「飛ばすぞ、オリビア！」

賢いオリビアは「任せろ」というようにヒヒンと鳴き、スピードを上げる。

だが。

「ひぃぃー、だっ、誰か、たっ、助けてくれ！」

目の前で親子連れらしい二人が魔物に襲われている。

暗くなり始めた夜道のこと、私は彼らに気づくのが遅れた。

急に止まれる距離じゃない！

「オリビア！　そのまま進めっ」

オリビアにそう指示を出し、私は身を丸め、オリビアの背から転がり落ちる。

私という重りがなくなったオリビアはスピードを上げ、親子と魔物達をひらりと飛び越えた。

受け身を取り素早く立ち上がった私は抜刀し、魔物達に切りつけた。

敵は魔狼種《まろうしゅ》の中でも最もランクの低いグレイウルフだった。

六体と数はそれなりに多いが、難なく倒しきれた。

「ありがとうございます、命拾いいたしやした」

助けたのは近所に住むという父親と幼い娘で、彼らはお礼に私を家に案内してくれた。

今晩は泊まらせてくれるそうだ。

＊＊＊

翌朝、泊まらせてもらった民家で、朝食をご馳走《ちそう》になった。

メニューは昨日の夜に振る舞って貰ったのと同じイラクサ《ネトル》のスープである。

スープの他は何もないが、具がたっぷり入ったスープをでっかいボール一杯によそってくれるので満腹になった。それに驚くほど美味しかった。

奥さんは、「ありもんの具材を切って適当に煮ただけ」と言うが、肉も野菜も麦も入っているスープは具を継ぎ足しながらずっと煮込んでいるそうで、すべての食材の滋味《じみ》が染み出て実に複雑な味わいだ。

春のハーブであるネトルも入っている。これは少々苦みがあるが、それもまたなんとも春らしいアクセントになっていた。

美味しいスープを食べさせてくれた上、彼らは「お礼に」と自家製人参《にんじん》をたくさん持たせてくれた。

私はさらに西に向かう。

「…………」

一家と別れて十分も経《た》たぬうちに、動物の群れが私達を追いかけてきた。

おそらく昨日の魔獣達と同じ、魔狼種だろう。

振り切ることは可能だったが、それではまたあの一家が襲われる。

「オリビア」

私は街道を外れ、原っぱのような場所に獣達を誘導した。

敵は思った通り魔狼達だったが、グレイより一つランクの上のシルバーウルフの群れだった。

数も目視出来る限りで四十匹近い。

「こりゃ、ちょっとマズいかもなぁ」

私はそうぼやきながら、腰に差していた短刀二振りを抜いた。

昨日の両手剣は今の私では重くて使いにくい。

サブウエポンとして愛用した短刀の方がまだまともに戦えそうだ。

試しにちょっと魔力を練ってみたが、あまり使い物にならない気がした。

私は王太子殿下《でんか》襲撃事件の後遺症《こういしょう》で魔術回路を損傷し、今魔法使いとしては最低ランクの力しかない。

だが、やるしかない。

幸い、オリビアは優秀な軍馬で下位魔獣くらいなら蹴《け》り飛ばして撃退出来る。

背中は彼女に守って貰い、
一匹、二匹、三匹。

襲いかかってくるシルバーウルフ達を順調に切り伏せるが、徐々に私は追い込まれていった。

数が多すぎる。

戦えば戦う程私は疲労していく。

くそっ。

やりたくなかったが、一か八か上位の攻撃魔法を唱えるしかないか。

「光よ……」

覚悟を決めて詠唱《えいしょう》を始めたその時、いくつもの矢がシルバーウルフ目がけ、雨あられと降り注いだ。

魔獣達は突然の攻撃に慌《あわ》てふためいた。そこに武装した男達が集団で乗り込んでくる。

あっという間にシルバーウルフは謎《なぞ》の覆面《ふくめん》の一団に倒された。

狩り逃しがあってはいけない。あらかた退治した後、一団はすぐに周囲の見回りに散った。

「怪我はないか？」

残った覆面集団の一人が私に声を掛けてきた。

「ありません、助けていただきありがとうございます」

私はそう礼を言ったが、

「………」

一瞬妙な間があった。

おかしな沈黙の後、男は言った。

「魔獣達は近くのダンジョンから迷い出た獣達だ」

「はあ、聞いてます」

「管理が出来ないなら、ダンジョンは潰した方がいい。ダンジョンは我々が消滅させた」

そう言って男は手に載った宝石のようなものを見せてきた。ダンジョンコアだ。

まあ、妥当な判断だ。

ダンジョンは本来見つけ次第潰すのが原則だが、人里離れた場所にあるとか、対抗する兵力があるとか、一定の条件が整った場合のみ、ダンジョンを管理運営するダンジョン経営が許可されている。

ダンジョン経営はかなり儲《もう》かるらしく、領主達はこぞってダンジョン経営に乗り出したがる。

ここのところ西の辺境ゴーランがダンジョン経営で栄えているのでなおのことだった。

だが、実際に運営を始めたところで思ったほど上手くはいかず、放置されるダンジョンも出てきており、ここのところセントラル騎士団でも問題になっていた。

こうなると覆面男が言うように「潰した方がいい」。

だが、ダンジョンコアを抜くにはダンジョン最下層まで行き、ダンジョンボスと呼ばれる強い魔物を倒さないといけない。

謎の覆面男達は三十名程。

いずれも鍛《きた》え上げられ、冒険者の集団にしては統率が取れ過ぎている。それに全員黒の騎士服姿だった。

「あー」

この人達、多分、どこか別の領の騎士だ。

ダンジョンを破壊するのに罰則などはない。異変があれば速やかに対処出来るよう国法でそう定められている。

だが、他領の騎士がダンジョンを破壊したとなれば、その土地の領主のメンツを潰しかねない。男達としてはなるべく刺激しないよう、覆面を被《かぶ》っているのだろう。

まあ私の恰好《かっこう》も実は少々おかしい。

昨晩泊めてくれた一家は西に行くと告げた私を止めてきたが、決意が固いことを知ると、「せめて身を守る物を」と錆《さ》びた鉄の兜《かぶと》をくれた。

顔全面を覆うフルフェイスで丈夫なことは確かなので、ありがたく貰い受けた。

そのかわりといってはなんだが、一家には温泉豚の燻製肉と旅の途中で貰った木彫りの熊を渡した。

木彫りの熊はともかく、温泉豚は美味しいので喜んで貰えるだろう。

「ダンジョン内の魔物はダンジョンコアの消失と共に消えたが、消失前に抜け出した魔物達は生きている。おそらくこいつらは異変を察知してダンジョンから逃げた群れだろう。あなたが襲われたのは我々のせいと言っても過言ではない。こちらこそすまない」

と彼は私に頭を下げた。

「いや、それは不可抗力ですから、お気になさらず。あ、人参食べますか？」

「人参？」

お互い覆面と鉄仮面なので表情は分からないが、幾分、戸惑っている気配は感じた。

「そこの農家で貰いました。美味しいですよ」

三十本以上貰ったので、覆面集団全員に行き渡った。

私は彼らと別れ先に進む。

彼ら、何者だろうなぁ。

危険は去ったので兜は脱ぎ、馬を走らせながら考える。

答えは薄々分かっている。

この先は辺境ゴーランだ。

彼らはゴーラン騎士団の騎士だろう。

彼らは私とは逆に王都に向かうようだ。

春の初めに諸侯は国王に謁見《えっけん》を賜《たまわ》る栄誉を得る。栄誉っていうか、義務なので行かないといけない。

別働隊か先発隊か後発隊かは分からないが、彼らは領主付きの騎士達だろう。

私の見立てはある意味正しく、そして間違っていた。

彼らはまさかの本隊で、私と話した男がゴーラン領主アルヴィン・アストラテートであったことは、その時の私が知るよしもないことであった。


しばらく行くと、辺境ゴーラン領に入った。

夕刻頃、ちょうどよく町を見つけたのでそこで宿を取る。

町は大きく、ゴーランは栄えているようだ。

だが通り過ぎる町はどこも高い壁に覆われており、この地が危険な場所であることを感じさせる。

とはいえ町の様子は明るく活気がある。

そして宿の夕食で給仕の娘さんに、

「お客さん、肉料理はホーンラビットのバターソース煮とグリルチキンがありますが、どちらで？」

……と普通に尋ねられ、衝撃を受けた。

「ホーンラビットってあの魔物のか？」

ホーンラビットは魔兎族《まとぞく》で、その名の通り額に角が生えている。

「はい、この辺では魔獣の肉をよく食べるんですよ」

「じゃあ、ホーンラビットで」

郷に入れば郷に従う。郷土料理を食べてみよう。

ホーンラビットの味は普通の兎より獣臭く、ちょっと硬い気がしたが、バターソースが濃いめの味付けでよく合う。美味しく食べられた。

＊＊＊

翌朝の朝食にも肉が載っていたが、これは多分カエルだ。

ゴーラン人は肉好きだなー。

カエル肉を食べた後、私はさらに西に行く。

途中で大きな城塞《じょうさい》都市を見つける。ここがゴーランの領都ルツだろう。

私は領都の役場に立ち寄り、陳情の書状を出した。

昨日の宿で領都の役場では様々な陳情を受け付けてくれると聞いていたのだ。

記名もしなくていいそうなので、『あのぼったくり宿をなんとかしてほしい』と陳情してみた。

退役魔法騎士は
辺境で宿屋を営業中 上

正直に言うと半分は冷やかしである。「領主様ならなんとかしてくれる」と力説する連中に対し、私は端《はな》から「無理だろう」と疑っていた。

まあ、領主が本当に「なんとか」してくれるならありがたい。

陳情を済ませ、私はさらに西へと向かう。

春のゴーランは緑がとても美しい。

このゴーランでどこか静かな場所を見つけ暮らしてみたいとそう思った。

せっかくキャベツの種も貰ったことだし、蒔《ま》いて育ててみるのも面白そうだ。

王都での出来事に私はすっかり倦《う》んでいた。もう面倒なことには関わりたくない。

人目に付きにくい田舎町に住もう。

夕刻に着いた町で一泊し、そこで私は辺境の辺境、山を越えたらもう国境というフースの町のことを聞いた。

冒険者が多く賑わっている町だそうだ。場所柄、移住者が多いので、よそ者も暮らしやすいという。

そうして私は楡《にれ》の木荘に辿り着いた。

その後、あのぼったくり宿は「なんとかなった」。

陳情を受けてゴーラン領主はあの村に土地を買い、もう一件宿屋を作らせたそうだ。

適正価格の宿屋が出来てぼったくり宿はぼったくりを止《や》めた。

風の噂《うわさ》でそんな話を聞いて、私は『領主、ホントになんとかしたなぁ』と感心した。

番外編一

楡の木荘の春～ブラウニーとライ麦パン～

引っ越し後、家の中や外を見て回るだけで、瞬く間に数日が過ぎた。

私の買った農家はかなり広く、二階建ての母屋《おもや》はキッチンや大きな食堂など、大小合わせ部屋が二十近くあり地下室付き。さらに別棟にはしっかりした納屋まである。

その他に馬小屋に牛小屋、鶏小屋、サイロ、そして広大な畑と牧草地。

右を向くと見える山も私の敷地だそうだ。

「こりゃあ管理が大変そうだな」

畑を見つめながら、私は一人ぼやく。

ゆっくりしようと思って田舎《いなか》暮らしを選んだが、忙しくなりそうだ。

しかし季節はうららかな春である。

空気が美味《うま》い。

いい匂《にお》いがする風がさらさらと膨《ふく》らみ始めた小麦の穂を撫《な》でていく。

小麦は収穫を待たずに引っ越していった前の家主が残して行ったものだ。小麦の他にライ麦もあり、さらにオーツ麦といった雑穀も植わっている。

野菜もいろいろ植えられている。

濃緑色の葉は玉葱《たまねぎ》だろう。玉が太り、葉が風で倒れるのが収穫の合図。

ひと月後が楽しみだ。

アスパラが地面から小指の先ほどの小さな芽を出している。

その横では成長した豆が蔓《つる》を伸ばして地面を這《は》っている。早く支柱を立ててやらなければいけない。

他には名前も分からないハーブや野菜。

その奥に植えられているのはベリー類だ、多分。

植物の種類もろくに分からない私の田舎暮らしは、まず図鑑をめくるところから始まった。

＊＊＊

その日はいつもより少し早く起きた。

引っ越してすぐは慌《あわ》ただしいだろうと、私は町で仕入れてきた食料品を食べて暮らしていたが、とうとう昨日、買ってきたパンがなくなった。

そこで私は今朝、ライ麦パンを作ることにした。

パンの中でもライ麦パンは少ない材料で作ることが出来る簡単なパンだと本に書いてあったからだ。

発酵種《はっこうだね》は昨日のうちにこしらえておいた。

水とライ麦粉を混ぜ合わせ、それを清潔な瓶《びん》に入れて温度がなるべく一定の場所にひと晩置いておくだけ。

簡単である。

ライ麦粉と塩と水をよく混ぜ合わせ、昨日作った発酵種と蜂蜜《はちみつ》少々を加え捏《こ》ねる。生地を丸くまとめて一時間ほど発酵させる。

生地が膨らんだら成形し、また発酵。

出来上がった生地を予熱しておいたパン釜に入れて焼く。

こうして焼き上がったパンを私はうきうきしながら分厚く切って、朝の食卓にセットした。

他のメニューは、オムレツに、畑で摘《つ》んだ野菜で作ったサラダに、コップ一杯のミルク。

卵は産みたて、野菜は採れたて、ミルクは搾《しぼ》りたて。

これぞ、田舎暮らしの醍醐《だいご》味《み》。

完璧な朝食、のはずだった。

「頂きます」

大口を開けご機嫌で自家製パンにかぶりついた私は、無言になった。

「…………」

美味《おい》しくない。

パンから酸っぱい匂いがする。そのうえ粘土のような食感だった。

後で考えると粘土のような食感は発酵のやり方と捏ね方がよくなかった。

ライ麦の発酵は小麦よりわかりにくく大きくは膨らまない。そのため発酵時間を長く取り過ぎてしまった。

捏ね方もまずかった。手のひらを使って空気がたくさん入り込むように捏ねるのが美味しいパンを焼くコツだが、指先で混ぜてしまった。

そして酸っぱいのは、ライ麦のせいだった。

ライ麦パンはどうしたって酸っぱいのだ。

実は私はライ麦百パーセントのパンを食べたのはこの時が初めてだった。

私がライ麦パンだと思っていたものは、小麦にライ麦を混ぜたパンだった。

正確にはむしろライ麦入りの小麦パンというのが正しい。

町でも「おすすめ」と言われたパンを適当に買っただけで、それがライ麦パンかどうかなんて気にしていなかった。

ライ麦だけでこしらえたパンというのは、食べ慣れていない者にはかなり食《た》べ辛《づら》い。

そこで小麦を配合してみたり、ドライフルーツやナッツを混ぜるのだが、私にそんな知恵はなく、「材料が少なく手順も少ない簡単なパンだから」と安易にライ麦粉百パーセントでパンを作ってしまった。

材料も手順も少ないからこそ、ライ麦パンは美味しく作るのが難しいパンなのだ。

こうしてとびきり美味しくないライ麦パンは出来上がってしまった。

残すのももったいないので、私は朝からしょんぼりしながら、美味しくないパンを完食した。

他の料理は上手《うま》く出来たと思うが、パンのせいで美味しさは三割は減少している。

私は悲しい気分で食事を終え、その後の仕事の能率はあまり上がらないまま昼食時間を迎える。

だが、私の悲劇はまだ始まったばかりだった。

「…………」


昼食を作りにキッチンに入った私は、憂鬱《ゆううつ》な気持ちでパンを見つめた。

欲張って大きなパンを焼いてしまったので、まだたっぷり残っている。

朝こしらえたパンは、昼になると見るからにパサパサしていた。

一応、パンボックスと呼ばれるパンを入れる保管ケースに入れておいたのだが、あまり意味はなかったようだ。

ライ麦パンは本来パサつきにくいが、過発酵してしまったパンは元からパサついており、さらに劣化も早い。どうしようもないのだ。

パン職人が一番苦労するはずのパン釜の火加減は、なけなしの魔力を駆使したおかげで上手くいってしまった。

だから私の初めてのライ麦パンはひどく焦げたり、生焼けだったりはしていない。

そうだったら食べないという選択もあっただろうが、食べられるものを捨てるのはやはり抵抗があった。

私だって騎士だったので、美味しくないと評判の軍の携帯食を食べることもあった。毒に体を慣らすためと毒薬を口にしたことすらあるのだ。

それに比べれば、私のライ麦パンはただ美味しくないというだけだ。

私は決断した。

よし、食べよう。

なんで現役引退した後でこんな侘《わび》しい食事をとらねばならないのかは疑問だが、作った以上、自分で食べるのが筋というものだ。

「失敗したパンは少し蒸すといいぞ」

私はその声にハッと振り返る。

声の主はこの家に住むブラウニーだった。

ブラウニーは初日に見かけたきりで、その後は今の今まで姿を見せなかった。

ただ真面目《まじめ》に働いているのは知っている。

馬小屋と牛小屋、鶏小屋の掃除といった動物達の世話は、私がやらないでもいつの間にか済んでいた。

そのブラウニーがキッチンにちょこんと立っている。

「蒸す？　そんなことをしたらベトベトで美味しくなくなるだろう？」

思わず尋ねると、ブラウニーはおもむろにこちらを指さした。

「そのパンはベトベトじゃないのに美味くない」

正論である。

「分かった。蒸そう」

私は棚から蒸し器を取り出した。

ブラウニーは言った。

「一緒に野菜も蒸すといい」

「そうだな」

今日の昼食はパンと蒸した野菜にしよう。

貯蔵庫にある野菜、じゃがいもと人参《にんじん》と玉葱を取りに行こうとした私に、ブラウニーはまた言った。

「きのこは？　一緒に蒸すと美味しいよ」

「ああ、きのこか。それは美味しそうだが、きのこはな――」

振り返ると、ブラウニーの隣にもう一人ブラウニーがいた。

……増えてる。

＊＊＊

そのブラウニーは五十センチに満たない背丈で、茶色の髪に茶色の目。そして帽子と服は灰色だった。

私と目が合うと二人目のブラウニーは何故《なぜ》かビクッと体を震わせ、最初に見たブラウニーの後ろに隠れてしまった。

「君もここに住んでいるブラウニーかい？　初めまして、私はリーディア・ヴェネスカだ」

ブラウニーはおどおどしながら半分だけ顔を出し、「は、初めまして」と挨拶《あいさつ》してくる。

「ところできのこはない」

とブラウニー達に答えると、灰色のブラウニーが言った。

「採ってくればいいよ」

「採ってくる？　どこで？」

「森に決まってるだろう？」

最初のブラウニーがぶっきらぼうに答えた。

「いや、まあ、森にあるかもしれないが……」

今から森に？　採りに行くのか？

「森にアミガサ《モリーユ》茸《だけ》が群生している場所があるんだ」

そう言うのは灰色のブラウニーだ。

「モリーユ茸か……」

モリーユ茸は春のきのこの王様とも呼ばれるきのこだ。

食べたい。

森は歩いて五分もすれば辿《たど》り着《つ》く。

「よし、案内してくれるか？」

そう言うと灰色のブラウニーが頷《うなず》いた。

「こっちだよ」

そう言うとブラウニー達は勝手口から出て行く。

私は慌ててその後を追った。

彼らは森をめがけてとことこと歩いて行く。

途中で灰色のブラウニーは私をちらりと振り返り、隣を歩くブラウニーにこっそり耳打ちした。

「本当だ。あの人、僕のこと見ても『キャー！　ねずみよー』ってほうきで追い回さないね」

確かに、言われて見ると灰色のブラウニーはねずみ色だ。

＊＊＊

私の敷地だという森だが、足を踏み入れたのはこの時が初めてだった。

生命の力に溢《あふ》れているのに静謐《せいひつ》な空間だった。よい森がそうであるように大きな木が高く生《お》い茂《しげ》っているが、暗すぎることはない。

少しひんやりとした空気の中、ブラウニー達を先頭に歩いて行く。

モリーユ茸は森の中でも、少し開けた林のような場所の木の根元に群生していた。

蜂《はち》の巣状の窪《くぼ》みの空洞がいっぱいある変わった見た目が特徴で、香りのよいことで知られるきのこだ。高級食材として美食家に人気がある。

クリーム系のソースとよく合い、パスタやグラタンにすると美味しいらしい。

「これがモリーユ茸か」

一人なら見過ごしてしまいそうな場所だ。

ブラウニーに教えてもらわなければ絶対に分からなかった。

さっそく私はモリーユ茸を収穫する。

「おい、多めに採っておけ」

と大きい方のブラウニーが言った。

「多めに？」

「これは乾燥して保存出来る」

「乾燥した方が味が美味しくなるんだよ」

灰色のブラウニーも横から言い添える。

「そうか」

それを聞いて、私はモリーユ茸を多めに採取した。

森から家に戻る時に畑を通った。

突然、ブラウニー達が立ち止まった。

「おい、ブロッコリーを採れ」

振り返って、ブラウニーが言うので私は驚いて聞き返した。

「これは食べられるのか？」

ブロッコリーの旬《しゅん》は早春。

旬の時期はとっくに過ぎていて、放置されたブロッコリーは灰色のブラウニーの背丈くらいにもっさりと緑の葉を伸ばしている。オマケに花まで咲いていた。

「食えるさ」

「ちょっと硬くて苦いけど、皮を剝《む》いて茹《ゆ》でて炒《いた》めたら美味しいよ」

「スープにしても食える」

せっかくなので食べてみよう。私はブロッコリーを収穫し持ち帰る。

家に戻り、じゃがいもと人参と玉葱、摘んできたブロッコリーを食べやすい大きさに切って、蒸し器にセットする。

パンは長い間蒸す必要はないらしい。だから先に野菜を蒸した。

モリーユ茸は別茹でにする。モリーユ茸には毒があり、そのまま食べてはいけない。十分ほど煮沸《しゃふつ》するか乾燥させると毒が抜けるそうだ。今回は煮沸をする。

「蒸している間にベーコンを取ってこい」

とブラウニーは言った。

「ベーコン？」

「そうだ。蒸した後、パンは少し焼く。その時一緒にベーコンも焼け。美味い」

「ああ、それはいいな」

昼のメニューはライ麦パンと蒸し野菜と茹できのこ。確かにそれだけでは物足りないと思っていたところだ。

私は食料庫に行って天井から吊《つ》るしておいたベーコンを少し切り取った。

この家は芋や穀物を貯蔵する貯蔵庫と肉やナッツや乾物などの食料を保管しておく食料庫が別々にあるのだ。

地下室には氷を入れれば氷室《ひむろ》として使える大きな箱もあり、最適な温度で食べ物を保存出来る。

最盛期は何人くらいの人間がこの広い家で暮らしていたのだろうか。

そんなことをぼんやりと考えていたら、

「チーズも持って行け」

いつの間にか現れたブラウニーが言った。

「チーズ？」

「ライ麦パンにはチーズが合う」

「焼く時にチーズを載せるとチーズが溶けて美味しいんだ」

それは絶対に美味しいやつだ。

「パンは厚く切るな、薄切りにしろ」

私はブラウニーの助言どおり、パン切りナイフでパンを数枚薄く切った。

朝は欲張って分厚く切ってしまったが、ライ麦パンは厚切りより薄くスライスした方が美味しいパンなのだ。

野菜のうちブロッコリーだけ、軽く蒸した状態で取り出す。空いた場所にライ麦パンを置く。

数分後。

「野菜もパンももういいぞ」

ブラウニーの指示の元、残りの野菜とパンを引き上げる。

次にチーズを載せたパンを網焼きに載せて、少し焼く。

隣の炉でフライパンを使い、ベーコンとモリーユ茸とブロッコリーを炒める。ベーコンの塩気があるから味付けは軽く胡椒《こしょう》を振るだけ。

「出来た」

トロッと溶けたチーズの載ったパンに蒸した野菜、そしてモリーユ茸とブロッコリーとベーコンの炒め物。

なかなか美味しそうだ。

私が足取りも軽く、食器棚から皿を取り出すと、

「おい」

とブラウニー達が声をかけてくる。

「手伝ってやったんだから、俺達にも食わせろ」

大きい方のブラウニーが代表して言ってきた。

「そうだな」

私は小さな皿を二枚用意して、同じように彼らにも食事をセットする。

「いいのか？」

とブラウニー達は目を丸くする。

「お前達が言い出したんだろう？　それに労働をしたら分け前を貰《もら》うのは当然のことだ」

ついでに紅茶を三人分淹《い》れた。

人間用のテーブルでは小さなブラウニー達は食べ辛いだろう。

キッチンには大きなテーブルと椅子の他に、スツールというのか、背もたれのない椅子が端にいくつか重ねてあった。

それを三つ取り出して、真ん中のスツールに彼らの分の皿を載せる。

残り二つにブラウニー達は座り、私も食卓につく。

「頂きます」

蒸してチーズを載せて焼いたライ麦パンはそれでも酸っぱくてボソボソしており、やはり美味しくはなかったが、まあまあ食べられるレベルに進化した。

元が「見るのも嫌」レベルだったので、大躍進である。

ベーコンと炒めたブロッコリーも苦みはそこまで気にならない。モリーユ茸は美食家が熱愛するのも納得というなんかこう、味わい深いきのこだった。

「それにしても大失敗だったな」

一人呟《つぶや》いた私だったが。

「もう何回か失敗したら上手くなるんじゃないか？」

「うん」

とブラウニー達が返事をする。

返事が返ってくるとは思わず、少し驚いた。

だが、とても気持ちがよいものだ。

私は自分を一人が平気な人間だと思い込んでいたが、少し寂しかったのだろう。

私は我知らず、微笑《ほほえ》んでいた。

「ああ、そうだな。失敗してもいいんだよな」

ライ麦パンは上手く焼くと香《かぐわ》しい麦の香りが楽しめる。

それが分かるのはまた何度かブラウニー達と失敗作を食べた後のことだった。

＊＊＊

一週間後、備蓄が尽きてきたので、私は馬のオリビアと五キロ離れた町に買い出しに出かけることにした。

フースの町は我が国の最も西に位置する国境の町だ。

これより先は山に入るので、小さな村や集落しかない。

大体辺境の大きな町は、街道からちょっと外れたところにあり、外敵の侵入を防ぐための壁に囲まれているものだが、フースの町は街道沿いにあった。街道沿いなので、壁はない。

西の隣国と我が国の関係が長らく落ち着いているせいだろう。

田舎町ながらなかなか栄えており、食料品が買える市場の他に、洋服や靴、雑貨の店もあり、大抵のものはここで揃《そろ》う。

豆やナッツなどの乾物を扱う店に珈琲豆《コーヒーまめ》が並んでいたのは驚いた。

珈琲は外国からの輸入品で非常に高価なため、王都でも一般の店にはほとんど置いてないのだ。

早速買い求めると、

「えっ、買うのかい？」

と店主に驚かれた。

役場に偉い人が来た時用に置いてあるだけで、それ以外では滅多《めった》に売れないらしい。

確かにただいま無職の引退騎士には高い買い物なのだが、私の好物なのだ。このくらいの贅沢《ぜいたく》は許してもらおう。

珈琲豆を買うと、店主は豆を焙煎《ばいせん》してくれた。

鍋《なべ》を火に掛け、豆を丁寧に煎《い》っている。

じーっと見ていると、

「煎りむらが出来ないようにまんべんなく煎るんだ」

店主はコツを教えてくれた。

焙煎のやり方によって味も変わるらしい。

そのうち私も生豆を買って自分で煎ってみたい。

学校や教会、役場、騎士団の詰め所、そして冒険者ギルドがあり、冒険者が使う町だからだろうか、宿屋や料理屋が数軒、病院や武器屋、道具屋に鍛冶屋《かじや》なんかも充実している。


「おや、ここは——？」

買い出しの途中、とある店の軒先で私は立ち止まった。

一見ただの二階建ての民家のようだが、フースの町ではメインストリートに当たる街道沿いに面している。

なにより本屋を示す、開いた本の形の看板が掛かっていた。

やっぱり、本屋だろう。

調べたいことや読みたい本があったので、私は中に入ることにした。

店内に入った私は周りを見回し、思わず呟いた。

「ここ、本屋だよなぁ……」

中は小金持ちの邸宅という感じだ。

しばしどう見ても玄関ホールという場所に立ちすくんでいたが、店員がやって来る気配はなく、私は次の部屋に続くドアを開けた。

部屋には壁一面にずらりと本が並んでいて、大きな書架《しょか》がいくつもある。

まごうかたなき本屋だった。そしてなかなかの品揃えである。

「いらっしゃい」

声をかけられて振り返ると、カウンターの向こうに初老の男がひっそりと座っていた。

「見覚えのない顔だね。会員になりに来たのかい？」

「会員？」

「ここは貸本屋なんだ」

「貸本屋？」

最初は気さくに話しかけてきた男性だったが、話しているうちにだんだん怪訝《けげん》そうな表情になっていく。

「貸本屋を知らないのか？　本屋だよ」

「本屋は知っていますが、貸本屋というのは？」

「貸本屋を知らないのかい？　この辺りは本屋と言えば貸本屋なんだよ」

「ああ、そうなんですか」

「……アンタ、見かけないけど、田舎から来たのかい？」

すっかり不審者を見る目つきで男性は尋ねてきた。

「いえ、王都です」

「王都か。あそこにも貸本屋はたくさんあるはずだがね。本を読みに貸本屋に行ったことはなかったのかい？」

「本は王立図書館で読んでいました。買う時は本屋が行商に来るのでそこから買ったり、出入りの商人に注文したり……」

素性がバレそうなことは誤魔化《ごまか》すつもりでいたのに、驚きのあまり私は素直に答えてしまった。

男は感心した様子で私を見る。

「王立図書館に入れたのか、そりゃ貸本屋には行かないな」

王立図書館は貴族と王宮の官吏《かんり》、あとは紹介状を持つ者しか入館が許されない国で一番大きな図書館だ。

王宮魔法騎士は図書館に出入り自由だったので、本が読みたければ王立図書館に行けばよかった。

そこにない本や手に入れたい本は騎士団に出入りする本屋か商会に頼めば手に入れて貰える。

稀《まれ》に王都の本屋に行くことはあったが、貸本屋に来たのはこれが初めてだ。

男性の説明によると貸本屋は有料の図書館のようなものらしい。会費を払って会員になればこの本を読むことが出来るようになるそうだ。

「二階の部屋も好きに使っていい」

そういえば玄関に階段があった。あの上が本を読むための部屋になっているらしい。

一人部屋もあれば、数人で使える会議室のような部屋もあるという。

「会員同士の交流も盛んで、詩の朗読会とか本の感想を話し合う読書感想会なんていう集まりもある」

「へー」

「貸出料を出せば貸し出しも出来る」

「ああ、それはありがたい」

「ただ、貸出料は結構掛かるぞ。返却の時に返金するが、なくしても破損しても弁償してもらう」

それはそんなものだろう。私は納得した。

「町に住んでいないので会員の交流会には参加出来そうにないんですが、会員になれますか？」

「交流会の参加は任意だからそりゃかまわんさ。金さえ払ってくれれば誰だって会員になれる」

「あの、ちなみにこの町に図書館は？」

男性は首を横に振る。

「ないね。役場の談話室と子供達の学校に読み物コーナーが少しあるくらいだ」

本はかなり高価なので庶民には手が出ない。だが貸本屋なら所有は出来ないが、たくさんの本を比較的安価に読むことが出来る。

残念ながら我が国は識字率がそう高くないので、読み書き出来る者はそれなりの知識人だけだ。

貸本屋はそうした人々の交流の場も兼ねているらしい。


私は貸本屋の会員になった。

ちなみに本はリクエストすれば可能な限り仕入れてくれるそうだ。さらに買いたい本があれば取り寄せてくれるらしいから、機会があれば利用したい。

貸本屋の主《あるじ》はジェリーと名乗った。

「ところで、アンタさん、どんな本を読みに来たんだ？」

「読みたいのは料理の本ですが、それより調べたいことがあって」

「なんだ？」

「小麦の収穫についての本です」

「小麦の収穫？」

「はい、いつ収穫すればいいのか、どうやって収穫すればいいかとか、そういうことが書いてある本があれば読みたいです」

「…………」

ジュリーは沈黙した。

しばらくして彼は、「そんな本はない」と首を横に振った。

「ないんですか？」

「ないね。少なくともうちにはない。小麦の収穫なんてあれだ。小麦が黄色になったらだよ。そんなのわざわざ本で読むようなもんじゃないだろう」

「そうなんですか？」

「ああ、農家なら誰だって知っている」

ところが私は農家ではないので全く知らないのだ。

「そもそもなんで小麦を収穫したいんだ？」

「買った家に小麦が植えられていたんで、時期が来れば刈り入れをしたいと思いまして」

小麦の収穫は晩春から夏と聞いている。あと一、二ヶ月もすれば収穫時期なはずだ。

「買った家？」

何か引っかかったのか、ジェリーが尋ねてきた。

「ええ、ここから五キロほど離れたところにある農家を最近買ったんです」

「ああ、アンタさんが『楡《にれ》の木』を買ったんか」

「ニレの木？」

「あの家には大きな楡の木があるだろう、だから『楡の木』と呼ばれていた」

ジュリーは少々感慨深げだ。

彼はあの家の前の住人を知っているのだろう。

「そうなんですか……」

「リーディアさん、と言ったか？　アンタ、木こりやきのこを採るために、あの家を買ったのかい？」

木こりやきのこ採りとは？

質問の意味が分からない。

私は一体何を聞かれているのか？

「いえ、どっちもする気はないです」

若干引きながら、私は答えた。

「じゃあ何をしに来たんだ？」

「怪我《けが》をしてそれまでの仕事を引退したんで、しばらくはゆっくり料理でもして過ごそうと思いまして」

「ほお？　都会の人は変わったことを考えるね」

からかうような声で言われたが、嫌な印象は受けなかった。

「それで？　怪我はもういいのかい？」

「はい、そっちはもう……」

怪我は治ったが、魔術回路の損傷は治らなかった。

人間が魔法を使える仕組み自体が本当はよく分かっていない。回復魔法で癒《い》やせないのなら、それ以上治療の方法はないのだ。

浮かない顔をしていたのだろう。

ジェリーは慰《なぐさ》めるように私に言った。

「まあ、生きていればいいこともあるさ」

「……そうですね」

「山の仕事で生計を立てるつもりがないなら、町の住人を山に立ち入らせてくれんかね」

とジェリーは私に頼んできた。

「はあ……？」

どういうことだろうか？

「アンタさんの敷地にある山と森にはきのこや薪《まき》や珍《めずら》しい野草なんかが生えている。『楡の木』はそれを町の住人に自由に採らせてくれていたんだ」

『楡の木』——前の主人が亡くなって、その夫人が家を維持出来ずに売りに出し、しばらくの間家と山はゴーラン領主預かりになった。

つまりあそこの土地の保有者はつい最近まで領主だった。

「領主様の管轄地に住民は立ち入っちゃいけないことになっている。領主様はケチなお方じゃないから、お目こぼししてもらえるだろうが、まあ決まりだからね」

直轄領《ちょっかつりょう》というのは大抵そういうものだ。

厳しい領主は本当に厳格に領民の立ち入りを禁止し、見つけ次第殺してしまうという話も聞く。

ゴーラン領主は自身が所有する山や森を特段の事情がなければ一般人にも解放しているそうだが、『楡の木』はいずれ誰かに売り渡す土地だ。厳密には領主は土地を預かっている状態なので、人々の出入りは制限された。

あの『楡の木』の家と畑だけ、あるいは山だけ欲しいという住人はいたのだが、両方買いたいという者はいなかった。

そうこうしているうちに私があの家を買い取ったという経緯らしい。

「以前のように自由に山に入らせてもらえたら、皆喜ぶ」

「あのう――」

私は困ってジェリーに尋ねた。

「確かに山の仕事はしないので、山に立ち入ってもらっても構わないのですが、荒らされるのは困ります」

「ああ、そりゃ分かっている。敷地内に入れるのはアンタさんの好意だ。『楡の木』の頃から町の住人は山を荒らすような真似《まね》はしてないよ。国境も近いから騎士団も目を光らせている」

「そうですか。なら、構いません」

ジェリーはパッと顔色を明るくする。

「そうか、では小麦のことはあんまり心配せんでいいよ」

ジェリーが言うには、森に入る許可をやれば、採取したものの大体二割から三割くらいを場所代として貰えるらしい。

場所代は採取したもの以外にそこの家で採れた野菜や果物、鳥獣の肉など。

そんなの貰えるのか？

なんだか楽しみになってきた。

「挨拶のついでに、畑のことを聞いたら誰か教えてくれるさ」

そう言った後、ジェリーは「ふむ」と私を見つめた。

「アンタさん、旦那はいるんか？」

「いえ、夫はおりません。一人暮らしです」

防犯上、家庭環境をつまびらかにするのは不用心だが、ジェリーには正直に話すべきだと思い、私は答えた。

ジェリーは片手を振る。

「じゃあ、男は駄目だな。若い男はもってのほかだが、わしみたいに若くない奴《やつ》も駄目だ。アンタさんは美人だからな、気を付けな」

「はい、そうします」

美人云々《うんぬん》はともかく、婦女暴行しやがる輩《やから》は女なら誰でもいいという連中ばっかりだ。

気を付けるに越したことはない。

「ちょうどいいのを用意するから、待ってなさい」

とジェリーは言った。

「『ちょうどいいの』とは？」

「近隣の子供達だよ。あの辺りで薪だのきのこだのを拾って小遣い稼《かせ》ぎをしている。お礼にサンドイッチでもやれば大喜びだ」

「サンドイッチ？」

「パンにハムかチーズを挟んだ簡単なやつでいい。面倒ならパンにバターでも塗ってやんなさい。パンはパン屋で黒パンを買えばいいさ」

「パンならあります。ですがお礼はそれでいいんですか？」

「ああ、あのくらいの年の子はいくら食べても空腹だからね。お礼は食べ物がいいのさ」

貸本屋で何冊か本を借りた後、私は魔石屋に立ち寄った。

冒険者や魔法騎士や魔法使い達は様々な魔法の補助として純度の高い魔石を欲しがる。後は宝飾品として貴族が好む。

なので、王都で売っている魔石は純度が高く値段も高い。

だがダンジョンに近いここでは純度の低いものや使いすぎで色があせてきた中古品なんかも取り扱っている。

もちろん純度の高い魔石も売っているが、私が欲しいのは魔石屋の軒先で二束三文で売られている安価な魔石だ。

例えば水の浄化用の魔石。

これは樽《たる》一杯の水を浄化するのに大体一時間かかる。だが溜《た》めておいた雨水を浄化したいならこれで十分だ。

次にいいなぁと思ったのは、火の魔石。

大鍋一杯の水を沸騰《ふっとう》させるのに一時間ほど掛かる。

風呂を沸かすのに丁度いい。

我が家の風呂は薪で沸かすタイプだが、一人だとこれはかなり面倒くさいので困っていた。

魔石があれば風呂も楽に楽しめる。

その他諸々、馬車いっぱいに荷物を積んで、私は家に帰った。

＊＊＊

家に戻った私は早速借りた本を読んでみた。

一冊目は妖精の本だ。

王都なら魔法使いが読む専門書の扱いだが、ゴーランでは妖精は身近な存在だ。

人とは異なる理屈で動く彼らに対する注意も兼ねてこうした本は書かれている。

妖精はいたずら好きで赤ん坊をすり替えてしまったり、旅人を道に迷わせたりとかなり迷惑なことをする。

本によるといい妖精もいるが悪い妖精もいる。

悪い妖精は理由もなく人を病気にしたり、呪ったり、家畜を衰弱させたりするらしい。

いい妖精は人を助けてくれる存在だが、彼らを怒らせるととても危険らしい。

屋敷妖精ブラウニー達についても書かれていた。

彼らは家事全般が得意で食器洗いに洗濯、掃除、畑仕事、動物の世話と何でもやれるが、殺傷は苦手。

だから肉や魚の料理を作ったり、害虫駆除はやりたがらない。

「あ」

そこまで読んで私は気づいた。

うちのブラウニー達に肉も魚も食べさせてしまったが、よかったのだろうか？

慌てて続きを読むと、作るのが苦手なだけで、人間が作った食べ物は好んで食べる。

さらに妖精は魔素を主な栄養としており何も食べなくても死ぬことはないと言われているが、そうでもないという説もあり、要するによく分からない。

殺傷しない料理を作るのは得意で、特に彼らの作るチーズは絶品らしい。

「ふーん」

いいことを知った。

我が家のブラウニー達も頼んだら作ってくれないだろうか？

二冊目はゴーランを書いた旅行記だ。

この辺りの郷土料理としてダンジョンの魔物料理が書かれていた。

ここ、ゴーランでは強さを求めて、強い魔獣の肉を食べるという風習があるらしいが、その肉はとても美味しくないそうだ。

逆に美味しい魔物もおり、魔豚《まぶた》という豚に似た魔物の肉は非常に美味しいらしい。

一度食べてみたい。

＊＊＊

その後も私はパンを作り続けていた。

初回の失敗を教訓にし、小麦粉を混ぜてみたり、ナッツやドライフルーツを入れたり、ちょっと膨みが足りない時は王都で買ってきた重曹《じゅうそう》を少々加え、小麦粉を足して発酵し直すという荒技を身に付けたので、初日ほどの大失敗はしなくなった。

だが、未《いま》だにパンは美味しくはない。

「すごく美味しくない」から「やや美味しくない」になったが、「美味しくない」という属性は捨て去り切れていない。

その日の朝、美味しくないパンを食べ飽きた私は、パスタを作ることにした。

町に出かけた時に、パスタ用の小麦粉というのを買ってきた。

雑貨屋の女将さんに作り方も習っている。

まず、小麦粉を篩《ふる》って、卵、塩、オリーブオイル、水を入れて混ぜ合わせる。捏ねて一つにまとまったら、次に生地を清潔な袋に入れて、足で踏む。しっかり踏む。平たくなったら少々寝かす。

足で踏むところが謎《なぞ》だが、そのくらい力を込めて捏ねるものらしい。

寝かした生地は麺棒《めんぼう》でのばして細長く切る。

これで出来上がりだ。

出来上がった麺をお湯で茹でればパスタになる。

日持ちは冷暗所で二日程度だが、よく乾燥させれば一年くらい持つようだ。

備蓄にはもってこいである。

パスタの具はモリーユ茸にしよう。

玉葱とニンニクはみじん切りにして、戻した乾燥モリーユ茸とベーコンは食べやすい大きさに。

フライパンで炒めた後、生クリーム、ミルク、バター、白ワインを入れて、味をなじませる。胡椒で味を調《ととの》えたらモリーユ茸のパスタの完成だ。

他にクレソンと茹で卵のサラダも作った。

「あ、美味しい」

パスタはかなりいい出来だった。

乾燥した方が味がよくなるというモリーユ茸だが、本当に美味しい。

思わず声を出るくらい美味しかった。

クレソンも柔らかく、サラダも上々の出来映えだ。

「しばらくぶりに美味しいものを食べたな……」

今、私は田舎暮らしを満喫している。

食後の一杯、クレソンを摘んだ時に見つけたミントで作ったハーブティーと共にしばし感慨に浸る。

「あのー！　誰かいませんかー！」

勝手口から大きな声が聞こえてきたのはその時である。

やってきたのは、七歳から十歳ほどの四人の少年達だった。

「はいはい、何か用かい？」

少年達はハッと息を呑《の》んで、

「おい、お前が言え」

「お前が言えよー」

「じゃあ、ノアだ」

しばらく誰が私に返事するか押しつけあっていたが、ノアと呼ばれた少年が他の子に押し出され、若干びくつきながら私に声を掛けてきた。

「あの、僕達、森に入っていいって聞いて来たんですけど」

「ああ、ジェリーさんに聞いてきたんだね」

「はい、そうです。ジェリーさんは校長先生の友達なんです」

彼らはフースの町の学校に通う子達らしい。

フースの町はここから五キロ離れている。子供の足でここまで来るのは大変だろうが、この辺りの子供達は健脚だ。疲れも見せず、けろりとしている。

「まあ、中に入りなさい」

と私は彼らをキッチンに招き入れた。

「よその家で食べ物をもらってはいけないとお家の人に言われている子はいるかい？」

食べ物を口にすることで体がかゆくなったり、宗教上の理由や家の方針でよその家で食事を食べてはいけないと言い聞かされている子はいる。

だが、全員そうではないというので、私は少年達にミルクを出してやった。

「ラスクがあるんだけど、食べるかい？」

と聞くと頷いたので、蜂蜜とバターのラスクを一人二枚ずつ、皿に載せた。

美味しくないパンをなんとか食べ切ろうと、ラスクを作ってみたのだ。

作り方は簡単。

蜂蜜とバターを混ぜ合わせ薄切りにしたパンに塗り、予熱したオーブンで十分ほど焼くだけだ。

初めての家だからか、彼らは緊張しながらラスクを口にしたが、一口かじると、

「うわー、うめぇ」

感嘆の声が上がる。

ふふふふ。

ふふふふふふふふ。

美味しくないパンを差し引いてもラスクはかなりよく出来た。

実は使っているバターが自家製なのだ。

朝、ブラウニー達が乳を搾ってくれるミルクを沸騰させないように弱火に掛ける。

その後、しっかり冷ましたミルクを瓶に入れ、振る。ひたすら振る。

すると、上の方に黄色い固形物が出来る。

それを濾《こ》すとバターになるのだ。濾したあとのミルクを我が家はミルクと呼んでいる。

通常のミルクに比べて若干味は薄いが、さっぱりとしていて普通に飲める。

ちなみに生クリームを作る時は振らずに置いておく。上の方に溜まる上澄みが生クリームにな

る。

何食わぬ顔で、「味はどうかな」と聞くと、

「美味しいよ、ありがとう、おばさん」

……少年は満面の笑みを浮かべ、言った。

告白しよう。

ショックだった。

騎士団の同僚には子や孫がいて、親御さんから重々言い聞かされていたのだろう。

彼らは私を「リーディアさん」とか「お姉さん」と呼んでいた。

しかし初対面の少年は私を「おばさん」と呼んだ。

考えてみれば、私は二十六歳。

彼らの母親と同世代だ。それはもう未婚でも「おばさん」だろう。

あれは忖度《そんたく》のたまものだったのだなぁと、今更ながら元の同僚達とそのご夫人に感謝した。

おかげさまで二十六年も自分が「おばさん」であることを直視せずに生きてこられた。

「うん、美味しいよ、おばさん」

「美味い美味い」

と他の子も美味しそうに食べている。

彼らに遅れて少年達の一人、ノアと呼ばれた少年が遠慮がちに言った。

「あのう、リーディアさん？　美味しいです」

おそらくジェリーから私の名前を聞いていたのだろう。

「そうかい、ありがとう。おかわりが欲しい人！」

尋ねると「はい！」と全員が勢いよく手を上げた。

そこで一枚ずつラスクを追加であげたが、ノアという子の分はバターがちょっと多めに載ったやつを選んだ。

うん、まあ、このくらいは許されるだろう。

断っておくが大体均一になるように作っているので大きな違いはない。

だが、他の三人の子達は大変めざとく、ノアの皿を凝視した。

「「…………」」

「あの、リーディアさん、美味しかったです」

「うん、リーディアさん、これ最高！」

「リーディアさんのところの牛のバターなの？」

と彼らは急に私を「リーディアさん」と呼んできた。

「君達、これから森に行くのかい？」

「うん。森に入ってもいいんでしょう？」

とジミーと名乗った子が言った。

「もちろん構わないけど……行く前に」

私は立ち上がり、戸棚を引っかき回して、小さな巾着を四つ、取り出した。この前ポプリ入れにしようと町で買ってきたものだ。

そこにラスクを二枚ずつ入れる。

「何してるの？」

少年達から不思議そうに問いかけられた。

私は銘々《めいめい》にラスクが入った巾着、それから四人分の水が入った大きめの水筒を渡して、彼らの目を見て言った。

「いいかい？　まず森の奥に入ってはいけない。入りたい時は大人の人と一緒の時にしなさい。それに二時間後には必ずここに戻りなさい。鐘を鳴らすからね。鐘が聞こえなくても太陽の位置が変わってしまったと思ったら戻ってきなさい。皆が戻ってきたら昼食を食べよう。四人とも、離れないで一緒に行動するんだよ。でももし迷子になってしまった時にこれを食べて待っていなさい。出来るだけ動かず、じっとしているんだ。迎えに行くからね」

ここでは普通のことらしいが、私としては子供だけで森に行かせるのは心配だ。せめて非常食と水くらいは渡しておく。

私の心配をよそに、彼らは二時間後に無事戻ってきて、私にきのこや薪やハーブをくれた。

少年達は昼食に卵のサンドイッチとハムとチーズが挟まったサンドイッチ、それから野菜とチキンのスープを食べると、

「お礼に畑仕事してあげる」

ぱーっと畑に走って行き、雑草を摘むとか、支柱を付けるとか、いらない葉っぱを剪定《せんてい》するといった高度なことまで、パッパッと手際よく済ませてから、

「じゃあねー、リーディアさん！」

と帰って行った。

嵐みたいな少年達がいなくなって、静かな我が家に戻る。

「さてと」

少年達はクマニラ《ラムソン》を摘んできてくれた。

ラムソンのスプレッドを作ろう。

よく洗って乾かしたラムソンの葉っぱをみじん切りにしてすり鉢ですり潰《つぶ》しペースト状にする。松の実を加え、オリーブオイルと塩で味を調えればスプレッドは出来上がり。

ラムソンはベアラオホなどとも呼ばれて、冬眠から覚めた熊が好んで食べるという。ニンニクとニラのちょうど中間の味わいで、春そのものという香りだ。

早速、パスタソースにして食べてみることにした。

これはじゃがいもに付けたり、クリームスープに混ぜても美味しいらしい。

もう一品はベーコン、玉葱、じゃがいもに畑で採れたグリーンピースを入れたチーズのオムレツ。

ちょうどパスタが出来た頃に、

「風呂を洗ってやるから飯を食わせろ」

「ランプを磨いてあげるから、お願い」

とブラウニー達が顔を出す。

「ああ、頼むよ。そういえばブラウニー達はチーズ作りがとても上手いそうだな、お前達作れるのか？」

「作れるぞ」

とブラウニー達が頷く。

「そのかわり、ラスクをくれ」

「くれ」

ブラウニー達は意外と甘い物が好きらしい。

少年達もラスクを喜んでいたし、今度町に行ったらお菓子の本でも読んでみようか。

そんなことを思いながら、ラムソンのパスタを食べた。

＊＊＊

少年達を皮切りにその後、ポツリポツリと我が家に人が立ち寄るようになった。

山に入りたいという人もいるし、空き家でないことを知った人が雨宿りに来ることもある。

「お礼に」と兎肉《うさぎにく》を貰ったのはそんな時だ。

姿形が可愛い生き物なので食するのに少々抵抗があったが、皮まで剝いでもう食べるだけとい
う状態だったので、バターソテーにして食べた。

美味しかった。

田舎ではよく食べられる肉だそうだ。

ソテー以外にどんな食べ方があるのか、町に行った時に肉屋のおかみさんに聞いてみた。

「ああ、美味しい兎肉ならワイン煮、クリーム煮、マスタード煮、ロースト、なんでもござれよ。

ミンチ肉にしてもいいわ」

兎肉は鶏肉に似た味だ。鶏肉で美味しい料理なら何でもイケるらしい。

「ただねぇ、美味しくない兎肉は、食べられる部分が少なくて、肉も固くて臭《くさ》みがあるわね。狩猟期のまるまる太ったやつじゃなければ、思い切ってだし《フォン》にするのも手よ。美味しいだしが出るわ」

美味しい兎肉と美味しくない兎肉の二種類があることを初めて知った。

美味しい兎肉とは食用として飼っている兎のことで、美味しくない兎肉は野生の兎のことらしい。

しかし冬など食材が乏しい時にはどちらの兎肉もご馳走《ちそう》である。

作り方は鶏肉のフォンと同じだそうだ。

「ありがとう。勉強になります」

とお礼を言う。

「いいえ、いいわよー。それより、リーディアさん！　聞いたぁ？」

おかみさんの目がキラリと光る。

親切で物知りでいい人なんだが、大の話し好きなのだ。

「何をでしょう？」

「いやぁねぇ、今町で一番の話題と言えば、ご領主様のことよ！」

数日前、近隣の町ロビシアで春を祝う祭りがあったらしい。領主も祭りに参加し、今年一年を占うくじをしたそうだ。

小麦の束を引いたらその年は豊作とか、コインを引いたら金運がいいとかいうあれだ。

今年、領主が引いたのは、一輪の赤いバラだった。

バラは運命の人に出会えるという意味らしい。

「もう、キャーって感じで、若い娘さん達は大変よ。仕立屋は大忙しでまた大変」

「なんで？」

「今からドレスを仕立てるのは無理だけど、少し目立つように仕立て直したり、コサージュを付けたりしたいじゃない？」

「はあ……？」

そんなものか？

「うちの町の春祭りは過去最高の人出が予想されているわ」

ちなみにフースの町の春祭りは三日後だ。

「なんでですか？」

「決まってるじゃない、領主様と春祭りで運命の出会いをするためよ。祭りの日、大勢の人だかりの中、ハッと領主様が顔を上げるとそこに運命の人が……。素敵じゃなーい！」

おかみさんは感動している。

「はあ……」

よくわからんが、確かに町娘と領主が出会うのは祭りの時くらいしかなさそうだ。

領主に出会うため、近隣のみならず少々遠方の娘さん達まで、祭りに参加の予定らしい。

「リーディアさんもお祭り、来るでしょう？」

「いえ、行くつもりはありません」

覗《のぞ》いてみたい気もするが、まだ家は片付いてないし、混雑が予想されているならあまり来たくない。

それに可能性は薄いが、領主や騎士達は『魔法騎士リーディア・ヴェネスカ』を知っているかもしれない。居所を知られたくない私は慎重に行動することにした。

「あら、残念、リーディアさん美人なのに。きっと領主様もイチコロよ」

「どうもありがとう。お礼にソーセージ買います。あと羊の骨付き肉と鶏一羽下さい」

「毎度あり」

フォンの話をしていたら、美味しいスープが食べたくなった。鶏でスープを作ろう。

本を返しに貸本屋に行き、棚を眺《なが》め、よさそうな本を探す。

「おっ」

見つけたのは、『緑の魔女達』というタイトルの本。

ここ、農村地帯で役立つ生活のための魔法を集めた魔法書だ。

今は攻撃魔法が至上とされているので、こうした小さな魔法はあまり日が当たらない存在になってしまった。

「…………………」

あ、いかん。

中身をちょっと確認するだけのつもりだったが、つい読《よ》み耽《ふけ》ってしまった。

しかし探していた魔法が載っていた。

それから魔石屋に行き、いつものクズ魔石ではなく、もう少しランクの高い魔石を買って帰った。

帰り道、街道沿いにたんぽぽが咲いていた。

たんぽぽの花は農夫の時計とも呼ばれている。

朝に開き、夕方に閉じて野にいる人々に時間を教えてくれるからだ。午後を過ぎて、花は少し閉じかけていた。

さて、たんぽぽの花が閉じてしまう前に家に帰ろう。


帰宅した私は早速鶏のフォンを作ることにした。

内臓を抜いた鶏を肉の部分は取り除き、適当な大きさに切る。

肉以外の部分、鶏ガラを一時間ほどオーブンでこんがりと焼く。

次に玉葱、人参、セロリ、ニンニクなどの香味野菜を炒め、共に煮る。

沸騰しきらない温度、八十度から九十度くらいで灰汁《あく》を取りながら四、五時間煮て、濾したものがフォンである。

フォンは味の決め手だ。スープやソースの元になる。

取り除いた内臓はレバーペーストにする。

丁寧に血抜きしたレバーをみじん切りした玉葱、ニンニク、きのこと一緒に炒め、火が通ったらワインとローズマリー、オレガノと共に少々煮る。すり鉢ですり潰してバターと生クリームを加えさらにすり潰すと出来上がり。

これはパンに付けて食べると美味しい。

心臓はニンニクときのこを入れてオイル煮に。

肉は四分の一は今夜の夕食だ。玉葱ソースをたっぷりかけたソテーがいい。

余った分はワイン漬けと塩漬けにして保存する。

下準備はこれで完了だ。

＊＊＊

翌日、私はイラクサ《ネトル》を摘みに牧草地に向かう。

だが作業の前に準備が必要だ。

ネトルは葉っぱにとげがあるので、丈夫な皮の手袋と皮のエプロンがいる。

装備を身につけて私はネトル摘みに出かけた。

ネトルは春によく見かけるハーブだ。青々しく茂っている葉を摘み取り、熱湯で十五分ほど茹でる。茹でたネトルは細かく刻んでおく。

薄切りにした玉葱とじゃがいもを炒め、昨日作っておいたフォンを入れる。そこにネトルを加えて煮る。簡単に裏濾しして、生クリームや塩胡椒で調えたらネトルのポタージュスープの出来上がりだ。

スープは野趣を感じるいい味に仕上がった。

今まで適当な野菜や骨、余ったきのこでなんとなくだし汁っぽいものを作って使っていたが、フォンを使うと味が全然違う。格段に美味しくなった。

面倒だが、フォンやスープ用のだし汁であるブイヨンはきちんと作ることにした。

最終的にはビーフシチューを作りたいものだ。

あれは鶏ではなく牛骨でだしを取るのだ。

なかなか上手くいったと悦に入る私だが、先ほどネトルを採りに行った時に畑が少し荒らされているのを見てしまった。

あれは多分兎の仕業だ。

兎は農家にとって害獣で、駆除しないといけないのだ。

被害が大きくなる前に、先ほど読んだ本と買ってきた魔石で魔法の案山子《かかし》、ジャック・オー・ランタンを作るとしよう。


ジャック・オー・ランタンはカボチャ頭に案山子の体で、ゴーレムと呼ばれる人造生命体の一種だ。

ゴーレム魔法は私の得意魔法の一つで、かつて南部に従軍した時は、巨大な光のゴーレムを召喚し、敵を怯《ひる》ませたこともあった。

直後に魔力枯渇《こかつ》でぶっ倒れたが、敵は一斉に退散したのでその甲斐《かい》はあったというものだ。

あの時は異界の生命体である光の巨人を召喚したが、今回のジャック・オー・ランタンは畑を害獣から守ってもらうため、魔石をコアにした人造生命体を作る。

両者は一見異なる魔法のように見えるが、光の巨人とジャック・オー・ランタンの魂という

『何かを召喚する』という点が共通している。同じ召喚魔法という種類の魔法だ。

ジャック・オー・ランタンの錬成は初めてだが、『緑の魔女達』を読む限り、戦闘用のゴーレム錬成と大きな違いはないようだ。

材料は野菜とあってストーンゴーレム等よりは耐久性が低い。

だが畑と相性がよく、ジャック・オー・ランタンが一匹いると豊作になるらしい。

そして製作に入ったが。

「はぁ」

私は思わずため息を吐《つ》いた。

たかが小型ゴーレムを一体作る程度なのに、魔法陣を組まないといけない。

「ちょっと前まではこんなことといちいちしなくてよかったのに……」

私はそうぼやきながら我が家の納屋で、ジャック・オー・ランタン錬成のための魔法陣を書く。

納屋の一階部分は倉庫になっていて、片づけるとかなり広い。魔法陣を書くにはもってこいの場所だった。

ジャック・オー・ランタン製作に必要な材料は「焼いた塩」「一つかみの砂金」「香草」「魔力の土」など。

比較的入手が容易なものばかりで町の魔法使い用の道具屋で既に購入済みだ。

食料庫にあったしなびたかぼちゃと適当な野菜、棒などで案山子の形を作り、帽子と野良着を着せ、心臓部に当たる場所に魔石を置く。

次に短剣、杯、棒、ペンタクルス、護符《ごふ》、蓮棒《れんぼう》、香炉《こうろ》なんかの道具を魔法陣の正しい場所に設置する。

今回は『真理』を意味する魔法陣を敷く。人が造りしものとはいえ、曲がりなりにも命を生み出すのに必要な作業だ。

かつての私は魔力を使い、この魔法陣ごと錬成することが可能だったが、今の私の能力ではきちんと手順を踏まないと魔力が足りない。

そして私は呪文を唱えた。

「万物の根源たる魔素《マナ》よ。わがしもべに命を吹き込みたまえ。リーディア・ヴェネスカが命ずる。ジャック・オー・ランタン、目覚めよ！」


……次に目覚めた時、私はベッドの中だった。

私室の天井《てんじょう》を見つめながら、まだ朦朧《もうろう》としている頭で考える。

何があった？

「気づいたのか？」

そう問いかけるのは窓枠に腰掛けたブラウニーで、私はぼんやりと思い出す。

そうだ、私は、ジャック・オー・ランタンを召喚し……。

「魔力不足で倒れたのか……」

「そうだ」

ブラウニーは頷いた。

「ここに私を運んだのは？」

退役魔法騎士は
辺境で宿屋を営業中 上

「お前が作った案山子だ。今は外で畑を見張っている」

「そうか……」

どうやらジャック・オー・ランタン製作は上手くいったようだな。

ブラウニーは少しくたびれた様子だ。

私は彼に問いかけた。

「私は何日倒れていた？」

「二日だ」

「そうか、すまなかったな、二日も食事抜きか」

ブラウニー達は家の中のものを勝手に食べたりはしない。

彼らは住んでいる家の住人の感謝と共に捧げられた食事を食べるのだ。

だがブラウニーは小さな頭を横に振って素っ気なく言った。

「それはいい」

「馬や牛の世話は？」

「やっておいた。鶏の世話も」

「ありがとう、ブラウニー」

日に一杯のミルクで我々の契約関係は成立している。

約束が果たされない間の家事はブラウニー達の好意だった。

「よっこいしょ」

と私は身を起こす。

「大丈夫か？」

ブラウニーが私に問いかける。

「ああ、大丈夫」

しんどいが、なんとか動けそうだ。

そもそも怪我や病気ではない。単なる魔力不足だ。

疲労困憊《こんぱい》した状態、というのが一番近いだろう。

ゴーレム製作は魔法の中でも難易度の高い魔法といわれているが、私は特に難しさを感じたことはなかった。

しかし今の私では想定以上の魔力消費だったようだ。

私はふうふう言いながら、キッチンに向かい、ブラウニー達が搾っておいたミルクを火に掛ける。

「リーディア、大丈夫？」

もう一人のブラウニーもやってきた。

「ああ、大丈夫。心配掛けたね」

私は彼らにミルクをやって、私も一杯飲んだ。

まだ本調子ではないようで、それだけで私の体は音を上げた。

ジャック・オー・ランタンやオリビアやケーラ達の様子を見に行きたいが、限界のようだ。

私はまたヨロヨロと二階の自室に戻り、毛布の中にくるまった。

たったあれだけの魔法すら私は満足に出来ない。

「うっ……ううっ……」

魔法の力を失ってしまったことがただただ悲しく、私は泣いた。

もう無敵の魔法騎士リーディア・ヴェネスカはこの世のどこにもいない。

馬や牛も鶏もブラウニー達のおかげで飢えずにすんだ。

ジャック・オー・ランタンが私をベッドに運んでくれねば、私は納屋で倒れたままだっただろう。

ブラウニー達の優しさやジャック・オー・ランタンの献身に感謝する前に、私は己の不運を嘆いているのだ。

こんな時も私は自分のことしか考えられない。

その卑小さもまた情けなく、私の涙は止まらない。

だが、今日くらいは許してほしい。

窓の外は雨が降っている。

それは私を慰めるような、優しい春の雨だった。

＊＊＊

その後の数日はただぼんやり過ごした。

再びやってきた少年達が、畑仕事をしてくれて本当に助かった。

ささやかなお礼として私は彼らに食事を提供し、少年達の嗜好《しこう》を摑《つか》んできた。

例えばボリューム満点の肉入りのサンドイッチ一個より、ハムとチーズの簡単サンドイッチでいいから、ラスク付きがいいらしい。

彼らのおやつの範囲は大層広く、ふかした芋にバターを塗ったやつとか、じゃがいものパンケーキ、すり潰したアーモンドと蜂蜜で作るアーモンドバターを塗ったパンで大喜びしてくれる。

おやつがないとテンションが急降下するので、おやつは欠かさないことにした。

この傾向はブラウニーも同じで、彼らも仕事の駄賃にお菓子をねだる。

春は北の冷たい空気と南の暖かい空気がぶつかり、俗に『春の嵐』と呼ばれる強い風が吹く季節でもある。

特にこの辺りは春が終わりかけの五月に強い風が吹き荒れる。

さて、こんな日は早く寝てしまうに限る。

いつもより少し早い宵《よい》のうちに鎧戸《よろいど》を全部閉めきり、牛や馬や鶏の様子を見た後、母屋に戻ろうとして、

「……？」

私は耳を澄ませる。

辺りはごうごうと大きな音を立てて風が吹いているが、その風の中、

「助けてー！」

小さな声が聞こえる。

私は走った。

退役魔法騎士は
辺境で宿屋を営業中 上

一度母屋に戻り、ほうきの横に立てかけておいた木製の剣を手に取る。

騎士時代に使っていた両手剣もあるが、重くて今の私には手に余る。

護身用の武器として使うには、木剣くらいがちょうどいいのだ。

そして助けを求める声のする方、牧草地へ駆けた。


私は大急ぎで畑を突っ切った。

それが牧草地に向かう最短コースだ。

ピョョョーン。

変な音がしてそっちを見ると、魔法の案山子、ジャック・オー・ランタンが一本足で横をぴょんぴょん跳んでいる。

「誰かが助けを呼んでいる！　手分けして探してくれ！」

私は右手に、ジャック・オー・ランタンは左手に別れ、声の主を探す。

「助けてー！」

また声が聞こえた。

私は嵐のような風に負けぬよう大声で問いかける。

「おーい、助けに来たぞ！　どこにいる!?」

「助けて助けてー。お願い！　早くしないと食べられちゃう！」

なんだか小さな子供のような甲高い声だ。

牧草地にいるようだが、ここは広く、背の高い草も生えている。さらにこんな風の強い夜だ。

月も雲に隠れてしまって辺りは暗い。

私は声の主を見つけ出せずにいた。

その時。

吹きすさぶ風の中、「カランカランカランカラン」と気の抜けたベルのような音が聞こえた。

何だ？

見ると、ジャック・オー・ランタンが激しく頭を振って私に居場所を知らせている。

「今行く！」

私が駆けつけた時、でっかい猫のような魔獣がねずみのような生き物を口に咥《くわ》えていた。

「助けて！」

ちいさな生き物は私に向かって手を伸ばす。

ねずみじゃない！　ブラウニーだ。

私は木剣を横に構え、思い切り魔獣の鼻を強打した。

「みぎゃん！」

と悲鳴を上げて魔獣はブラウニーを口から落とす。

「ぐるる……シャー！」

魔獣は私に向かってきた。だが、猫として見たらかなり大きいが、魔獣としては小さい部類だ。

魔物の中には俊敏なやつもいるが、動きも私程度で対応出来る早さだった。

難なく攻撃は当たり、すぐに魔獣は動かなくなる。

「大丈夫か？」

赤茶色の髪に赤茶色の目をしたブラウニーはねずみよりは大きいが、小型犬くらいのサイズだ。

今まで見たブラウニーの中では一番小さい。

私はブラウニーに回復魔法を掛けてやった。

幸い、ひどい怪我はしてなかったようだ。

「う、うん、ありがとう、ニンゲン」

「君、よその家のブラウニーかい？　少しうちで休んでいくといい。うちにはブラウニーがいるから安心しなさい」

「そうだぞ」

「そうだ」

いつの間にか、我が家に住んでいるブラウニー達が来ていた。

「よいしょっと」

私は魔獣を両手に抱きかかえた。

魔獣は私がボコボコにしたせいで気を失っているが、できる限り手加減した。骨は折れてないだろう。

外見は猫に似ているが、かなり大型で紫色の体毛、おまけに額には魔石のような石が付いている。どう見ても普通の猫ではない。

「おい、そいつをどうする？」

ブラウニーが尋ねてきた。

「怪我をしているから連れて帰って手当てしてやるつもりだ」

「ひっ」

と助けたばかりのブラウニーが悲鳴を上げる。

「こいつは」

とブラウニーは魔獣を指さし、次に小さなブラウニーを指さした。

「そいつを食べようとしたんだぞ」

このブラウニーはいつも不機嫌そうだが、今の彼は本気で怒っている顔だ。

「テイムして従属させる。うちにいる間は妖精も家畜も食べさせない」

「なんで、リーディアは魔獣を助けるの？」

と灰色のブラウニーが聞いた。

「ごらん、こいつはとても痩《や》せているだろう。本物の魔獣じゃなくて多分どこかの猫と魔獣の交雑種だ。お腹《なか》を空《す》かせてここに来て、ブラウニーを食べようとしたんだ」

牛と魔牛の交雑種、ミルヒィ種というのは、放牧中の牝牛《めうし》が魔牛と交配して生まれるケースがほとんどだ。

我が家の牛、ケーラは普通の牧場で飼われていたただ一匹のミルヒィ種で、他の牛と馴染《なじ》めていなかった。

この魔獣型の猫も普通の猫のようには暮らせない。だが、魔獣のように強くもないからダンジョンでも暮らせない。

「……私と同じだ。どこにも居場所がないんだよ」

もう魔法騎士には戻れない。でも普通の女性のようには暮らせない。

私もこいつもどっちつかずの中途半端な存在だ。自分を見ているようで、見捨てられない。

「だから、怪我が治るくらいまではここにいさせてあげたいんだ」

「居場所か」

とブラウニーが呟いた。

「俺だってここ以外居場所はない」

何故か彼は威張って言った。

「僕だってないよ」と二番目が。

そして三番目のブラウニーが言った。

「僕だって」

「家を追い出されたのか？」

と一番目のブラウニーが聞く。

「うん、喋《しゃべ》っているところをニンゲンに見られて、気持ち悪いって言われて……」

住《す》み処《か》を追い出されたらしい。

なかなかブラウニーも大変だ。

「じゃあ、ここで暮らせばいい」

私は彼に言った。

「いいの？」

「ああ、お前達がいいならね。ずっといればいいよ」

こうして我が家に暮らすブラウニーがまた一人増えた。

魔獣型の猫は衰弱していたがすぐに元気になった。

私が掛けた従属の魔法は、この家に住む限り、妖精と家畜は襲わないこと。

家から出て行ったら解除されるから、出て行くことを選ぶかと思ったが、この牝の魔獣猫は我が家に居着いた。

だが彼女は家猫にはならず、野外にいることを好んだ。よく、ジャック・オー・ランタンの足下で寝ていて、牧草地や森でも見かける。

餌《えさ》は自分で捕っていて、家の中でねずみを見かけることがなくなった。

ちなみにジャック・オー・ランタンのおかげなのか、この魔獣猫のおかげなのか、兎も見かけなくなった。

よってせっかくレシピを教えて貰ったが、兎のフォンは作れていない。

そういえば肉屋のおかみさんの続報によると、フースの町の春の祭りに領主が来たらしい。

しかし彼は着飾った娘さん達には見向きもせずに町長と町の冒険者ギルド長と熱心に仕事の話をしていたそうだ。

フースの町は二つのダンジョンのちょうど中間にあり、さらに国境の近くだ。冒険者向きの仕事はいくらでもあるので、多くの冒険者がフースの町を拠点にしている。

ゴーランはダンジョン経営も産業の一つなので、商売熱心という領主はこの機を逃さず情報交換に勤《いそ》しんだのだろう。

だがそれでは女性陣はさぞかし落胆《らくたん》したのでは？　と思いきや。

「あの方、ちょっと女性嫌いらしいのよ。そこがストイックでカッコイイーって娘さん達がもう大変」

と何故か好感触だったらしい。

おかみさんの話では、領主は「切れ長の瞳のイイ男」だそうだ。

モテるんだろうなー。関係ないからどうでもいいけど。

＊＊＊

森を彩る葉の色がみずみずしい若緑から深みのある緑に変わっていく。

季節は春から夏に移ろうとしていた。

何度かパスタを作ったおかげで、生地作りのコツを掴み、パイ生地が作れるようになった。

パイ生地の材料は小麦粉と冷水とバター。

手順はパスタ作りとほぼ同じで、材料を混ぜすぎないようにまとめる。

この時、バターが溶けないように注意すること。

まとめた生地を冷暗所で寝かし、その後麺棒でのばしていく。足で踏む作業がない分、パスタ作りより楽である。

このパイ生地を使ってほうれん草とベーコンのキッシュを作ることにした。

湯掻《ゆが》いたほうれん草と食べやすい大きさに切ったベーコン、薄切りにした玉葱をフライパンで炒め、玉葱がしんなりした頃火を止め、卵、削ったチーズ、生クリームで作った卵液と混ぜ合わせる。

チーズはブラウニーに作って貰った特製チーズだ。

本に書いてあった通り、彼らは絶品のチーズを作る。

塩胡椒、ナツメグで味を調え、タルト型にパイ生地を載せ、その上から混ぜ合わせた具と卵液を流し入れ、オーブンで焼けば出来上がり。

もう一品は畑で採れたアスパラガスに薄切りの豚肉を巻いてフライパンで炒めたアスパラガスの肉巻き。

キッシュもなかなか上手く出来たが、採れたてのアスパラガスは感動するほど美味しかった。

「このアスパラガス、美味しいなー」

味付けは塩と胡椒だけだが、それで十分だ。

＊＊＊

備蓄してある肉を食べきってしまったので、私は翌日町に出ることにした。

用事を済ませた後は、いつものように貸本屋で本を返却する。

さて、次に借りる本は何にしようかと本棚を物色中、貸本屋の主、ジェリーに声を掛けられた。

「リーディアさん、茶でも飲んでいかんかね」

ジェリーが茶を淹れてくれるはずだったが、彼の手つきがものすごくおぼつかなかったので、私が代わりに紅茶を淹れることになった。

「はい、お茶です」

「ああ、ありがとう、リーディアさん」

貸本屋にはジェリーの他にもう一人、若い助手がいる。

物静かで片足が不自由な男性で、普段お茶は彼が淹れてくるのだが、今日は別の用事があるのか、姿を見ていない。

「麦の生育はどうだい？」

「はい、少年達によると収穫は今週末がちょうどいいそうで」

小麦は緑色が抜けて完全に黄色、いわゆる小麦色になった頃が収穫時期らしい。

麦の水分量によって味が違ってしまうそうで、三日以上の雨に降られると著しく品質が落ちる。

収穫目安としては実が蠟燭《ろうそく》の「蠟」くらいの硬さになった時、だそうだ。

「近隣の農家もそのくらいに収穫する予定だそうだよ」

「では皆大忙しですね」

うちの畑は自分達が消費する程度の作付け面積だが、本業の農家は大仕事だ。

「ああ、刈り入れの時は町の住人も総出で手伝うんだ」

当たり障りのない会話からジェリーは「さて」と言うと少々真面目な顔になり、本題に入った。

「アンタさんも随分ここに馴染んできたから教えておいた方がいいと思ってね」

「はい……」

一体、何だろうか？

「ここは国境だ。隣国とゴーランは仲がいいが、万が一ちゅうこともある。なんかあった時は山の方に逃げんさい」

「山の方？」

「ああ、この町に逃げ込んじゃいかんよ。アンタさんもう気づいとるだろうが、町には壁がない。この町の者は皆、何かあった時はロビシアの町まで逃げることになっているが、『楡の木』からじゃあ遠すぎる。山に逃げた方がいい」

とジェリーは言った。

ロビシアはこのフースから国境とは逆側の東にある町だ。

「敵が人間なら、山でじっとしてなさい。敵が魔獣なら山の上の砦《とりで》に逃げるんだ」

「砦」

国境近くにある騎士団の駐屯地《ちゅうとんち》をこの辺りの住人は砦と呼んでいる。

いや、それより。

「……魔獣？」

「滅多にないがね、スタンピードといって魔獣が一斉にダンジョンから飛び出てしまう現象だ。そうならんように騎士団もおるからね、実際に町まで魔獣が押し寄せたなんて言うのは大昔の話さ」

つまり、それはかつて「あった」ということだ。

「スタンピードは連鎖する。だから一つのダンジョンでスタンピードが起こったら絶対にそこで止めねばならない。フースの町の冒険者はここでスタンピードを食い止めるためにおるのさ」

「…………」

だからフースの町は、防衛のための設備がないのか。

ダンジョンを持つのは人口が少なく強力な軍事力を持つ辺境地のみに限られている。魔物の大暴走、スタンピードを警戒してのことだ。

騎士団と冒険者は協力してダンジョンの魔獣を間引き、一つの種が増えすぎないように管理している。ダンジョン内の生態系が崩れるのがスタンピードの要因だと考えられているからだ。

「心配せんでもどっちもそうそうあることじゃない」

ジェリーは安心させるように言う。

頻繁《ひんぱん》に起こる事象ではないため、私の暮らしが落ち着くまで話題に出さなかったのだろう。

「ありがとうございます。聞けてよかった」

「逆に言えばこういう土地だから、騎士団の目も冒険者ギルドの目も届いている。治安はいいんだよ」

「そうですね」

それは実感している。

ジェリーは優しい声で言った。

「リーディアさん、何か困ったことがあったら、わしに相談しなさい。わしは引退するまではこの町の冒険者ギルドでギルド長をしておった。顔は広い方だ。老いぼれだが、ちいとは役に立つ」

困ったことはないのが一番だが、万一の時は頼らせて貰おう。

「はい、ありがとうございます」

私は感謝を込めて礼を言った。

町から家に戻る道の途中に、水車が回る建物が見えた。粉挽《こなひ》き小屋である。

近辺の者はあの小屋で手間賃を払って収穫した小麦を挽いて貰う。

今日は町の市場で既に挽いてある小麦粉を買ったが、いずれあの粉挽き小屋で自家製の小麦を挽いて貰うのだ。

想像するだけでにやけてしまう。

＊＊＊

町から戻った翌日、私は畑にいた。

実際の収穫はあと数日後、少年達が手伝いに来た時にするつもりだが、その前に雑草を抜いたり、邪魔な石をどかしたり、収穫した麦を置く場所を作ったりと、仕事が山盛りなのだ。

私は朝から畑仕事に追われていた。

ジャック・オー・ランタンが畑を見張り、その足下にはあの魔獣猫がのんびりくつろいでいる。

あの猫、私には全然懐《なつ》かず、未だにそのつやつやの毛並みに触れることを許してくれないが、何故かジャック・オー・ランタンのことがお気に入りなのだ。

うらやましい光景を横目で眺めながら、作業する。

「リーディア」

そんな私に声を掛けてきたのは、我が家にいるあの一番大きなブラウニーだ。

普段は家の中にいるので、珍しい。

退役魔法騎士は
辺境で宿屋を営業中 上

「どうしたね、キッチンで何かあったか？」

きちんと消したつもりだが、火の不始末でもあっただろうか。

そう思ったのは、ブラウニーの顔が緊張にこわばっていたからだ。

「そうじゃない」

と彼は首を横に振る。

彼は真剣な表情で私を見上げ、言った。

「リーディア、雨が降る」

「…………っ」

私は息を呑んだ。

ブラウニーは重ねて言った。

「それも大雨が降る」

収穫前の小麦は雨が大敵で、降る前に刈り取ってしまわねばならない。

だが空は澄み渡り、太陽が輝いている。

素晴らしい快晴の青空に、雨が降る気配は一つもなかった。

「いつ降る？」

「明日から、数日ずっとだ」

そしてブラウニーは私にはっきりと断言した。

「これは確かな筋の情報だ」

ブラウニー自身が雨が降るのを知っているのではなく、彼も誰かから聞いたらしい。

「確かな筋っていうのは？」

ブラウニーは黙った。

「…………」

情報元を明かす気はないようだな。

私はすぐに決断した。

「分かった。今から小麦を刈ろう」

ブラウニーは信じられないというように、目を大きく見開いた。

「……俺達のこと、信じるのか？」

「ああ、信じる」

私は即答した。

「お前達も小麦の生育を待ちわびていた。違うか？」

ブラウニーはこくりと頷く。

小麦があればパンもお菓子も作れる。お菓子は彼らの大好物だ。

だがそれ以上に、ブラウニー達は『楡の木』に暮らす人々をずっと見てきた。

「前の住人が種を蒔《ま》き、皆が心を込めて育てていたのを、お前達は知っている」

ブラウニーはよい家に居着く。

私が来る前からこのブラウニーはここに住んでいる。

『楡の木』はよい家だった。その住人も善《よ》い人達だったのだろう。

そんな彼らが残したものをブラウニーが粗末にするはずがない。

「疑ったりはしないよ、教えてくれてありがとう」

「……ふん」

ブラウニーはほんの少し頬《ほお》を赤らめて、横を向いた。

さてこれからどうしたものか？

急いで町までこの話を知らせに行かねばならない。雨が降れば被害を受けるのは、近隣の農家全員だ。

「ふむ」と私が考え込んだのは一瞬だった。

すぐ横に立っていたブラウニーがさっと姿を消した。

「？」

怪訝に思う私の耳に、少年の声が聞こえてくる。

「おーい、リーディアさん」

「ノア」

町の少年の一人、ウォームグレーというのか灰色と茶色の中間の髪を揺らしてノアが駆けてきた。

「手伝いに来たんだ」

息を切らして彼は言う。

私だけでは大変だろうと応援に来てくれたようだ。優しい子だ。

「ああ、遠いところ、ありがとう。まずはお水をお飲み」

私は水筒の水を渡してやった。

町からここまで五キロもある。

このくらいの年の子は無料で学べる町の学校に通っているが、毎日学校に通えるのは裕福な家の子供だけだ。

ノアの家は母親が病気で家計が苦しいらしく、週に一、二回しか学校に通えない。ノアは学校に行かない時は、近隣の農家の手伝いをしたり、きのこや野草や薪を拾って稼いでいる。

「ありがとう、リーディアさん」

このところは少し暑くなってきたので喉《のど》が渇いたんだろう、彼は水筒の水をあっという間に飲み干した。

私は水を飲み終わるのを待って彼に言った。

「ノア、早速だけど、君に頼みがある」

「えっ、何？」

いつもと様子が違うのを察したのか、ノアの表情が硬くなる。

「すまないが、今から町に戻ってジェリーさんに明日から大雨が降るって伝えてくれ」

「えっ……？」

ノアは戸惑って空を見上げる。

「雨が降るの？」

「降るんだ。私には分かる」

私は自信たっぷりに言った。

本当は全然分かってないが、誰かに指示する時は堂々としていないと駄目だ。騎士だった私はそう教え込まれている。

ただ、なんとなく、雨は降る気がした。

私は騎士団でもそういう『カン』が当たる方で、普段は使わない王宮の回廊を通っていたら、偶然王太子《おうたいし》のフィリップ殿下《でんか》が暴漢に襲われるところに遭遇《そうぐう》した。

あの時も、朝から「なんかありそうだなぁ」と思っていたのだ。

もっとしっかり『カン』が働いてくれれば、ばっちり武装して怪我も負わなかっただろうが、ともかく私は王太子殿下を救うことが出来た。

ノアは遠慮がちに問いかける。

「あの、リーディアさんはもしかして魔法使いなの？」

「ああ、引退したけどね。頼む、ジェリーさんに伝えてくれ」

「うん」

「そうか、ありがとう」

私はノアに向かって魔法の呪文を唱えた。

肉体強化のまじないだ。

魔法が掛かり、体が軽くなったんだろう。

「えっ？」

ノアは驚いた様子で自分の体のあちこちを見た。

「すごいよ！　リーディアさん」

「私が魔法使いだって信じてくれたかい？　でも他の人には秘密にしておくれ」

「うん！」

ノアは一目散に町に駆けていこうとした。

「いやいや、待て、ノア」

私は慌てて彼を呼び止めた。

「水筒に水入れないと。あと、途中で食べる用のサンドイッチとおやつを持って行きなさい。それから急いで欲しいけど、無理はしちゃ駄目だ」

私は母屋に戻り、急いで用意したリュックを彼に背負わせる。

「行ってきまーす」

ノアが駆けていった後、ビョョョョンと変な音と共にジャック・オー・ランタンが飛んできた。

「ジャック・オー・ランタン？」

「そいつも麦刈りする、と言っている」

いつの間にかまた姿を現したブラウニーがジャック・オー・ランタンの代弁をした。

「え、麦刈り、出来るのか？　お前？」

結論から言うと、ジャック・オー・ランタンの鎌捌《かまさば》きは私より上手かった。

こうして私は無事に麦刈りを終えたのである。

＊＊＊

その後の話はジェリーから聞いた。

ノアから話を聞いたジェリーはすぐに皆を集めて雨が降ることを伝えた。

すると話を聞いたほとんどの農家がその日のうちに麦を刈ったのだそうだ。

もちろん麦刈りは重労働なので、町中の人間が手分けして手伝った。

そして翌日、雨が降った。

三日間、雨は降り続いた。あのままだったら麦は深刻な被害を受けるところだった。

「しかし皆、私みたいな新参者の話をよく信じてくれましたね」

「ああ、まあな」

ジェリーは適当に濁《にご》したが、別の農家さんから話を聞くと、ジェリーはものすごく自信たっぷりに「確かな筋の情報だ」と言ったらしい。

便利だな、『確かな筋』。

結局はジェリーの信用だろうが、皆に信用されるジェリーは私を信用してくれた。

「どうもありがとう」

とお礼を言うと、

「いや、礼を言うのはこっちの方だよ」

とお礼を言われた。

私は私の『確かな筋』に礼をすることにした。

さて、彼らはどんな料理を作ったら喜んでくれるだろう?

手製のレシピ帳を眺めながら、私はある一品に目をとめた。初心者でも簡単に作れるお菓子と教わったレシピだ。

ブラウニーはお菓子が好きだ。

そうだ、スコーンを作ってみよう。

材料は小麦粉、砂糖、重曹、ミルクに卵。あらかじめ冷やしておいたこれらを切るように混ぜ合わせる。

生地を麺棒で一センチほどの厚さに伸ばし、丸型で抜く。

それを天板に載せ、予熱したオーブンで二十分ほど焼くと出来上がりだ。

スコーンに添えるのは苺《いちご》のジャムと生クリーム。

町に出た時、今が旬という苺をたっぷり買ってきた。

今は生で美味しく食べているが、余ったら苺ジャムにすればいいと八百屋のおかみさんからレシピを教わった。

材料は苺に砂糖にレモン汁。まずこれを混ぜ合わせて一晩置く。

すると苺から水分が出てくるから、水を加えずに鍋でとろっとするまで煮詰めれば完成だ。

「ブラウニー、いるかい？」

呼ぶと一番大きなブラウニーが食器棚からひょこりと顔を出す。

「なんだ？　何か用か？」

私は布に包んだスコーンを渡した。

「スコーンというお菓子を作ったんだ。君の分と『確かな筋』の分。その人に半分分けてあげてくれ。クリームとジャムは中の小瓶いっぱいに詰めてあるからね。お好みでどうぞ。『どうもありがとう』と伝えておくれ」

「分かった」

と言うとブラウニーは布を抱えてさっさと姿を消してしまった。

その後、夜になってブラウニーがしょんぼりと声を掛けてきた。

「渡してきたぞ」

布と綺麗《きれい》に洗った空の小瓶を返されたが、それよりなんでしょんぼりしているのか気になる。

「スコーンは口に合わなかったか？」

尋ねるとブラウニーは首を横に振る。

「美味かった。約束だから半分渡した」

どうやら半分やるのが惜《お》しいくらい美味かったらしい。

気に入ってもらったのは嬉《うれ》しいが、あれ、小麦と砂糖と重曹を使っているから、割合高価なんで気安く約束出来ない。

「あー、また今度な、機会があったら作ってあげよう」

ブラウニーは食い下がってきた。

「今度？　今度っていつだ？」

「今度は今度だ」

「だから、いつだ？」

「今度だよ、それより美味しかったなら、明日はアーモンドの粉でクッキーを焼いてみようかね。ノア達も食べるだろうし」

クッキーもちょっとお高いのだが、小麦粉よりは安価なアーモンドの粉を混ぜて作るクッキーやケーキというのがあるらしい。

少年達はいっぱい食べられる方が嬉しいだろうから、いろいろ工夫してみよう。

引退して好きなことをして暮らそうとここに来たが、気楽な反面、孤独な生活が待っていると覚悟していた。

だが案外、私は賑《にぎ》やかに暮らしている。

「ふん、俺達の分も作れよ。約束だぞ」

「ああ、約束だ」

これが、初めての春の出来事。

後書き

はじめまして、そうでない方はいつもありがとうございます、作者のユーコです。

後書きとして多めのスペースを頂いたので、作品の裏話をお話ししたいと思います。

一人の女性がそれまでのキャリアを捨てて田舎《いなか》の大きな一軒家で一人暮らしを始める。そこには不思議な先住者がいて……。

着想というのでしょうか、これがこの話の一番初めに浮かんだイメージでした。元々は現代物で書きたかったのですが、紆余曲折《うよきよくせつ》の末に中世ヨーロッパ風異世界になりました。当時の構想のままだと屋敷妖精は座敷童《ざしきわらし》だったかも知れません。

お話は大抵最初から書きますが、たまに頭に浮かんだシーンから書き出すことがあります。この作品で一番最初に書いたシーンは、第一章のリーディアとブラウニーの会話です。

「おい、スコーンを焼くなんて聞いてない」

「今、決めたからな」

それまでなんとなく『妖精さん』と暮らす主人公を可愛《かわい》い女性でイメージしていたのですが、その瞬間にふてぶてしく色々こじらせたアラサー女子のリーディア・ヴェネスカが主人公になりました。

そして『妖精さん』が一気に可愛くなくなった瞬間でもありました。

もう一つ、この話の少し変わっているところは、第一章の冒頭、リーディアが『元農家』楡《にれ》の木荘に着いてすぐ、時間が半年後に飛ぶところだと思います。

半年後の晩秋、もう一人の主人公アルヴィンが雨宿りに『宿屋』楡の木荘にやってきて、二人の物語が始まります。

アルヴィンとリーディアの出会いはリーディアの生活が落ち着いて、彼女が少し自分らしさを取り戻した頃がよかったので、あのタイミングになりました。

半年の間に『元農家』が『宿屋』になるなど、リーディアにも色々ありましたが、「いくらなんでも百ページに渡り、ヒーローが出てこないのは問題だと思う」と、削りました。

その間のリーディアの失敗だらけの田舎暮らしは番外編に掲載しております。初めて作ったパンが美味《おい》しくなかったり、近隣の町の子供に「おばさん」と言われショックを受けたり、畑で野菜を作ったり、過去を引きずりながらも楽しい田舎暮らしです。

楡の木荘にやってくる生き物や妖精は他に行き場がありません。リーディアも今までの生活を捨てて楡の木荘に来ました。

そんな少し寂しい春の初めからリーディアの生活は始まり、季節が進むにつれて様々な人々と出会い、住人も増えてリーディアの生活はどんどん賑《にぎ》やかになっていきます。

また一章冒頭のゴーランまでの愛馬オリビアと女二人旅も番外編〇《ゼロ》として詳しく書いております。是非ご覧下さい。

番外編〇にはちょっと仕掛けがあるので、下巻の特別番外編をお読みになった時、「おや？」と思われるかも知れません。お楽しみに。

この話は中世ファンタジー世界が舞台で、本当の中世ヨーロッパにはじゃがいももトマトもナスもありませんが、この話には登場します。リーディア達の世界には魔法もあるので、本当の中世ヨーロッパとはちょっとだけ違うようです。珈琲豆《コーヒーまめ》も紅茶も、後半になるとカカオ豆も出てきますが、主な交通手段が馬車と徒歩の時代ですので、外国からの輸入品はとても貴重です。砂糖も高いのであまり使えませんが、工夫しながら生活しています。

作中には沢山の料理が出てきますが、中でも私のお気に入りの料理はビーフシチューです。本格的なデミグラスソースを作るのには六日もかかると知って驚きましたが、田舎でのんびり鍋《なべ》をかき混ぜて過ごすひと時は、楽しそうでもあります。

キャラクターや料理のイラストや挿絵《さしえ》を描いて下さったのは、イラストレーターのｍ／ｇ様です。

私はこの方の絵が大好きなのでイラストを担当して下さると聞いてとても嬉《うれ》しかったです。想像以上のリーディアやアルヴィンを描いて頂けました。この場を借りてお礼を申し上げます。

作中では、ざっくりですが一銀貨は一万円、金貨は十万円として計算しています。

つまり、リーディアが請求したコーヒー代は一杯二万円！　高い！

日本でも昭和にバナナが一房五千円だった頃があったそうです。嗜好品《しこうひん》にとんでもない値段がつくのはままあることのようです。

リーディア達の世界では魔素と呼ばれるものがあります。作中ではこの世の全て、森羅万象《しんらばんしょう》、あらゆるものを構成すると定義されています。

私達の世界の知識に無理矢理置き換えると、魔素は『原子』に相当する何かのようです。その魔素に直接干渉《かんしょう》する力が魔法です。

しかし、魔法使い達が弾圧され、魔法が一度途絶えてしまいそうになった時代がありました。その時代に多くの魔法が失われて、魔法を使えるのは一部の特殊な人々だけになってしまいました。ですが魔法とは、本当は誰でも使える力だとリーディアは言います。

ライカンスロープ、獣化の魔法もその途絶えてしまいそうになった魔法の一つです。ライカンスロープという言葉は本来狼男《おおかみおとこ》、狼に変身する能力を指しますが、この話では『獣化』、主に獣に変身する魔法の体系を現す言葉として使用しています。

そして上巻本編のラスト、過去の傷は少しずつ癒《い》やされ、ゴーランで平和に暮らすリーディアでしたが、不穏な空気が漂《ただよ》い始めます。

そんな中、楡の木荘に二人の男性がやってきます。

この続きは下巻で。リーディア達、皆が力を合わせて巨大な悪に戦いを挑みます。

どうぞ最後までリーディア達の物語をお楽しみ下さい。

それではまた下巻でお会いしましょう！

ユーコ

ANNOUNCEMENT
下巻予告

ある晩秋の深夜――。

『楡の木荘』を訪れたフィリップ王太子とセントラル騎士団の同僚サーマス。

そのただならぬ様子にリーディアは、緊急事態が発生したのだと察する。

彼らの話を聞いたリーディアは、アルヴィン、ひいてはゴーラン領をも巻き込んだある提案をする。

かつて〝白い悪魔〟と呼ばれたリーディアと、アルヴィン、そして『楡の木荘』の仲間たちが戦場に立つ――!

そして自らも、再び戦場に立つことを決意し、アルヴィンに自分の想いを告げる。

「退役魔法騎士は辺境で宿屋を営業中 下」に続く

●ファンレターの宛先
〒102-8177　東京都千代田区富士見2-13-3　新規事業促進部

退《たい》役《えき》魔《ま》法《ほう》騎《き》士《し》は
辺《へん》境《きょう》で宿《やど》屋《や》を営《えい》業《ぎょう》中《ちゅう》　上《じょう》

著　ユーコ

イラスト　m/g

2025年2月28日　初刷発行

発行者　山下直久
発行　株式会社KADOKAWA
〒102-8177　東京都千代田区富士見2-13-3
(ナビダイヤル) 0570-002-301
デザイン　SAVA DESIGN
印刷・製本　TOPPANクロレ株式会社

■お問い合わせ
https://www.kadokawa.co.jp/ (「お問い合わせ」へお進みください)
※内容によっては、お答えできない場合があります。
※サポートは日本国内のみとさせていただきます。
※Japanese text only

ISBN978-4-04-738304-3　C0093　©Yuko 2025　Printed in Japan
定価はカバーに表示してあります。